TianLiang シリーズ⑰

終生病語

SHUSEI BYOUGO

萩野 脩二

SHUJI HAGINO

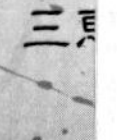

まえがき

この「終生病語」には、2016年11月22日から17年12月7日までのブログとフェイスブックに書いた私の文章と、それにコメントを入れてくださった方々の文章とが入っている。

2017年・平成29年は私にとっては大変な年であったし、透析という新たな人生を始めることになった記念すべき年でもあった。ほかのことは置いておいても、どうしてもこの年のブログとフェイスブックに書いた言葉は残しておきたかった。

思えば、ほとんど病気に関することばかりを書いていた。それで、「病語」としたが、「病語」などという言葉は一般にはない。でも、私は無理にそれを使うことにした。私の記念の本であるから。

しかし、いつものことながら、私のことを気遣ってコメントを入れてくださる方がいたから、この本は出来上がることになった。コメントを書いてくれた人に感謝の念を捧げたい。及び、とにかく読んでくれた人、見てくれた人にもお礼を言いたい。私のこのような愚痴に過ぎない文章に付き合ってくださっただけでも、うれしいではないか。

2017年12月11日

萩野脩二

目　次

ブログ「Munch3」のアドレス：
http://53925125.at.webry.info/

・facebook　(2016.11.22)

友達

今日は、午前中に病院に行った。結局午前中いっぱいかかってしまった。

午後、東京から友人が訪ねてくれた。ご夫婦で来るはずのところ、奥さんが肺炎になって来れず、一人で京都の紅葉のツアーに参加して、ついでに寄ってくれたのだ。高校以来の友人であるが、どこかウマが合ったらしく、こんな偏屈で、同窓会など嫌いで、人付き合いの悪い私と長いこと、いまだに付き合ってくれる。うれしいではないか。

見舞いということになるが、とりとめのない話をかれこれ3時間近く話した。今日は格別に良い天気で、紅葉も最後の見どころであったから、彼は念願の紅葉を、東福寺の通天橋で見たそうだ。通天橋はあまりにも人が多いから立ち止まっての撮影を禁止してるくらいだ。昨夜は宇治の平等院のライトアップを見たという。浄土の世界を覗いたそうだ。

彼はなかなか偉い人物で、1年に100冊の本を読もうとしている。そう志した初年度は見事に目標を達したそうだが、4年目の今年はまだ7割ぐらいしか読めていないと言っていた。

読書量も、読む気力も減少してしまっている私には、とても良い刺激となった。

・YuanMing便り―3　(2016.11.22)

皆さんにご心配をおかけしましたが、私は19日（土）に退院しました。ありがとうございます。

私の退院を祝って、YuanMingがさっそく出張の便りを送って来てくれた。彼の情報は、私には目新しい新しい情報が多いので、楽しみながら読ませてもらっている。どうぞ、皆さんも目を通してやってください。

〜〜〜〜〜〜〜〜〜〜〜〜〜〜〜〜〜〜〜〜〜〜〜〜〜〜〜〜〜〜

先生　ご退院おめでとうございます。六甲山も色づき大陸から紅葉目当てにそろそろ多くの漢民族が押し寄せますね。神戸は地方都市で観光スポットも特にないので、爆買いの影響は殆どないので至って平和です。11月18日-11月21日まで北京に出張に行ってきました。出張につき内容が薄いですがYuanMing便りを送付させて頂きます。

◎11月18日（金）　PM2.5　数値247　小雨

深セン航空、中国国際航空、ANAのCA3356共同運航便にて関空から北京へ。

搭乗時間が10分前倒しになってしまったが、離陸が30分も遅れました。なんで中国の航空会社は定時運行ができないでしょうか。不思議。
22時に北京へ到着。PM2.5の値が247（ついでに上海は108）で霧の中にいる様でした。空港からホテルへは電車で一駅。三元橋という駅。ここの地域は朝陽区という場所で売春の取り締まりが中国一厳しい地域だそうです。芸能人のスケベスキャンダルは高確率でこの地域で発覚して、CCTV（全国民へ）で謝罪する破目に陥ります。

◎11月19日（土）　PM2.5　数値96ぐらい？？ 控え忘れました。　晴天
今回の目的は国際医療ツーリズムの市場調査です。弊社では中国人糖尿病患者を日本に連れてきて治療させる事業を考えております。国家展覧会館で医療国際ツーリズムの展示会が開催されており、人気の治療は不妊治療、美容整形、がん治療です。当日はすんごい晴天。昨日まで雾霾（中国でのPMの呼び方）は何処へ？

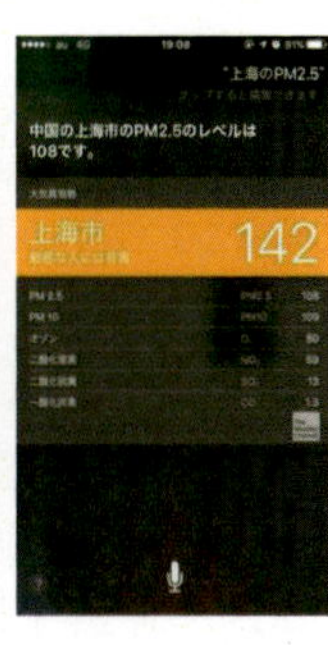

◎11月20日（日）　PM.2.5　　数値67　小雨
医療事業部のホームページの作成の為、北京民族大学理工学部の学生と打合せ。ここの大学は少数民族の共産党幹部候補生が集まる中国トップクラスの大学です。共産党教育を行い、卒業後地元に戻り、国の為に貢献する人材を育て上げるらしいです。学生さんは非常に賢そうな顔つき、話し方も丁寧で、筋肉でできた私の脳みそとは違う人種でした。日本人へ中国人のイメージを訪ねると、「チャーハンチャーハン、テンシンハン。オイシイヤスイ ネ！！」と言った南京町の呼子、または「周来友」「金萬福」みたいなしゃべり方の人をイメージするが、確りと日本語が話せる人材も山ほどいます。すべては日本のメディアが作り上げたイメージ。怒怒怒！！！

仕事が終わり、お土産を買いにカルフールへ。ここで私がお勧めするお土産を紹介します。(換算レート1元=16円)

オレオのウエハース 12.9元(約206円)知人へのお土産

日本には売っていません。自分から好んで甘いものを普段食べない私が唯一ハマったお菓子です。誰もが知るオレオ、日本人にも渡して喜ばれる一品です。

リプトンの凍頂烏龍茶(粉末タイプ)15.4元(約246円) 知人へのお土産

この商品も日本では売っていません。香港、台湾、大陸で購入した商品を飲み比べしましたが、ちょっとばかり味が異なります。お勧めは台湾産。

お湯を少な目に入れるのがポイントです。

以前会社で働いていた神戸生まれの神戸育ちの70歳アルバイト女性(生粋の日本人)に中国土産として渡しても嫌がれず、毎日会社の中で飲んでくれました。

ティッシュ(ジャスミン香りタイプ) 36.2元(約579円) 自己使用

誰もが使うティッシュ。中国のトイレにはトイレットペーパーが備わっていないので必需品。厚みがあり、多少潤いがあります。鞄に入れると書類にジャスミンの匂いがうつります。中国人の友人曰く、安いメーカーのティッシュは身体に悪い材料を使っているので、ある程度の値段の製品(ネピア)を買う事をお勧めするとのことです。コンパクトサイズで使い勝手はかなり良いです。

◎11月21日(月) PM2.5 数値16 雪→曇

CA3355 共同運航便 13:35出発の便なので朝はゆっくり屋台で食事。手抓饼7元と温かい甘い豆乳2元でホッコリ。今の中国はどこでもスマホを使ってネット決済です。主なネット決済方法は支付宝、微信支です。二维码(QRコード)をスキャンして手数料無料で支払ができます。

今回の経験で知ったのが、雨が降ったり雪が降ったりすると北京のPMの値が下がります。雨で流れたPMは下水に流れ最終的に海にたどり着き、海洋汚染の原

因となるのでしょうか？？もし想像通りなら空気も海も汚すなんて真糟糕!!
昨晩雪が降ったので雪掻きをしていました。
14:10いまだ搭乗ロビーで待たされています。待たされている乗客はイライラの限界で、クレームを言っても早まらないのに文句を言い続けています。展示会の報告書、YuanMing便りを書き終えても出発する気配がありません。なんで定時運行ができないのでしょうか。凄く不思議。今日は会社の社長の誕生日であり食事会があります。その後、彼女と出会った3年記念日デート。確実に間に会いません。完蛋了‼　以上。

・**facebook.** (2016.11.24)

若冲とカサット

若冲展のパンフ（京都市美術館）

今日は思わぬ冒険をまたしてしまった。まず、メアリー・カサット展を見に行こうとしたのだ。ところが、9時半開館なのでまだ閉まっていて係りの者さえいない。ふと見ると、道の向こうで行列ができている。何事と思って見たら、なんと若冲展をやっているのだ。そこで、慌てて行列の後ろに並んだ。「生誕300年　若冲の京都　KYOTOの若冲」（京都市美術館）だ。
なるほど、若冲は良い。「樹下鳥獣図屛風」の象やトラ、たくさんの動物が色鮮やかに描かれている。「雪梅雄鶏図」の赤、「果蔬涅槃図」の発想、「布袋図」のユーモア—、どれも親しみがある。中でも拓版画というのがあって、その「髑髏図」というのが黒白がはっきりして良かった。こんな一面があるのかと、私にとっては発見であった。ただ、私は「百犬図」の犬の目が可愛くないので好きになれなかった。
さすがに人が多かったが、思ったより作品が少なかったので、割と早く外に出た。そこで、また京都国立近代美術館に行って、「メアリー・カサット展」を見た。
私自身はカサットにそんなに関心があるわけではないから、ただ、描かれている子供が可愛いかどうかだけを見ていた

メアリー・カサット展のパンフ
（京都国立近代美術館）

ようなものだ。タッチだの肉感の盛り上げなどにそんなに関心がなかった。むしろ印象派としての「桟敷席にて」の女性とそれをオペラグラスで向こうの桟敷席から見ている初老の紳士に構図の面白さを見ただけだ。だから、途中に参考として飾ってあった喜多川歌麿の浮世絵に感心し、とても面白く見てしまった。日本の浮世絵の発想の素晴らしさに感心してしまった。「覗き」などの子供のお尻と、向こうの女性の鏡姿など、どうしてこんな面白い姿が描かれるのだろうと私には衝撃的だった。日本の浮世絵がこんなも欧米に影響を与えていたなんて私は知らなかったから、大いに蒙を啓くことが出来た。

＊Ayako：先生、私も昨日若冲展に行って参りました。私は、松竹梅群鶴図が墨絵なのにとても華やかで気に入りました。

＊邱羞爾：そうだねぇ。墨絵なのに色鮮やか、その通りだと思います。昨日だったら、とても混んでいたことでしょうね？

＊幽苑：先生、京都国立近代美術館と京都市立美術館が向かい合わせとはいえ、両方鑑賞されたとのこと。　足の方も問題はなかったですか？
秋の紅葉の時期には若冲展が合いますね。同い年の蕪村と若冲。全く違った絵画ですが、どちらも天才です。

＊邱羞爾：ありがとうございます。足の方は問題なかったようなのですが、やはりまだ胸の方がおかしいです。２つも看る気はなかったのですが……でも、看てよかったです。

＊純恵：先生、お出掛けされる元気？気力？が出てきたのですね。若冲展、私が行った時は一番見たかった樹下鳥獣図屏風の展示無かったんです…。

＊邱羞爾：それは残念でしたね。でも、「象と鯨図屏風」があったでしょう？私の場合は、それがありませんでしたよ。元気も気力もまだまだなんですが、やらねばならないこともあってね……。男はつらいよ。(笑い)。

＊Yoshie：先生、少しお元気になられたようで良かったですね。お疲れ出ません

ように。私は10月末に若冲展に行きました。「樹下鳥獣図」も「象と鯨図」もなく、会場はガラガラでした。なんか拍子抜け（失礼な話ですよね……）した感じでした。若冲つながりで、相国寺の丞天閣美術館にも足を延ばしてきました。

＊邱羞爾：相国寺は良かったでしょう？でも、一番いいのは確か東京に行ってしまっていたと思います。もう私は入院して以来記憶がだいぶ薄れていますが……(涙)。

＊Yoshie：先生、確かにご記憶の通り、相国寺は、釈迦三尊像と動植物綵絵のコロタイプ印刷の展示でしたが、すばらしかったです！　いつか、東京の三の丸尚蔵館で、本物を見たいと思いました。

＊邱羞爾：そうですね、本物を見たいです。私は「鳴き龍」の下で手を打った時、びぃ～んと鳴いたので、嬉しかったですよ。Yoshieさんの場合はどうでしたか？

＊Yoshie：私も鳴き龍の下で手を打ちました。ちょうど、お堂の中には、ガイドの方と私しかいなかったので、しばらく余韻を楽しめました。気持ちいいものですね！方丈の庭も鑑賞しました。帰りに錦市場に寄って、若冲の生家跡も見てきました。

・12月になって (2016.12.04)

12月になっても、まだグズグズしている。そこで思い切って、心臓リハビリは12月いっぱい休むことにしたが、この血痰が出る症状は治るのだろうか？そういうわけですっかり出不精になって散歩にも行かなくなった。室温を24度にもしているので、少し温度が下がるともう寒く感じる。ガスストーブをじゃんじゃんかけて、PCをいじっているが、そのPCの調子が悪い。そのためいたずらに時間ばかり食っている。
12月になったのだから、少しは1年の総括でもすべきであろうが、そんな気には全くならない。1つ宿題をし忘れたような気がして落ち着かないから、また杉村理君の文章を読んだ。また、というのはこれで3回目になるからだ。でも、私の感想はまとまらないのだ。最初読んだときには、この自己意識に固まった文章に、こちらは笑い出して「恥ずかしくなる」感じであった。それで、どの文章がそうなのかと読み直してみると、なんとなかなかの名文であることがわかった。こんなに彫琢した深い含蓄に

富んだ文章も珍しい。さすが骨董に打ち込んでいることだけはある。我が目の至らなさに、本当に「恥ずかしくな」った。

どうやら、この『三続・悲しき骨董』は、「自分探し」から脱却して一皮むけた「理」の独立宣言に当たろう。私は先の本（『続続・悲しき骨董』）の感想として、これは自分探しの本だと言ったのだが、彼は苦労して、ウィトゲンシュタインなどの哲学書を頼りに、自己を脱却したのだ。偉いではないか！哲学的な論理的思考のない私などの及ぶところではない。つまり、彼は「死」を脱却して、時が流れるものではないことを実感したのだ。まだ、初々しくそのことを書いているから、相変わらず自己に固執した骨董美を書いているようだが、そうではなく「胸を締め付けられる」陶酔の瞬間を描いているのだ。

私が参加できなかった彼らの同窓会で、彼らは『「私」に捧げる記念誌を』第四号（最終号）を出した。なかなか充実した面白い文章の集まりで、これならノーベル賞ものではないかと思うほどの研究報告まである。だから、「えっせい」に載せられた19編の文章が面白かったが、それ以外にもなかなかの力作があって、彼らの力量に感心した。書くことは良いことだ。自分にも良いし、人が読んでも良いものなのだ。編集委員とサポーターのみんなにお礼を言おう。

入院などをしていたから、この同窓会のことはおろそかになった。退院しても何かと気ぜわしくてマウンテンからたくさんの写真と動画をもらったことなどついうっかりとしていた。慌ててマウンテンと林君の漫才などを見た。さっそく彼に感想を書いて送ったが、いささかピントがずれていたかもしれない。２人とも随分と腕を上げて来た。他者に媚びない態度に好感を持った。今中君が撮った写真によればなんともみんなは楽しそうなのだ。高校時代はこんなにも楽しいものとして残っているのかと思うと、感じ入ってしまった。というのも、今年の夏に村上龍の『Sixty nine』という小説（1987年のものを今頃）を読んでちょっとショックだったからだ。この年頃の者がいかに教師を憎んでいるかがわかる内容だったからだ。

・facebook. (2016.12.14)

病院

今日は一日中病院にいたようなものだった。9時から始まる採血のために、8時前から器械の前に並んで番号札を取るのであるが、今日の私は遅くなって8時12分になってしまった。そうすると8台もある器械のうちの1番機に並んだのであるが32番になってしまった。番号札はどの器械も33番までであるから、いかにも遅い。そして、8時15分から器械が作動して、呼び出し機を持って2階の採血室前に並ぶのであるが、ここでも番号が「B－161」であった。つまり、161番目の採血ということになる。採尿をその間に済ませて、9時過ぎに採血が終わり、あとは10時50分予約という「放射線科」の先生を待つのだが、いつもはその前に「泌尿器科」の先生の診察がある。10時半ごろ呼び出し機で「受付付近で待つように」という指示が1階の放射線科の先生から来た。そこで、「泌尿器科」の先生の診察はどうなっているのかと1階の受付に質すと、「泌尿器科の先生の診察は入っていない」と言う。慌てて3階の泌尿器科の受付に行って、「採血検査をして、なぜ診察がないのだ」と意見を言う。そして、「いつもは放射線科の前に泌尿器科の先生の診察があるのだ」と言う。泌尿器科の受付の係りの女性は、「診察があるように先生に言いに行く」と言って、しばらく待たされた。そして戻ってきて言うには「すぐ診てやるとは言わなかった」と言うではないか。呆れて、また1階の放射線科の先生の診察の方を先に待つことにした。11時過ぎにやっと放射線科の先生が診てくれたが、泌尿器科の方がどうなっているのか不安だった。うまいことに検査の結果が良かったので、少し機嫌を直した。ここの診察が終わって3階の泌尿器科で待っていると、12時半予約の「腎臓内科」の先生から呼び出しがかかった。なんと1時半にだ。でも、すぐさま2階の腎臓内科に向かう。腎臓の先生には、体調がよくなっていると言ったので、先生の方が喜んでいた。腎臓の数値は思ったほど悪くなく横ばいで、心臓の音もずっときれいになっていると言う。喜んで診察を終えて出ると、呼び出し機で3階の泌尿器科の先生の呼び出しがやっとあった。「お待たせしました」と医師は言うが、私はあまりに呆れていたので「アハハ」と笑うだけで済ませた。これまでなら文句の一つでも言うところだし、顔に不満を表すところだったし、皮肉の一つでも言うところだったが、数値が良かったので、にこやかに済ませた。

終わっていよいよ会計だ。すると、今度は薬を出した先生のハンコが1つ足りないと来た。今までだと、職員は私にとって来いと言っていたが、今日は親切に職員がとって来てくれると言う。そこで、そこでしばらく待つことになった。そして今度は薬屋に行かねばならない。ところが薬屋では、「この薬が今ないので、後で届ける」と言う。こういうばかばかしいことが重なって、帰宅したら。3時であった。それから、昼飯という次第だ。

＊幽苑：長い一日でしたね。お疲れ様でした。

＊邱羞爾：ありがとうございます。ばかばかしい一日でしたが、それだけ元気になりつつあると言うことかもしれません。

＊Yoshie：お疲れ様でした。病院などの予約時刻は、めったにその通りに診察してもらえませんね。病院の中を行ったり来たり、まだ体調が良くなられてからでよかったですね。寒い毎日が続きますので、ご自愛下さい。

＊邱羞爾：コメントをありがとう。本当に予約時間なんて何のためにあるのだか。守ってくれたためしがありません。1時間も延びるなんてざらですから。

・タケ先生のご逝去　(2016.12.16)

山中竹一（やまなか・たけいち）先生がお亡くなりになったと言う。83歳。私は昨夜ある人のメールで知った。7日にお亡くなりになったと言うのに、少しも知らなかった。教えてくれた人は、別の先生と相談して、「萩野は体が悪いから、あえて知らせない方が良いだろう」とのことで、知らせなかったと言う。この配慮に私は感謝する。事実今の体ではご葬儀に参加できなかったと思うから。
山中先生は、男らしい先生であった。A組の井田先生の「情」に、C組の何もわからぬ新米の私に対して、B組の山中先生は、ある達観した、対応の冷静な先生であった。かつて視覚障碍者の学校の教師をしたことのある山中先生は、生徒に対してやや突き放した対応を身に着けていたと言っても良いだろう。それが紛争中の生徒達には、冷たくうつった面が無きにしもあらずであったようだ。私には、そういう芯の強い性格は男らしく思えた。そして、教師は生徒とある一定の距離を置くものなんだということを学んだと言ってよい。
私が学園劇の「ほんやら村」を作ったとき、最後のシーンのバックに音楽を入れてくれるように、山中先生のお宅に伺ってお願いしたことがあった。先生はビバルディの「春」を選択してくださった。「これで良いか？ダメならいくらでも考えるよ」と言ってくださった。
その縁があったせいか、或る日、私に歌詞を作ってくれと言われたことがある。私も喜んで、図々しく書き上げた。題は「桃太郎」であったと思うが、もう忘れてしまった。確か「どんぶらこっこ、どんぶらこ、山から桃が流れ来て、……」と言ったような稚拙な歌詞であったと思う。どういうわけか、山中先生はそれきり何も言わず、私が附属をやめてしまっても、音沙汰がなかった。だから私は拙い歌詞を意識的に忘れていた。
2010年の11月20日に私は久しぶりに附属の1973年度卒業生の同窓会に出席した。すると山中先生も出席していて、久しぶりの邂逅を喜んだものであったが、その時の「一言」で、「萩野に書いてもらった歌詞をどこかで失くしてしまった。どこを探しても見つからないのだ。あの"どんぶらこっこ、どんぶらこ"が実に音楽に乗ってよかったのだが……」とおっしゃってくださって、「失くした失礼を詫びるために、今日は出席した」と言ってくれた。
山中先生とは、例えば釣りを教わったことなど、交遊もあった。木津川でアユ釣りをしたこと。河原で裸になって先生のゴムの長靴を借りたことなどが思いだされる。そのころには、私は山中先生ではなく、タケ先生と呼ぶようになっていた。
山中先生の業績は、なんといっても指揮者としての功績にある。奈良に音楽を根付けたいとかねがねおっしゃっていたが、奈良交響楽団の創設者になられた。そして、ＮＨＫの奈良児童合唱団の団長としても活躍された。日本ならず、外国にも公演に行かれた。そういう年賀状を頂いたこともある。あの頃はお元気であられた。私は音楽がわからないから、その方面のことはわからないのだが、娘さんである充子さんが「大きくなったら、父のような指揮者になりたい」と新聞に書いているのを読んで、お父さんであるタケ先生の"幸せ"を思った。
メールをくれた人は、次のように報告してくれた。
「合唱団のみなさんが老若男女沢山来ておられ、皆で合唱してお送りしました。……。小、中学生の合唱団の子も竹一先生を慕って泣かれていて、何曲も、誰も何も言わないのに自然に合唱となり、本当に暖かいお葬式でした。」
よかったですね。タケ先生、安らかにお眠りください。

・facebook (2016.12.16)

間質性肺炎

私は昨夜、山中竹一先生の訃報を知った。たまたまある人とのメールで知ったのだ。先生は7日に「間質性肺炎」でお亡くなりになったそうだ。83歳。まだお若いのにと、思い出すままのことを、私は私のブログに書いた。タケ先生の追悼になるかどうかわからないが、心より安息をお祈りする。だから、ここでは繰り返さない。
人の死因でよく見るのは「心不全」だが、山中先生の場合は「間質性肺炎」とあった。珍しいことだ。普通は、ただ「肺炎」とだけ書かれるのだろう。
「間質性肺炎」とは、この間私が入院した時に疑われた病名だ。そのため、私は気管支鏡検査までした。結果は、疑われるけれど、そうではないらしいと言うことになった。おかげで、私は退院することができた。もっとも、いまだに咳や血痰を恐れて注意している。次の19日にもまた病院に行かねばならない。そのあとは年明けの4日だ。でも、幸い今は何とか持ちこたえているようだ。

*Yoshie：山中先生のご逝去、残念です。ご冥福をお祈りします。萩野先生は、どうぞご無理なさらずに、体調管理されて、お元気に過ごし下さい。来年の附高の同窓会でお目にかかれるのを楽しみにしています。

---

*邱羞爾：Yoshieさん、コメントをありがとう。本当に山中先生のご逝去にはびっくりするやら、残念に思う気持ちでいっぱいです。また、私へのご配慮をありがとうございます。Yoshieさんも元気でいてください。

---

*デイノ：山仲先生のご逝去は、存じ上げませんでした。驚きました。数年前の同窓会ではあんなに元気になさってらっしゃったので。そういう我々も、いつ逝ってもおかしくはない歳ごろ。恩師のように、後輩のためになることもしなければと思います。

---

*邱羞爾：デイノ君、コメントをありがとう。山中先生のご逝去の報にはびっくりしました。残念ですが、ご冥福を祈るほかありません。デイノ君たちのような60歳代は一番実り豊かな時だと思います。大いに頑張ってください。

・facebook. (2016.12.22)

ゆず風呂

今日は冬至なので「ゆず風呂」に入った。夕食に「かぼちゃ」を食べ、夜「ゆず風呂」だ。私は何もこれで体が良くなるなんて信じてはいないが、古来からの風習に従ってみるのも、一つのリズムが生まれてうれしいではないか。この頃また、体調が悪く、ちょっとした動作、特に歩くとフウフウ言ってしまい苦しい。だから、洗濯用の網の袋に入れたゆず３～４個を、すっかり鶏ガラのようになってしまった私の四肢にこすりつけて、甘い香りをかいだ。なんだか、体の芯まで温かくなったような気がした。

＊純子：ゆず湯、いいですねえ……私は煮物をしたのでゆずの皮を細かく切ってのせました。いい香りです♪

・facebook. (2016.12.23)

武則天

私はこのごろ、『武則天』と言う中国のテレビドラマにはまっている。2014年に作成されて中国で放映されたようだが、今日本で、ＢＳ12.の「トゥエレビ」というところで、夕方６時から50分ほどやっている連続ドラマだ。もう第28話にもなっている。夕方の６時からというのが、やや見辛いのだが、なるべく「万難を排して」見るようにしている。

何が魅力かというと、主役・武則天（＝則天武后）役の范冰冰が良いのだ。とてもきれいだ。太宗・李世民役は張豊毅で、これは貫禄がある。張豊毅といったら、「駱駝の祥子」(1982)、「北京の想い出」(1982)、「さらば、わが愛／覇王別姫」(1993)、「レッドクリフ」(2008) などの映画でよく見知った役者だ。しかし、范冰冰の方は、私はうかつにも見たことがなかった。美人女優として有名のようだ。確かに美人だ。でも、最初に気に入ったのは、武則天がまだ武如意として宮中に入ったばかりの時の可憐な姿だった。それが武才人となり、武媚娘とくらいが上がり、陛下である李世民に近づくにしたがって、韋貴妃などの謀略にあい、いじめられるようになると、また違った味わいが出て来た。後宮に渦巻く陰謀策略の多さと陰険さに驚く。そして、さもありなんと思ってしまう。いわゆる嫉妬といじめなのだが、これはいつでもどこの世界でもなくならないものなのだろう。余談ながら、意地悪役の春盈がまたとても良い。なんという役者なのか知らないが、実に憎々しげでうまい。

とはいえ、私はいわゆる「韓流」が嫌いだ。あれは、いじめばかりだから。確かにＮ

ＨＫの朝ドラ「ごちそうさん」でキムラ緑子がやったように、いじめはまたなかなか面白いと言えば面白いのだが、そして、それは人の暗部の真実をついていると思うのだが、やはり何か私は好きになれない。いじめられる側に私はいつも立たされるような気がするからだろう。いじめを跳ねのけて闘い進んでゆく人には確かに快さを感じるが、私が成れるわけはない。まぁ、だからドラマになっているのだろう。主人公はいつも勝ち進むわけだから。
とにかく、難しいことを言わなくても、美人の范冰冰を見ているだけでも楽しい。

＊幽苑：范冰冰は美人であり、また才色兼備な女性ですね。日本でも数年前にサントリーのCMで有名になりました。

＊邱羞爾：そうなんですね。日本でもＣＭで知られていたそうですね。私はちっとも覚えがないのです。うかつなことです。

・**facebook** (2016.12.24)

象の絵の帯

今年は「若冲生誕300周年」の記念の年ということもあって、我が家内は帯に自分で絵を描いた。アクリル樹脂の絵具で、「鳥獣花木図屛風」に描かれている象と豹を模写したのである。
これを着て、彼女はタイに行くはずであった。ところが、私が肺炎で救急車で病院に運ばれる事態になったので、タイへのスケッチ旅行を中止せざるを得なくなった。つまり、象の国タイへの旅行が出来なくなったのである。
なんとも残念なことであったから、なるべく機会を見つけて、この帯を締めて出かけている。そうすると例えば、先日まで行なわれていた「若冲の京都　KYOTOの若冲」という京都市美術館では、着物に関心のある婦人から、「素敵な帯ですね。どこでお買いになりました？」などと声を掛けられた。「いえ、私が描いたのです」と答えると、みんな「えッ、本当ですか？！」と驚いて言ってくれる。半信半疑であることは事実だ。
この絵は、静岡県立美術館所蔵の「樹花鳥獣図屛風」とは微妙に違う。これは、エツコ＆ジョー・プライスコレクションの「鳥獣花木図屛風」の絵で、象の背中に掛物が掛けてあるし、左手の動物が虎ではなく豹なのである。

もっとも、行くはずのタイへのスケッチ旅行の時、あちらのプミポン国王が亡くなったから、国中が喪に服し黒い衣装を着るようになった。だから、黒い衣装ではなく、着物に象の絵の帯などを締めて歩き回っていたら、「捕まるぞ！」などと冗談を言ったものだ。

・facebook. (2016.12.26)

幽苑さんのカレンダー

ワオーッ、素晴らしい贈り物をもらった。24日に届いたから、クリスマスの贈り物というわけだ。

今年は後半、ロクでもない年であったから、このおかげで、来年は良い年を迎えることが出来るであろう。

児玉幽苑さんが、トリの絵を描いてカレンダーとして贈ってくれたのだ。立派な墨の字で書いた手紙とともに。

「健康に十分ご留意の上、穏やかな新年をお迎えください」と書いてあった。

・２冊の「会報」 (2016.12.29)

近ごろ全く勉強しなくなったから、専門であった中国現代・当代文学に疎くなった。退休してからは、もう研究はやめだと思っているが、それでもまだ幾らか未練が残っているらしく、そういう分野の「会報」などを送っていただくと、もうすっかり読めなくなってしまったにもかかわらず、パラパラと「瀏覧liulan（ざっと目を通す）」することになる。先日も『日本中国当代文学研究会会報』第30号（2016年12月、駒澤大学総合教育研究部　塩旗研究室）を送っていただいた。

この第30号は、作家の閻連科氏を迎えて「公開対話会」の報告が1つの目玉であろう。徳間佳信氏の報告がある。巻頭には２篇の論文がある。１篇は下出哲夫氏の「国共内戦時期（1945-1949）的蕭軍——関于《文化報》和《生活報》的論戦」であり、もう１篇は王暁漁氏の「在市場和作協之間——近20年中国文芸状況」である。どちらも中国語で書かれている。その他「研究ノート」３篇、「2015.9-2016.7 例会報告の概要」13篇、その他4篇などの盛りだくさんの会報となった。

私の個人的な関心としては、加藤三由紀氏の「趙樹理生誕110周年記念活動に参加して」に注目した。加藤氏が、“沁水県の村々で日本軍が行なった虐殺について、かの地で黙とうを捧げ、

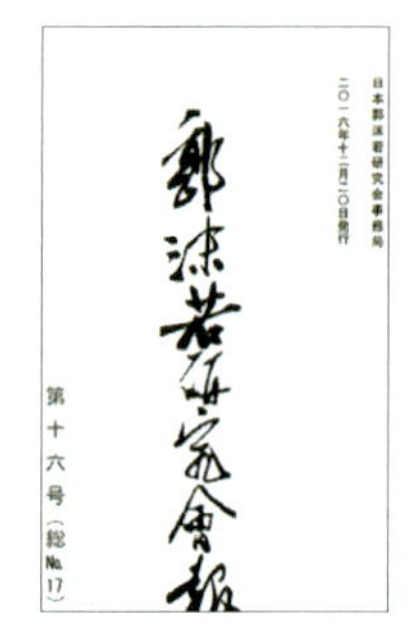

座談会の席でお詫びができた”ことを最後に記していることに、私なりの感慨を新たにした。私もかつて1981年8月に沁水県の村を訪ね、日本の軍隊が趙樹理の父親を含めた村人を虐殺したことをお詫びしたが、その時、私は中国語で「私は日本人民を代表できないけれど、云々」と言った。私としては個人的な感慨に過ぎないというつもりであったが、その場にいた人々には、私は“お詫びできない”という風に意を取られてしまったようだ。だからその場には変な空気が流れたことを覚えている。あれから、35年ほどもたつ。このことがずっと私の胸底の澱（おり）となっていた。今、加藤氏の正確な中国語と冷静な対応が、うまく人々に伝わったことを読んで、思わずホット息をついた。

もう一冊、『郭沫若研究会報』第16号（総No.17）（2016年12月20日、日本郭沫若研究会事務局）が送られてきた。この号は今まで以上に厚く充実した内容になっていると思える。13名ほどの執筆陣がいて、山田敬三、杉本達夫、上野恵司、岩佐昌暲などの各氏の名前が目を引く。みな名誉教授の方々ばかりだ。今なお健筆を振るっているではないか。この会報はほとんどが岩佐氏一人の手による編集である。岩佐氏のいつもながらの精力的な仕事ぶりには感嘆せざるを得ない。そして、ここまで会報を育てた氏に心からお祝いを言おう。もっとも私は、どうも郭沫若にはなじみがなく、これまでも敬して遠ざけて来たから、良い読者ではないのだが。

・facebook. (2016.12.29)

私の本

今年の私の総括となる本が出来ました。

『回生晏語』（かいせい・あんご）TianLiangシリーズ16.

（三恵社、2017年1月1日、164頁。2,300+ α 円）

例年、私は心で思う。私のしょうもない繰り言をこうして本にして、無駄なことをしているではないか。それを人様に押し付けて、罪作りなことをしているではないか、と。ただ、今年はどうあっても本にまとめて残しておきたかった。かなりの人の声援があったからである。

コメントとして声援を送ってくれた人には、礼儀として1冊送らせていただくが、年末のことでもあり、少し遅くなります。

・facebook. (2016.12.31)

転ぶ

2016年の最後の時に、私はまたも大失敗をしてしまった。あまりに自分がボケなので、却って信じられないくらいで、笑ってしまうほどだ。
郵送の封筒を買おうとして、「丸銀」の２階に行ったけれど、ちょうどよい大きさの封筒がなかった。そこで、近くの「ファミリア」に寄ってみようとした。「ファミリア」に入ろうとして入口の車止めのコンクリートの台に躓いて倒れてしまったのだ。
一瞬何が起こったのかわからなかったが、体が飛んだ気がした。気が付くと、左目の上から血がポタポタと流れ出た。自分でチリ紙を出して止めようとしたが止まらない。第一どこから血が出てくるのかがわからない。チリ紙を使いつくしてもダメだ。
すると近くを通った人が「大丈夫ですか」と声をかけてくれた。別の人が「救急車を呼びましょうか？」とも言ってくれる。ティッシュを持ってきてくれる人もいた。左ひざがズキズキと痛い。目が良く見えない。おかしいなと思ったら、メガネの右のガラス玉が飛んでいた。よくまぁ割れなかったものと安堵した。眼鏡が割れて目にでも刺さっていたら、大変なことになっただろう。
しばらく起き上がれないでいたところ、店から女の人が出て来て、助け起こしてくれて、「トイレで顔を洗いなさい」と言ってくれる。そして、血だらけになった荷物や杖などを帽子とともに片隅に置いて、トイレにいざない、応急の絆創膏を貼ってくれた。その間、血だらけのティッシュなどを「そこに捨てて置きなさい。あとで掃除しますから」とか、「医者はあそこが良いだろう」とか「家族に連絡しましょうか」などなど世話を焼いてくれる。
どうやら、血も収まり、歩いて帰宅の途に就いたが、その前には、彼女は荷物入れなどの表に付いた血を拭き取ってくれたりした。家に戻って、応急の処置をしたが、左目の上にかなり大きな傷があった。また、思わぬことに左ひざから血が出ていた。ズボンを脱いだらわかったのだ。青あざになっていて痛い。
家に帰っていた二男が、救急治療の医者をスマホで探してくれたが、大みそかの土曜日とあっては、どこも開いているところはなかった。第一我が家の前が外科医のお医者さんだが、もうシャッターを下ろして休んでいる。
それにしても、あんな大きな台に躓くなんて、なんてトンマなのだろう。近ごろ私は足が地についていない感じでいたので、散歩もほとんどしていなかった。でもそれも言い訳にもならない。肝心な時にどうも目を離して、ウワノソラでいたに違いない。今年の教訓として、神様が痛いお灸をすえたのかもしれない。何をするにも、最後までトコトン見なければいけないのだと、身にしみてわかったと言える。

＊雪雁：萩野先生、大変でしたね。くれぐれもお大事に。

＊邱羞爾：ありがとうございます。本当にバカなことでした。先生にはどうぞ良いお年を！

＊芳恵：先生、最後の最後に大変でしたね。どうぞ良いお年をお迎えください。

＊邱羞爾：ありがとうございます。本当にバカな１年でした。来年は良い年にしたいです。芳恵さんも良いお正月を！

＊うっちゃん：お互い気をつけましょう。これで来年はいい年になりまし。

＊邱羞爾：ありがとうございます。先生はいかがですか？順調であることを祈ります。おっしゃるように、来年の厄落としになればと思います。

＊Hoshie：年末に大変でしたね（；；）
まだ目と足痛みますか。
これから雪とか降ってきたら転んだりしやすくなるので足元気をつけてくださいね。来年は怪我のない１年になりますように😊

＊邱羞爾：Hoshieさん、コメントをありがとう。あけましておめでとうございます。今年は君にとって大変良い年でありますように！

＊Tamon：足元がおぼつかなくなってきた自覚あり。お互い気をつけましょう。

＊邱羞爾：あハハ、トンだ大失敗でした。これで、厄払いです。貴兄に良い年であることを！

＊Kiyo：大晦日に大変でしたね?!
大事になさってくださいね

---

*邱羞爾：ありがとうございます。来年は良いことがあるように祈ります。

---

*Yumiko：大丈夫ですか!?　まだ痛みますか？
とても心配です。まさか一年の最後にこんな投稿を拝読することになるとは。どうか無理だけはなさらないでくださいね。
でも、きっと今日が「残念」の最後、明日からは新しい良い年が始まります！来年はYitingとの再会も待ってますから

---

*邱羞爾：そうなんだよね。来年こそ、君とのデートを成功させたいです。焦らずに頑張りますから、待っていてください。

---

*Akira：注意身体健康！

---

*邱羞爾：多謝你的関懐！

---

*良史：悪いことは、年内で良かったと、私言い聞かせます。来る年はきっといい年でしょう。

---

*邱羞爾：ありがとう。そういう風な思考で来年を迎えましょう。君にも良い年であるように！

---

*幽苑：先生 年末に大変でしたね。今日は少し痛みがでるかも知れませんね。一日も早いご回復をお祈り致します。

---

*邱羞爾：年末まで忙しく働いていたのに、私にコメントをありがとうございます。幽苑さんはいつも活躍しているから元気なのですね。今年も良い年でありますように！

---

*幽苑：ありがとうございます
先生の今年一年のご健康とご多幸をお祈り致します。

＊純恵：年の最後に大変でしたね。今年は良い事が起こります様に！

＊邱羞爾：コメントをありがとうございました。純恵さんの今年がとても良い年でありますように！

＊Yoshie：荻野先生、お怪我の具合はいかがですか？目のまわり腫れ上がっていませんか？足も痛くて歩くのが大変でしょう。正月休みということで、ゆっくり養生なさってください。どうぞ、お大事に！

＊邱羞爾：コメントをありがとうございました。目の周りが腫れ上がって、いっそうひどい顔になっています。Yoshie さんの今年が良い年でありますように！

＊三由紀：新年はいいことが沢山ありますように。中国当代文学研究会の会報をご紹介いただき、ありがとうございました。先生からの励ましで次の力が湧いてきます。また、拙文に触れていただき、ありがとうございました。趙樹理の故郷でのこと、一人の日本人としてお詫びしたいと切り出したとき、中国の方々は一瞬怪訝な表情をなさいましたが、望川惨案（現地ではこう呼ばれています）のこととわかると、納得されて、静かに拍手を送ってくださいました。

＊邱羞爾：コメントをわざわざありがとうございました。「一人の日本人として」の「お詫び」、よくやりました。新年もご活躍くださることを！

＊純子：私は先生ほど大事にはなりませんでしたが、年末家のストーブにひっかかって転びました。全然見えていないものって結構多いのかもしれません……

＊邱羞爾：そうですか。危なかったですね。新年は良いことがいっぱいあるようにしたいものです。

・facebook　(2017.01.02)

ご挨拶

皆様、あけましておめでとうございます。
２日に、二男が孫を２人連れてやってきました。そこでやっと正月らしい気分になりました。
孫のうちの上の方はやっと少しずつ私に慣れて、泣かないようになりました。一緒にいつもの「箸置き」の馬や猫などと遊びましたが、その前に、二男が親父はおもちゃを買ってくれないからと、わざわざデパートで買ったおもちゃを、あたかも私からのプレゼントであるように渡すという芝居を打ちました。これが功を奏したのかもしれません。私の子供たちには、こんな芝居を打たなかったのに、パパともなるとこんな苦労をするものかと感心するやら、呆れました。
下の孫は、最初はニコニコとおとなしくしていましたが、寝る時間をそらしてしまったのか、なかなか寝ないで泣いてばかりいました。そこで、パパが抱っこをして何十分も立ったり歩き回ったりしていました。子育てがこんなに大変であったか、と振り返ってみましたが、もう昔のことですっかり忘れてしまいました。でも、もう少し楽であったような気がします。
夜、お風呂に入りました。３日ぶりです。まだ膝小僧に傷があるので、絆創膏のまま入りました。膝や左腕などに青あざがあって痛みがあります。左目の上の傷はまだまだ深く残っていて、顔を洗うのも右半分にしています。でも、お風呂に入ったら、やっと新年のご挨拶をする気になりました。
皆様にご心配をおかけしました。ありがとうございました。今年もよろしくお願いいたします。

＊Yoshie：お孫さんが先生に元気をもってきてくれたのでしょうね（＾＾）、少しづつ回復されているようで安心しました。最近の子育てはパパの出番が多いようですね。

＊邱羞爾：実家に戻ったせいか、パパの方が張り切っていて、こちらは大いに迷惑です。でも、少しずつ元気を取り戻しつつあります。コメントをありがとう。

・facebook.　(2017.01.05)

またまた入院

4日に京大病院に行ったところ、胸水が溜まっていて呼吸と歩行が困難なため、緊急に入院することになりました。生活と食事を管理するため、数週間の入院となりました。皆様にはご心配をおかけし、ご迷惑をおかけしますが、ご了承ください。

＊良史：先生、それはそれはまた大変なことになりましたね。のんびり静養せよ、ということですよ。どうぞお大事になさって下さい。

＊Kiyo：あけましておめでとうございます
新年早々大変ですね　くれぐれもお大事に！

＊ノッチャン：メールにも書きましたが、ゆっくり養生してください。

＊浩一：明けましておめでとうございます。くれぐれも御体をお大事になさって下さい。

＊邱羞爾：ありがとう。君は元気ですか？今年の活躍を期待しています。

＊うっちゃん：先生くれぐれもお大事に。

＊邱羞爾：ありがとうございます。私は特に何もしていないのですがね。その何もしていないのに悪くなるのが問題なのです。

＊愛：先生、とても心配です。どうかお大事になさってください。
早いご快復を心よりお祈りしております。

＊邱羞爾：ありがとうございます。君の「つよし」熱もなかなかのものですね。今年こそ優勝するとよいですね。

＊愛：はい！今年こそはと期待しています。
春の訪れを待ちわびています。

＊雪子：それは大変ですね。でも見つかった事によって治療できる訳だからどうかお大事に治療に専念して下さい！ 祝您早日康复。

＊邱羞爾：雪子さん、コメントをありがとう。 祝你新年快楽！

＊雪子：谢谢老师。祝老师健健康康的快乐度过每一天。

＊愛：はい！今年こそはと期待しています。春の訪れを待ちわびています。寒い日が続きますので、どうかご自愛ください。

＊やまぶん：入院は休養の時間と思って、ゆっくり休んでください。かく言う私も正月はノロウィルスに感染して寝たきり状態でした。嘔吐とか高熱とか苦しかったのですが、それでも目覚まし時計なく寝られるので、少しは気が休まりました。返事はいりませんから、とにかくゆっくりやすんでください。お大事に！

＊クマコ：先生、お食事などお気に召さない事も多々ありましょうが、ゆっくりしっかり治療なさって体調を整えて下さい。お大事に。

＊邱羞爾：やまぶんさん、コメントをありがとうございます。１週間が過ぎ、返事を書く余裕が生じました。ノロウイルスというのは子供がかかるのかと思っていましたが、大の大人もかかるのですね。どうぞお大事に。といってももう治っているのですね、安心しました。

＊邱羞爾：クマコさん、コメントをありがとう。食事はとてもおいしいですよ。ただ、味が薄いのと量が少ないのですがね。今は水の量の制限が辛いです。とにかくのどがカラカラに乾くのです。クマコさんのご一家はみなお元気でご活躍ですか？

＊クマコ：先生、おはようございます。
コメントにお返事頂けて、少し病状も落ち着かれたのだとホッといたしました。
呼吸や歩行困難の緊急入院との事にかなり心配しておりました。
お食事の味付けや量を仰るのなら大丈夫ですね。喉の渇きはお辛いと思いますが水分制限もされてらっしゃるのでしょう。

どうぞ十分なご静養を。
こちらは娘家族、息子夫婦も集って賑やかに新年を迎えました。少しばかり、私が調子悪くなっていましたが復活いたしました。ありがとうございます。

＊邱羞爾：クマコさん、にぎやかなお正月は楽しいですが、みな主婦の肩にかかってきますよね。疲れが出たのでしょう。さすがのクマコさんも少しお年を召したのでしょう。(笑い)。このことを少し考えて今年を過ごしてください。

・facebook. (2017.01.10)

途中報告

入院して１週間が経った。だいぶ良くなって、酸素呼吸の管も外して構わないようになった。ただ、水分を800ccまでと制限されていたので、のどがカラカラに乾いてしょうがない。そして体重が51キロ台になった。体重を51キロにするのが目的なのだからしょうがないとはいえ、手足などまるで鶏ガラのようになり肌もしわしわだ。
食事には文句はない。言わしてもらえば、味が薄いだの量が足りないなどとあるが、すべて我慢我慢。ただ眠れない。ただでさえ眠れないのに、うるさい人が同室にいて、せき込むやら痰を絡ませるやら、とてもうるさい。寝られやしない。そのくせ、その人は医師や看護師には「なんでもありません」「よくなりました」などと言って済ませる。そして検査数値が良いのだそうだ。この人が肺炎で入った最初は勿論、自分も肺炎で入ったことがあるから我慢していたが、何日も続くと、私などは影響を被って不満が高まる。そこで、睡眠薬をもらって飲んだが、これも一向に効かない。毎晩うつらうつらしている。
おまけに今日、２人がいっぺんに入ってきた。その彼らのいびきがひどい。大部屋にはこんなことがある。
だから養生も一生懸命であり、しっかりとしなければならず、大変疲れることでもある。

＊ウッチャン：先生、大部屋は仕方ないですね。私の昨年暮れの１週間入院で閉口しました。なにせ眠れません。４人部屋でしたが、私以外は全員、すごいいびきです。イヤフォンをつけて寝ましたが、それでも寝つけませんでした。その苦労、分かります。

＊邱羞爾：ウッチャン、コメントをありがとうございます。理解のある方がいて

大変うれしいです。

＊Tamon：もともと鶏がらみたいな身体だったと思いますが、それよりひどいのですか？？　心頭滅却すれば……、がんばれ年寄り。同世代の後輩より……。

＊邱羞爾：51キロだぜ。多分今の貴兄より20キロは少ないのだろう。心頭滅却なんて、とてもとても。俗念ばかりで眠れないよ。

＊Tamon：小生63キロ。上背からしたら、先輩もあと5キロほしいですね。好きなものを食べまくってください。

＊邱羞爾：あハハッ、好きなものを食べまくってよいなら、入院なんかしていないよ。

＊Tamon：ごもっとも！早く退院してください。

＊芳恵：先生、51キロとは……そして、寝られないというのは辛いですよね。本日、合研で『回生晏語』を頂戴しました。ありがとうございました。しっかり養生なさってください。

＊邱羞爾：芳恵さん、よくわかってくださる。『回生晏語』はまだほとんどの人に送れないでいます。芳恵さんが第1号です。

＊Akira：加油！

＊邱羞爾：受到你的鼓励、感謝你！

＊亮：私も入院した時に先生と同じような境遇を経験しました。

＊邱羞爾：大部屋は、いつもどこでも同じなんですね。君はいつ入院したのですか？

＊育代：おはようございます。

だいぶ良くなられたご様子、安心しました。お話したかと思いますが、連れ合いの母が脚の付け根を骨折して入院中で、昨日が金属で繋ぐ手術でした。成功ですが、高齢のため意識があやふやな状態です。先生と違って何回説明しても、酸素マスクや点滴の管を外しそうになっています。ミトンのような手袋をはめられてますが、それでもダメです。大部屋はしんどいですが、外からの適度な刺激がある方が病人には良いようですよ。もう少しの辛抱だと思います。

＊邱羞爾：ノッチャン、コメントをありがとう。義母さん（おかあさん）は、大変そうですね。手術が成功したそうでよかったです。ノッチャンも良いお嫁さんとして苦労していますね。優しく粘り強く看病してあげてください。

＊育代：同居してませんから、普段は義妹に任せ切り。職場からは近いので、寄れるだけで、決して良い嫁ではありません（笑）

＊邱羞爾：そうかぁ、それは楽でよかったね。これから少し良い嫁らしくすればよいね。（大笑い）

＊育代：ひど〜い❣（大大笑い❣）先生、もう元気です（´▽`*)

・休養

(2017.01.11)

私の今の望みは、サイダーにアイスクリームを載せて、がぶがぶと飲むことだ。もちろんビールでも良いのだが、炭酸でなければいけない。のど越しすっきりでなければ気が済まない。こんな小さな望みでも、結構大きくイメージとなって押し付けてくる。それだけ、のどが渇いている証拠だろう。昨日から800ccが1リットルに緩められた。この200ccは実に大きい。ありがたい。でも、今までお茶がおいしかったのに、お茶では済まなくなったというわけだ。お茶といっても「ほうじ茶」に過ぎないのだが、熱いお湯で飲むこのお茶が実においしかったのに、慣れとは恐ろしいものだ。
退屈な時に、ゆっくり思索をしたらよいのだろうが、どうもそういう体質に私はないから、俗なことしか思い浮かばない。政治、経済、哲学いや文学でも、何も思い浮かばない。おまけに人の本を読もうという気力もない。インターネットで見る限り、女性の活躍が目に付く。お正月に津守陽さんから抜き刷りを頂いたが、『沈従文のフェティシズム――髪のエクリチュールと身体化される＜都市／郷土＞』（『中国文学報』

第87冊、2016年4月。46〜88頁）というもので、なかなか面白い。でも、題名からもわかるようにカタカナの言葉が多くてわかり辛い。だから、まだ読了していない。ただ、彼女の読書量からする考察が人に安心感を与えて重厚な感じになり、面白いと言えるのだ。それにしても、女性はなんと強くあからさまになり、観念的に思惟深くなったものかと感嘆せざるを得ない。

１日がゆったりと進んでいるようで、終わってしまえば、かなり早く進んでいることに気付く。もう11日も終わる。七草がゆや鏡モチを入れたぜんざいも終わるのだ。この限られた窓からは、雨風も寒さも感じられなく、隣の病棟の窓ばかりしか見えないのだが、明日くらいから寒波が来るという。他のお医者さんの診察やX線などの検査には、まだ車いすに乗せられて運ばれる。車いすは楽ちんで快いけれど、ますます足が弱っていくような感じがする。だからと言ってまだリハビリをする気にはならない。まぁ、贅沢な時間を無為に過ごしている。多くの人が案じて言ってくれるが、これを休養というのだろうか。

・**facebook.** (2017.01.12)

Yumiko：先生、ご承認ありがとうございます。今日ご本をいただき、嬉しく、有難く読ませていただいております。

＊**邱羞爾**：無事に届いてよかったです。あなたのあの論文は大変面白かったです。私のFBに「いいね！」を推してくれてうれしいです。ご主人によろしく（とんだ、皿洗いをさせてしまったそうですから）。

＊Yumiko：（涙）読んでくださって本当にうれしいです。夫も先生にお礼を申しております。ご退院なさって、暖かくなったら、鴨川でお花見などご一緒させてください！

・facebook.

(2017.01.13)

愛：先生、本日無事にご著書を受け取りました。
有難うございます!!　大切に拝読致します。

＊邱羞爾：届きましたか。君のコメントに随分励まされましたから、お礼です。読んでくれればうれしいです。

＊愛：有難うございます。
本当に嬉しいです!!　私こそ、先生とこの様にやりとりさせて頂いていることがいつも大きな励みとなっています。
じっくり、読ませて頂きますね。

・退院しました

(2017.01.14)

1月14日、雪の舞う中、退院しました。12日に撮ったX線の結果が大変良く、肺の水が引いていたから、退院のOKが出ました。
皆様には大変ご心配とご迷惑をおかけいたしました。これからは、塩分、タンパク質、そして水分の取り過ぎに注意しなければなりません。そうして51キロの体重を維持しなければなりません。水分摂取の制限がとてもつらいです。
入院中に作って出した私の本も、どうやら皆さんに届いたようで、安心しました。へたくそな汚い字で宛名を書きましたから、申し訳ないことです。年賀状もすべて印刷で済ましました。どうぞご了承ください。もっとも出せなかった人もいて、まだ年賀状が余っている次第です。
年末年始とあわただしく病魔に襲われてしまいました。厄もこれだけ来れば、これからは静かに過ごせるのではないかと思います。
人生一炊夢、泰然聴雨風（人生 一炊の夢なれば　泰然として雨風を聴くのみ）の心境です。

＊ドライフラワー：先生、退院本当に、本当によかったです。
この寒い中、移動されるのも大変だったのではないでしょうか。京都は大阪に比べて、雪が随分積もっているようですね。息子が写真を送ってきました。くれぐれもお大事になさってくださいね。

＊Momilla：先生、こんにちは。ご退院おめでとうございます。
とはいえ今冬最大の寒波来襲の中で、京都市内は雪が降ったりで大変だったことと思います。寒波は一旦緩みそうですが、今後引き続き断続的に来るとの情報もあります。無理なさらずご養生に努めて下さい。
私も実は3日前に風邪をひき、翌日仕事を休んで医者へ行ったところ、検査で即座にA型インフルエンザ感染と診断され、昨日夕方まで寝込んでおりました。でも処方されたタミフルのおかげで、今朝からは平熱に戻りましたので、明日は会社に出られそうです。
そんな中、昨日「回生晏語」が届きました。いつもありがとうございます。昨晩から今朝にかけ、じっくり拝見しました。私は facebook はやっていませんので、このブログ以外での、先生と皆さんのやりとりも拝見できるのはありがたいです。

＊ガマさん：先生、退院おめでとうございます。
今日の駅伝の映像を見ていると、京都の町が雪景色で…
こちら木更津は、空気は冷たいものの、晴天。
日本列島、はなはだ広いと思う次第です。
私も『回生晏語』を頂戴いたしました。
ありがとうございます。
私も、Facebookは、ご縁がなく、こちらの文章を楽しみに読まさせていただきます。
昨日、今日と大学センター試験でした。
担任の生徒が善戦してくれているとうれしいのですが、
ややこしい選択肢に四苦八苦している姿しか思い浮かびません。
明日は、センターリサーチとやらで、何となく情報にふりまわされる感がして、なんとかならないものかと毎年思います。
自分の思いを自分の言葉で表現することが、一番大切であるはずなのに。
先生、ご無理のないように。
また、ブログにお邪魔します。

＊邱羞爾：ドライフラワーさん、コメントをありがとう。今日は、センター試験と女子駅伝の日、息子さんの時が思い出される日でしょうか。雪がこんなに積もるなんて思いもしませんでした。

＊邱羞爾：Momilla君、お久しぶりです。A型インフルエンザに罹ったそうで、大変でしたね。私の本を読んでくださったそうで、光栄です。まだまだ若い君のことですから、明日から元気で活躍してください。

＊邱羞爾：ガマさん、心配性の君には憂鬱なシーズンとなりましたね。彼らも、もう突き放してよい年でしょう。選挙権を得る年なのですから。何よりも、ガマさんがあっけらかんと過ごせるように努力してください。この頃のガマさんはいつになく元気がないようだから。

＊うっちゃん：良かったです。

＊邱羞爾：応援、感謝です。

＊幽苑：心配していました。良かったです。

＊大介：心配でしたがひとまず安心致しました！また、年賀状ありがとうございました。
家族みな元気に過ごしております！

＊Yoshie：先生、退院おめでとうございます。今日は、雪の舞う寒い日で退院も大変だったのではありませんか？明日も荒れそうです。どうぞご無理なさいませんように（＾０＾）。また、「回生晏語」届きました。ありがとうございます。私にまで……、恐縮です。拝読させていただきます。

＊Shigemi：安心しました。良かったです。

＊愛：ご退院おめでとうございます。
安心しました。どうぞ、無理はなさらないでくださいね。

＊ノッチャン：退院おめでとうございます❣ 良かった、良かった、良かったです❣

＊幽苑：先生、今帰宅し郵便受けを見ましたら、「回生晏語」が届いていました。

ありがとうございます。表紙がチャイナ服の刺繍の感じですね。拝読させて頂きます。
寒さ厳しき折、くれぐれもご自愛下さい。

＊邱羞爾：幽苑さんにものすごくへたくそな字で送って申し訳ありません。無事に届いてよかったです。それにしても、幽苑さんは新年から大活躍ですね。お疲れが出ませんように。

＊幽苑：ありがとうございます。忙しく動いていますが、性分に合っているんだと思います。来週金曜日からまた上海です。本来なら上海呉昌碩芸術研究センターで開催の、日中交流展覧会のお手伝いのはずでしたが、日本側が出品しなくなりました。ですからのんびり出来そうです。

＊正純：まずはご退院おめでとうございます。きょうは名古屋、豊橋もえらい雪でしたが、京都も雪の中大変だったと思います。くれごれもご自愛ください。
本日、雪のなか回生晏語拝受しました。ありがとうございました。

＊良史：退院、おめでとうございます。引き続き、SNSへの更新を期待しております。

＊ノッチャン：先生、ありがとうございます❣ 今日、ご本を受け取りました。ブログの方は、「パソコンが壊れた」と伺ってからずっと再開を知らずにいましたので、私にまでいただいて恐縮です。近頃はこっち（Facebook）の方で、それこそ即時にお話出来ますから嬉しいです。厚かましいですが、次号も楽しみにしています。

＊邱羞爾：無事に届いてよかったです。ノッチャンにも随分励まされました。ありがとうございます。ハルちゃんも、おもらしするなんてやっぱりオスなんですね。

＊ノッチャン：娘が普段の服装に戻ったら、尻尾を振り切れるくらいに振って喜んで跳ね回ってました。誰が訪ねて来ても、尻尾は上がったままだったので、下がるなんて無い子だとばかり思ってましたから、衝撃でした。ホント、ハルはビ

ビリみたいです。(笑)

＊**真宇**：退院おめでとうございます
無理なさらないでくださいー！

＊**麻矢**：先生、本日ご著書拝領いたしました、ありがとうございます！いろいろな制限は辛いですが、どうかうまく付き合って健やかにお過ごしください。

＊**利康**：同じくご著書ありがとうございました！どうぞご自愛ください。

＊**陽**：私も昨日ご著書を拝受致しました。大変な中宛名書きをされていたと知って、胸が痛みます。お大事になさってください。ありがとうございました！

＊**邱羞爾**：陽さん、私のブログにも書きましたが、あなたの論文をまだ途中までしか読んでいません。ちょっと余裕がなくて、残念です。

＊**陽**：今ブログを拝見しました。取り上げていただいて、恐縮です。長く書いてしまったものですから、ご負担をおかけして申し訳有りません。「強くあからさまに…」という評、自分が卒論の発表の時、筧久美子先生にいただいた「今は若い女性がこういうことを書けるようになったのねえ」という感慨を思い出しました。どうぞお体の調子を優先されてください。

＊**虞萍**：先生、退院おめでとうございます。ご著書を拝受しました。どうもありがとうございました。拝読させていただきます。
くれぐれもお体に気をつけてくださいませ。

・**facebook** (2017.01.15)

雪

昨日から降った雪が、今日も断続的に降って、「皇后杯第35回全国都道府県対抗女子駅伝」も、中間点当たりでは吹雪いている状態だった。お昼の放送では京都は13センチも積もったそうで、明日もまだ降るかもしれないという。我が家の庭も雪が積もって、ただでさえ寒いのに、いっそう風情を添えてくれた。子供のころは雪が降れば大いに喜んだものだけれど、大人になった今ではすっかり現実的になって、雪などロクなものではないと思うようになったが、朝の雪景色を見れば、静謐な中に結構華やいだものを感ずる。雪は静かなだけではなく、華やぎを人にもたらすようだ。

＊Yumiko：今も吹雪の中ランナー達が走ってますね。先生、ほんとに寒いですから絶対に無理なさらないで。お願いします。

＊邱羞爾：コメントをありがとう。君には本を手渡したかったので、遅れています。でも、しばらくはこの寒さなので自重しますから、そのうちに送ります。待っててください。

＊Shigemi：本日ご本をいただきました、ありがとうございます。（暫く大阪の家を留守にしていたので遅くなりました）
『起死回生』の気魄、素晴らしいです‼

＊邱羞爾：無事に届いてよかった。君の登山も素晴らしい。

＊登士子：先生、先刻、御著書が手元に届きました。
早速拝読しました。お出かけになられた際の記事が、好きです。特に、2016年2月2日、節分の前夜祭に行かれた際のお話が微笑ましく、幸せな気持ちになります。大切にします。本当に、有難う御座います。
そして、退院されたとの事、ホッと安心致しましたが、明日もまた厳しい寒さになるようです。どうかお気をつけ下さい。

＊邱羞爾：登士子さん、コメントをありがとう。無事に本が届いてよかったです。新しい生活はいかがですか？順調にやっていますか？粘り強くやってください。

・facebook. (2017.01.20)

大寒

京都左京区の天気予想では、明日の朝方から雪が降るようなことを言っていたから、夕方雨戸を閉めた。その時ふと西南の方向に明るい星を見た。あれは宵の明星なのだろうか。今日は「大寒」という。皓々とと形容して良いような光に一層寒さを感じた。
退院して１週間。久しぶりの掃除をした。掃除機に随分とごみが溜まったから、きれいにしたという気分になり、気持ちが良かったが、ソファーのオットマンを動かしているときに、足を滑らせてドスンと尻もちをついてしまった。それが妙に頭に響いて、頭がずっと重く鈍痛がする。
この１週間のうちでは、まだ用心して散歩に出かけていない。随分と足が弱っているのかもしれない。散歩に出かけるついでに、ちょこちょことしたことを済ませたいのだが、例えば、あのお店の奥さんに「本」を渡したいだとか、三恵社にお金を振り込まなければなどということがある。まだまだ時間があると思っているうちに１月ももう 20 日を過ぎた。
多くの方から『回生晏語』のお礼を頂いたが、はがきや手紙を下さる方は、ブログやフェイスブックをしないから、１月４日に私がまた入院したことを知らない。だから、今年の健康を祈ってくれて、運動をするように提言してくれる。でも私にはまだそんな健康のための運動をする体力がない。体力どころか精神的にも少しも張り切ったいいところがない。例えば、年賀状だって、たった２枚しかビリの３等が当たらなかった。昨年は７枚だったのに……年賀状だからゲンを担ぎたくなる。でも、こんなことはどうでも良いことなのだ。もっといろんなことが鬱々としてあるが、こんなつまらぬことで気持ちを抑制しておかないといけないのが今の私の暮らしだ。

＊Yumiko：お送りくださった本３冊、拝受いたしました。ありがとうございます！回生晏語はもちろん、映画好きの私のことを考えてくださった２冊もとても嬉しいです。　今週はインフルエンザでうなされており、なかなかお礼を申し上げられず大変失礼いたしました。仕事がとても忙しくうなされながら病床からメールで指示したり、熱が下がったらすぐ復帰して（通勤は車、職場は２人のみでインフルウイルスはまきちらしておりません）残業までしたりと、怒涛のような１

週間でしたが、どうにか回復してきております。これからゆっくり読ませていただきますね。　先生もまだまだ無理なさらず、ゆっくりなさってください。

＊邱羞爾：驚いた。もう大丈夫になったのだろうか？でも、よく頑張りましたね。まだまだ若い。本、無事に届いて安心しました。メモに書いたように、貰い物で申し訳ないけれどご笑納ください。きっと映画館でうつされたのでしょうね。

・同い年　(2017.01.21)

私と小学校、中学校、高校と同期であったY.Sh君が「昨年心筋梗塞と不整脈の2度の手術をうけ……」と年賀状に書いてきた。
また、大学で同期であったX.Y.氏が「昨秋、体調をくずし、病院で新年を迎えました。……」とこれも年賀状に書いてきた。
さらには、同期に大学に勤めたW.X.氏も「昨十二月末心臓のアブレーション治療を受け、……」と年賀状に書いてきている。
そういえば、大学で同期であったZh.ZH.氏も心臓のカテーテルをやったとか書いてきたことがある。
同じ年頃なれば、みな体調に変化をきたしている。みな75歳の後期高齢者になったのだ。やはり年齢は争えない。ただ、彼らは私なんぞと違って丈夫な逞しい体であった。弱弱しく、いつも弱音を吐く私などを憐れんでくれていた人たちばかりだ。
そういえば、私の兄貴などは曽ては健康優良児であったし、病床でも立派な体のまま横たわっていた。
病気は体の丈夫さなどとは関係ないのだとつくづく思う。それは、スポーツ選手だった人の私より早死にの新聞記事を見ると強く感じる。
何が問題となるのか私はわからないが、多分食事のバランスに大きく関係するような気がする。私は18歳で大学に入ってから下宿生活をしたせいか、食事は不規則で偏りがあった。時には1日一食で、それも夜の夜鳴きラーメン1杯で済ますなんて無茶なこともしていた。それが結婚してから、規則正しくなり、栄養のバランスも良くなった。だから、私はこの年まで生きていられるのであろうと思っている。

＊ガマさん：先生　おはようございます。
これは奥様にぜひ直接おっしゃっていただきたい内容ですね。
「食」って毎日のことだからこそ、大事ですし、大変です。

旬のもの、自然の摂理に任せていただくことが大切かなとこのごろは思います。でも、旬のものをおいしく食べるには、それなりの手間暇がかかりますから。大寒も過ぎましたが、まだまだ寒さ厳しく。
先生、ご自愛ください。

＊**邱羞爾**：ガマさん、コメントをありがとう。もし家内が読んだらとても喜ぶことでしょう。その可能性はほぼ100%ありませんが……。
今日も雪が降ったりやんだりと寒いです。そちらは幾らか温かいですか？

・**facebook**. (2017.01.22)

タイムリーな本

今日、楽しいというか十分に驚いた本を受け取った。実は昨夜にポストに入っていたようだが、今朝になって気づいたのだ。
渋谷由里著『〝軍〟の中国史』（講談社現代新書 2409 2017年1月20日、237頁、800+α円）
さっそく「はじめに」と「おわりに」と「あとがき」を読んだ。
彼女の中国を理解しようという意図が明快なわかりやすい直截な言葉で語られていて、彼女の明晰な頭脳に感心した。これは面白そうだ。病院の待ち時間に読もうと楽しくなった。
彼女は、もともと東北の張作霖のことを書き（『馬賊で見る〝満洲〟』など）、浅田次郎と関係が深かったから、考察力はもとより文章も簡潔で明快になったのだろう。この本の「党の軍隊」であって「国家の軍隊」でないという彼女の切り込みが、彼女の願いである「日中両国の和解」を呼び起こすことを私も望む。

＊**義則**：そうですね。
日本という国と中国という国の問題ではなく、日本という国と中国共産党の問題なのですね。シェアさせていただきます。

＊**邱羞爾**：義則先生、シェアをありがとうございました。明日、明後日と病院に行くので、その待ち時間に読もうと思っています。

・facebook. (2017.01.24)

腎臓の講座

今日は、朝から小雪が降ったりやんだりした。寒い。風の冷たさが違う。そんな中でも、ふと見ると庭の杏がパラパラとつぼみを広げていた。

1月10日から毎週火曜日、17日，24日と京大病院で行なわれる「平成29年度　腎臓病教室」に参加している。今日はその3回目で最終回となる。題して「腎不全後期の腎臓の状態と腎代替療法」。要するに透析のことが話の中心だ。

講座の先生は、透析があるから腎臓が悪くなっても普通の人の生活並みに日が送れる。そういう風に考えろというのだが、どうしたって、こちらは悩ましいことにしか思えない。今の私は少しでも長く透析までの時間を延ばしたいと思っている。

代替療法には3つあって、血液透析、腹膜透析、それに腎移植だ。どれも一長一短があって、ビデオまで見せられたが、当たり前のことだが、要するにしない方が良いのだった。

・YuanMing便り4 (2017.01.24)

YuanMingが私の退院を景気づけるために、また「便り」を送って来てくれた。

その前に、狭間先生の私の『回生晏語』のお礼に書いてあった「YuanMing便り」へのコメントを彼に送った。そこには、現代中国の事象に対する狭間先生の驚きと感想とが書いてあった。私はいずれにせよ、大先生の反応を起こしたことは素晴らしいことだとYuanMingに言った。その返事が以下のものである。

＝＝＝＝＝＝＝＝＝＝＝＝＝＝＝＝＝＝

京大名誉教授の狭間先生からコメントを頂けるなんてとてもうれしいです。

事業は現段階では社外秘なので詳しく言えませんが、江南地域で訪日ビザが取得できる経済層をターゲットにしています。決して高級なツーリズムではありません。

我々の主な方針は日中の関係を深める事であり、それに伴い利益を得るという考えだけをお伝えしておきます。

～～～～～～～～～～～～～～～～～～～～～～～～～～～～～

明けましておめでとうございます。

グループ企業の忘年会参加と新事業を広げる為、1月9日～13日まで常州、無錫、上海に出張に行って来ました。ちょっとばかり気付いた中国の進化をお伝えしたいと思います。

9日。関空～上海。16000円オールインのエアチャイナCA164にて移動。サーチャージが無いので格安です。大阪東京間の新幹線往復よりも安いですね。
８合炊きの炊飯器を買って来てと頼まれたので、右手にはお土産満タンのスーツケース、左手にはデカイ炊飯器を持って移動。
上海到着後、動車（新幹線）で常州へ。
常州は私の会社のオーナーが住む町。仕事で取り扱う商材（太陽光パネル）の本社工場がある場所でもあります。
オーナーの会社に到着後関係者にお土産配り。
頼まれていた荷物は人民元と引き換えです。例えば日本なら3600円の品を買って来てもらうと、手間賃を含め普通4000円渡しますが、ほとんど（10人に９人）の中国人は3600円ポッキリしか渡しません。
しかも、１人に買うと、周りがそれを見て次私の分も買って来てと当たり前のように言う。

こんなクソデカイ炊飯器を持つ苦労をわかってもらいたい。
当日はオーナーに近状報告を、常州料理を食べ就寝。
最近常州では冰草（アイスプラント）が流行っています。
多くの電動バイクに寒さ避けで、こんなカバーが装置されています。危ないですね。

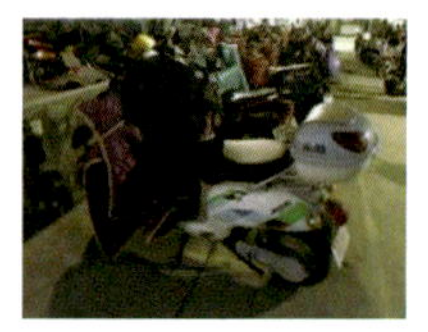

10日。昼間は得意先の蓄電池の方と挨拶したり、無錫で会う人に渡す資料作成をしたり、なんやかんや忙しい。中国のネットは不安定。Googleが使えないのでかなり不便。空港で借りたVPN付きのWi-Fiも途切れるし、VPNも安定しない。

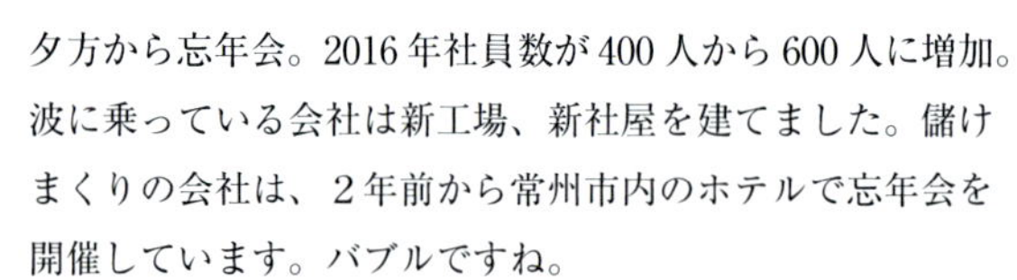

夕方から忘年会。2016年社員数が400人から600人に増加。波に乗っている会社は新工場、新社屋を建てました。儲けまくりの会社は、２年前から常州市内のホテルで忘年会を開催しています。バブルですね。

会場はすごく豪華。写真の人は北京の角刈りタクシー運転手ではなく、資産数百億のオーナーです。

ホテルの門に城管の二維吗（二次元コード）が貼っていました。スキャンしましたが何も出てこず。
特別なアプリを使用する必要があるのでしょうか？
今の中国どこでも二次元コード。名刺、支払、チラシなんにでも。
11日。えべっさん。残り福。私の誕生日。
朝から会社で会議。タバコを吸ったり、茶を飲んだだりしながら仕事。気楽ですねー。
中国の会社は不動産や証券マン以外はスーツを着て仕事をしないので、スーツ姿の私は周りの社員からジロジロ見られます。
オーナーの会社が6Sで管理されていたのは驚き！！（全く管理出来ていないですけど…）
夜は火鍋店で誕生日会を開いて頂きました。
10年前の二十歳の誕生日も上海で祝ってもらい、三十路の誕生日も中国で過ごしました。
中国のケーキもだんだん美味しくなっており、作る店によりますが、二十歳の時の誕生日会で食べたケーキなんて、ペンキの様な着色料を使っていました。
また、オーナーから誕生日プレゼントとして、微信支付（ネット決済）で人民元を頂きました。

火鍋を囲む社員。

いまの中国は紅包もネット決済。
12日。動車で無錫へ。市内で新事業の打ち合わせを行い、無錫駅で嘉兴の粽を食べ、夕方には上海へ。ここの粽は私が今まで食べた中で1番うまい。
チェーン店です。

嘉兴粽子

メニュー

オススメは大肉粽。袋が溶けそうですね。

無錫市内のショッピングモールにあった変な猫人間。中国はこういう変な美的センスが所々あるので面白い。
夜は留学時代に出会ったハンガリー人のレヴィーとご飯。家に泊まらせてもらい、中国の色々を互いに語る。
彼とは以前から秋田犬をハンガリーに輸出する商売を考えておりましたが、まだ実行に移せてません。彼の職は総領事ですが、性格は商売人です。

もし秋田犬の輸出ができれば、日匈友好を深めることもできるかも！？
13日。帰国。レヴィーの家は金持ちゾーンにあるので、周りに空港行きリムジンバスがなく、150元かけて空港へ。(涙)
余談
中国で外国人旅行者が不便な事。
中国でFree Wi-Fiに接続したり、ネットで新幹線のチケットを予約するには、ほとんど現地の携帯番号が必要です。なければ電話番号付きのプリペイドSIMを購入する。
以上。

・facebook (2017.01.25)

うれしいこと

うれしいことはびっくりする。今日はびっくりするようなことが幾つかあった。順を追って話そう。
まず、朝のポストに手紙と贈り物が入っていた。開けてみると女文字で和紙にびっしり３枚も『回生晏語』のお礼が書いてあった。なんでもしっかり読んでくれていたのだ。それだけでもうれしいことだ。さらに贈り物を開けると、初春の干菓子が入っていてパッと明るくなった。鶏もいて今年用の干菓子で、それを下さった心がうれしい。今日も病院に行って帰りが遅くなったので、夜に写真を撮ったので、明るさが十分とれなかったが、まぁ写真を見てください。

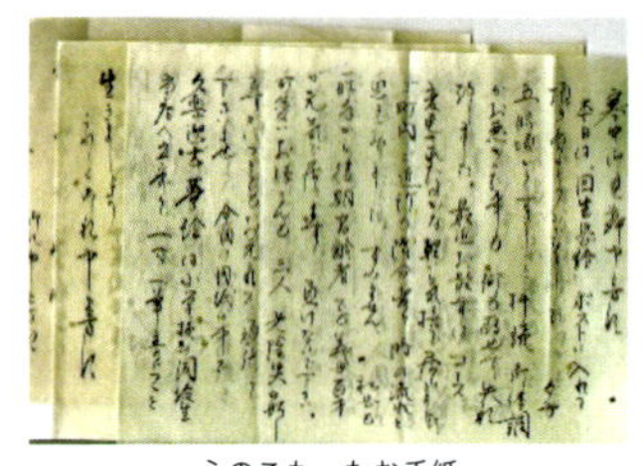
心のこもったお手紙

初春の贈り物(干菓子)

その病院では、相変わらず長いこと待たされたのだが、検査結果が割とよかったのでうれしかった。心臓が肥大していて悪いところもあるのだが、その他の意識している数値が良かったので（といっても基準よりもずっと悪いのだが)、嬉しいではないか。
帰ってポストを見ると、関大の関屋先生から『回生晏語』のお礼の手紙が来ていた。私は大いに驚いたのだが、先生はもうこの３月でご定年になられるのだそうだ。うかつだった。私はもう１年あるものと年賀状を頂いたとき思っていて、最後の「能楽フォーラム」というのも、誤解していてどういうわけか、もう1年あるからだと思ってしまっていた。
温厚で誠実な先生はいつも控えめであったが、「第28回 能楽フォーラム」は、最後だけあって、これまでの蘊蓄を能弁に語るようだ。大蔵流の5世・茂山千作氏が参加するそうだから、いっそう面白そうではないか。
3月6日（月）13時から17時まで。関西大学千里山キャンパス第1学舎1号館千里ホールAで行なわれるという。資料代500円がいるが、誰でも申し込み不要で、参加できるというから、どうぞ奮ってご参加ください。詳しくは写真参照。

能楽学会
■第28回 能楽フォーラム■
この人に聞く
—関西大学図書館新収蔵能楽文書をめぐって—

第1部 13時00分～14時00分
【基調報告】「東と西の狂言—初世萬・四世千作— 附、井狩本波吾狂言について」
田口 和夫氏（文教大学名誉教授）
第2部 14時10分～17時00分
【この人に聞く①】
井狩 尚志氏（能楽愛好家） 聞き手 関屋 俊彦氏（関西大学教授）
【この人に聞く②】
茂山 千作氏（大蔵流狂言方） 聞き手 関屋 俊彦氏（関西大学教授）
【トーク・セッション】 井狩尚志氏、茂山千作氏、田口和夫氏、関屋俊彦氏

日時：平成29年3月6日(月) 13時00分～17時00分(開場12時30分)
会場：関西大学千里山キャンパス 第一学舎1号館千里ホールA
参加費：500円(資料代)
＊事前の申込み不要。どなたでもご参加いただけます。
問合せ先(Mail)：nohgaku_forum@zoho.com
(Tel)：関屋俊彦研究室(06-6368-0492)、浅和男研究室(072-229-5370)
関西大学国語国文学合同研究室(06-6368-0321)、関西大学(代表)(06-6368-1121)

主催：能楽学会
共催：関西大学文学部、関西大学なにわ大阪研究センター特別研究「なにわ大阪の『笑い』に関する調査と研究」
協力：神戸女子大学古典芸能研究センター

関屋先生最後のフォーラム(3月6日)

思えば、私の定年退職の会の時、関屋先生が「謡い」をやってくれた感激は忘れられない。(TianLiangシリーズ12.『蘇生雅語』33頁)。先生とはほんの少ししか交流しなかったが、もっと前からお付き合い願っていればよかったと思う。

・facebook. (2017.01.26)

お見舞い

今日26日は良い天気であった。久しぶりの青空なので布団を干した。
午後、思わぬ人の来訪を受けた。彼女は例年くれる干支の置物を持ってきてくれたのだが、もちろん病気見舞いとして立派なお花と果物もくださった。
干支の置物は、フクロウであった。これがニワトリなどと違って予想外のもので面白い。もう何年も連続して干支の置物をいただいている。感謝する。
お花はとても豪華で立派だった。だから感謝の念よりも恐縮の方が強い。
果物も高価な今が旬のものなのだが、これも恐縮するばかりだ。おまけに私は今、カリウムの制限もあるので、果物も満足に食べられない。そんな話をしたから、失礼だったかもしれない。
でも、彼女ならば率直な話を快く聞いてくれるであろう。
こちらは、人様にいただいたものでのおもてなしで、ハーブティーと干菓子だった。一緒にハーブティーを呑んだが、私はまた水分の制限があるので、ガブガブと呑みたかったが……おとなしく少量の2杯で我慢した。

久しぶりに女性とあって私はうれしかった。彼女にはいろんなことでお世話になっている。こちらが頼んだことを喜んでやってくれる。感謝、感謝だ。だが、せっかく来てくださったのに、どうも気楽にお相手できず、申し訳ないことをした。

今年の干支、フクロウの置物。

私にはもったいないお花。

＊義則：感謝され、そして、気楽に相手ができず申し訳ないとおっしゃる先生。素敵です。そのお気持ちが周りを幸せにするのだと思います。

＊邱羞爾：義則先生、コメントをありがたくいただきました。なんと言っても、病人にはなりたくないものです。

＊純子：先生、お元気になられて本当によかった！！フクロウの置物はほっこりしますね。

＊邱羞爾：コメントをありがとう。でも、まだ油断できない状態なのです。

・**facebook.** (2017.01.28)

森下ハート・クリニック

少し体調がよくなっているので、森下ハート・クリニックにお礼のあいさつに行った。
受付の２人が驚いた様子で、そしてすぐ笑顔で迎えてくれた。
心電図とＸ線を撮って、「元気になってうれしい」と院長は言ってくれた。「リハビリはどうでしょうか」という問いに、「やって少し運動した方が良い」と言われたので、来週の月曜日から始めようと思った。
そこで、3階のリハビリ室へ行き、吉永さんに挨拶した。とても喜んでくれて、「ちゃんと枠は取ってある」と言う。コメントをくれたので、彼女にも1冊私の本を渡したが、早く渡そうと宿題のように思っていたので、快く受け取ってくれて、肩の荷が下りた。そばにいた陽子さんもニコニコと会釈してくれる。恭平君もマスクをして、笑ってくれていた。
受付の美千子さんに「副院長はいるか？」と聞くと、呼んでくれた。副院長にもお礼を言い、「こんなに細くなったから、弾力靴下はもう脱いでいいでしょう？」と聞く。もちろん、もういいとなった。ついでに、のどが渇いてしょうがないことを訴える。うがいをして紛らわすことと、氷を口に含んだらよいと言ってくれた。
昨年の11月5日に救急車で運ばれて以来のことだから、ほぼ3か月にならんとする通院だ。でも、みな心地よく歓迎してくれて、大変ありがたかった。
今日はとても良い天気で青空が広がっている。飛んで行く小鳥の鳴き声にも春の響きを感じた。

＊Yoshie：先生、少しずつお元気になられているようで、とても嬉しいです。寒くない日と時間をみながら、無理せずお散歩も楽しんでください。

＊邱羞爾：ありがとう。少しずつですが体を慣らしていきます。

＊Yumiko：先生も少しずつ良くなられているようで安心しました。私の心配など無用です、春になってあたたかくなったらお会い出来ると信じてますので、それまでゆっくりペースで前進なさってくださいませ。

＊邱羞爾：ありがとう。ゆっくり少しずつ前進することにしましょう。

・2月になって (2017.02.02)

2月になって今日は節分だというのに、今年は吉田神社にも行かなかった。寒いから体をいたわる意味でこの頃散歩もしていない。だからと言って体調が良いかと言えば、どうも怪しい。自分でも安定していないことがわかる。臆病の上に胡坐をかいてさぼっている。さぼると罪悪感があるものだが、幾度もさぼるとそういう生真面目な思いもなくなってくる。いいのだろうか？と幾分焦りも感じる。
そんな中でうれしいのは、『回生晏語』のお礼の手紙やらハガキなどを頂くことだ（もちろん、メールやフェイスブックへの書き込みもある）。これはとてもうれしい。何よりも今回は読んでくれている人が多い。このことがその人の情を感じて、とてもうれしいのだ。正直言って、このような狭い個人的なつぶやきは、多分読む人の何らかの益になるとは私自身が思っていないからだ。それでも、読んでくれるというのがうれしい。今日も畏友・BD氏から手紙をもらった。メールが届かなかったから、そのメールを印刷して手紙として届けてくれたのだ。
一読して、私は呵々大笑してしまった。というのも、彼も昨年は2度ほど救急車で運ばれたそうだから。1度などは「路上でこけて顔面をアスファルトにぶちつけて、通りがかりの方が」救急車を呼んだそうだ。
私は思わず自分の大晦日・12月31日に転んで顔面に怪我をし血だらけになったことを思い出した。あの時も救急車を呼びましょうかと言われたっけ。
いや、笑い事ではない。笑うなど失礼なことだ。彼はもう1回は風呂場で倒れたというのだから。あんな丈夫そうな人でも倒れることがあるのだ。
ついさきごろこのブログで「同い年」と称して同い年の友人に倒れることの話が多いと私は書いたばかりだ。そして、どうやら体に気を使っていても、いつの間にか体内に忍び込んだ病魔が表面に首を出す年齢になったのだと気が付く。こういう年頃が今までにも幾つかあって（厄年というのがそれだろう）、今までのそういう峠をいつの間にかすり抜けて来たのだろう。そして今、私は後期高齢者という峠にいるのだろうと思う。
やはり年は争えぬことのようだ

・**facebook**　(2017.02.04)

『灯火』

今日、飯塚先生から本が贈られてきた。
『灯火（ともしび）――新しい中国文学』自然と人生 2016（北京 外文出版社有限公司、2016年12月、158頁、60元）
これは昨年の11月の創刊号に続く第2冊目の本である。飯塚氏の「編集後記」によれば、〝昨年の創刊号と比べると、分量は約半分〟だそうだが、ずっしりと充実した雑誌である。創刊することも大変だが、第2号、第3号と続けていくことはもっと大変だ。「創業は易く守成は難し」と言うではないか。第２号を手にして、つくづくと飯塚氏の苦労を思う。
いつも思うのだが、飯塚氏のこの精力的な仕事ぶりだ。〝７人の小説家と３人の詩人の作品を収録した〟そうだ。もちろん彼一人が訳したのではない。でも、彼は編集者として目を光らせたのだ。
彼の訳業の成果を頂くたびに私は思うのだが、いつも積読（つんどく）で終わりそうだ。『ブラインド・マッサージ』（白水社、2016年８月）だってまだ読んでいない。読んだのは、最近では『父を想う』（河出書房新社、2016年５月）ぐらいなものだ。… そして強く思う。今では中国現代文学から距離を置いているが、つい最近まで首を突っ込んでいた者として、いただいた『灯火』のような雑誌＝新しい中国文学を読まずして、どの面さげて世間様に出歩くことが出来ようか、と。
でも、正直、今の私にはその精力がほとんどない。

・facebook. (2017.02.11)

花

今朝は雪がうっすらと積もっていた。今が一番寒いときらしい。今年は雪が多くて、今日も鳥取をはじめ中国地方や中部地方の雪の知らせが多かった。何十センチも積もったならば、雪かきだけでも大変で、つい、今の私にはできないなぁと思ってしまう。
ふと、思いついて、この前から咲き出していたシナモモはどうなっているかと見てみた。雪がまだ枝にかかっていて、膨らんで咲いていたつぼみも身を縮めてしまっているようだった。雪に堪えている花もけなげで、気持ちとしては良いものだが、いかんせん、私の腕が良くなくてよい写真が撮れなかった。

雪のシナモモ

部屋に戻って、家内が育てているデンドロビュームを見たら、けなげにも咲いていた。数えてみたら59個の花をつけているではないか。これは、家内の個展の時に、わが友のT.G.氏から贈られてきたものだから、もう３年も前に頂いた花だ。それが、こんなに花をつけて咲いているなんて、驚きだ。デンドロビュームをダメにするのは水をやりすぎることだそうだから、なるべく放っておくのがよさそうだ。でも、やはり寒さには気を付けてやらねばならず、15度以下の時には部屋に入れてやっているようだ。

花にも温度や水の調節を気にしてやらねばならないものと、庭に植えて放っておけばよいものとがある。私はこれまで何事にもよらず、放っておくばかりでやってきたが、家内はそれなりの管理をして見事に花を咲かせている。結構面倒くさいものだ。

＊幽苑：シナモモは梅の種類ですか？

＊邱羞爾：もともとは「哲学の道」に咲いていたものです。もうじき花の先に赤いのが出て来て、実がなります。

＊真宇：老师 元宵节快乐 健健康康 快快乐乐

＊邱羞爾：啊，谢谢！祝你们元宵节快乐！

＊幽苑：今年も見事ですね。

＊邱羞爾：ありがとうございます。でも、今年はもう枯れかかっているのが始まっています。

３年前に頂いたデンドロビュームが59個の花を咲かせた。

・**facebook**　(2017.02.14)

バレンタインデー

今日のバレンタインデーには、やはりいつもの義理チョコを贈ってもらった。彼女は、今年はひと工夫して、私には紅茶を、そして家内にはチョコレートをくれたのだった。ちょうど紅茶がなくなっていたので、うまいタイミングだった。ピーチ風味だそうで、見るからにおいしそうだ。今の私は水分を飲みたくてしょうがない。でも、水分は１日800CCに抑えられているから、この紅茶もチビチビ飲むしかないようだ。とても残念だ。

スエーデンの紅茶とスペインのチョコ

家内の方は予想外の贈り物だったし、体調が悪くて元気がなかったところだったので、喜んだこと言うまでもない。この頃はチョコも女性から男性へあげるものとは限らぬようだ。

彼女とはしばらくご無沙汰していたから、毎年このバレンタインデーの贈り物を頂くと「あぁ、元気でいるのだナ」と思い、安心する。２人で無事にやっているだろうか、お母さんは無事だろうか、彼女は会社を続けているだろうか、などなど、気にしていることがこの贈り物で「大丈夫なんだ」と落ち着けるのだ。ありがたいことだ。

＊芳恵：先生と彼女の深い繋がりが分かります。

＊邱羞爾：コメントをありがとうございます。この年になっても義理チョコで喜ばしてくれるのでとてもうれしいです。

＊邱羞爾：言うまでもないことですが、芳恵さんのご推測の彼女です。

＊芳恵：来月仕事で東京に行くので、彼女に会えたらなぁと思っています。

・**facebook**. (2017.02.19)

京都マラソン

今日は「京都マラソン 2017」の日だ。前々から応援に行くよと言っていたので、昨年同様「西漢陵墓」の旗に「MORISITA HEART CLINIC」の旗を２枚括り付けて、１時前に出かけた。「銀閣寺道」の折り返し点にあるバス停で応援だ。(『回生晏語』44 頁)。すでに森下ハートクリニックの旗を持って応援をしている男女の方がいたので、「恭平君は行きましたか？」と聞くと、「今、行ったばかりです」との返事だ。残念遅かったか！でも、仕方がない。しばらくすると「Saeko」さんがやって来た。「へーっ、Saeko さんはこんなに早いのだ」と感心して、カメラを出してシャッターを押したが、シャッターが切れない。どうしたのだ！彼女はポーズまで作ってくれたのに、こちらはモタモタしているばかりだ。彼女は「もう行くわ」と言って行ってしまった。どうやら、電池が切れているか接触が悪いらしく、どうやってもカメラが動かないので諦めるほかなかった。なんて間の抜けたことだ。
しばらくして、琢馬君が来た。太陽が当たると暖かいが、陰になると風が西から吹いて寒い。そのせいもあってか、どの人ももう 40 キロ近く走ったこともあって、顔がいつも見る顔と変わっている。だからあちらから近寄ってくれないとこちらは見逃してしまう。彼は私に気が付いて旗を持っている家内に「奥さんですか？初めまして」なんて言う。こちらも寒い中待っていたから、知人に会えてうれしくてつい握手なんてする。

いろんな人がいつまでも続いて走るというより、歩くに近く走り抜ける。疲れていて、中には足が攣っている人もいる。家内は台湾の人が走っているのを見つけて「加油Jiayou!」なんて叫ぶ。中には笑顔で手を振ったり、こちらを向いてくれたりするが、多くは無視して通り過ぎる。声を出して誰彼と応援でもしていないと間が持てない。
そこへ、向こうから大きな声で呼びかけてくれた人がいた。副院長だ！彼女と「雨が降らない限り応援するよ」と約束したから、とてもうれしい。今日は良い天気だ。「院長はまだ後ろです」と彼女は言う。何だ、院長の方が遅いのか。昨年は、院長は足の調子が悪かったので、ずいぶん遅くなった。我々がこの場を離れて家に帰ったすぐ後で院長は銀閣寺道にたどり着いたのだから、今年はなんとしても院長を応援するぞと待つ。
後ろの店でやっているカレーうどんの匂いが漂ってきて、ずいぶんうまそうだ。時計を見ると、1時55分になっている。そこへやっと院長がやって来た。「遅くなってお待たせしました」と院長は言う。「頑張ってください」とこちらは手を出して握手などをする。一大イベントだ。
今年は弥生さんが抽選に漏れて走らなかったのがとても残念だ。去年は彼女がちょうど走り抜けるところを見たのだが、カメラが間に合わなかった。今年は恭平君がほんの少しで行ってしまった。でも、顔を見知っている4人の人を応援できたからまずまずの成果だろう。最後に、同じく応援していた2人に挨拶して別れたが、男性の方は心リハの前の普通の人のリハビリに通っているという。道理で会ったことがない人だった。
今日はかなり満足して家に帰った。それにしてもカメラが動かないという大失敗をしたのだが……。

＊幽苑：一年が早いですね。昨年は奥様が沿道で応援されている写真がアップされていましたね。

＊邱羞爾：幽苑さん、よく覚えていてくださいました。今年もあの旗を持って行ったのです。Morisita heart clinicの7人のうち、4人にあえたので、まずまずでした。今日はみんなからお礼を言われました。

＊Kiyo：私の友人が初めて走って完走したのが京都マラソンでした

＊邱羞爾：へーっ、それは驚いた。最近のことですか？

＊Kiyo：はい、2年位前です　伊豆高原に住んでいるので近くのダムの周りを走って練習したみたいですよ！
完走出来たと喜んでました💪

・パソコン　(2017.02.20)

このところ、PCに悪戦苦闘している。こちらは、ページ設定を「余白」、「用紙」などちゃんと設定しているつもりだし、段落も「配置」や「間隔」などもしっかり入れているつもりだ。そして、ルビもちゃんと設定したつもりだ。ところが、一度閉じてまた開けてみると変わってしまうのだ。特に、ルビの設定がひどく変わってしまう。このルビが結構多いので、1つの文章に午前中いっぱいかかってしまう。またあるいは、午後中かかってしまう。もっとも、午後にはよく転寝をしているから、午後中というのはいささかオーバーな言い方ではあるが……。でもかかる時間はかなり多く、ロスタイムとしか感じられない。
おまけに、このファイルをある人に送ると、また変わってしまう。こんなことを繰り返して、やっとこちらとあちらのバージョンが違うことがわかった。そこで、半ばあきらめて、あちらにPDFに変更してもらったところ、なんと却っていろんな問題ができてしまった。そこで、こちらで、そのPDFを直そうとしたら、せっかく時間をかけて直したのに、反映されないのだ。つまり送って来たPDFが直らないのだ。それは、考えてみれば、うかつに訂正など利かさないためにPDFにしているのだから無理もないのだが……。
いやはや、なんと時間と手間暇がかかることか。とても疲れている。物事がスムーズに進行しないことは精神的にも肉体的にも良くなく、「こたえる」ことだ。まぁ、PCのことをちゃんと理解していないでここまでいい加減にやって来たから、今頃その報いが来ているのだろう。

・facebook.　(2017.02.23)

教え子の文章

今日（23日）、素敵なご本を頂いた。可愛らしい本で、誤解を恐れず言えば、まるで贈ってくれた本人のような本だ。
河野和彦編『認知症医療のスペシャリストがつづる　心に残る認知症の患者さんたち』（フジメディカル出版、2017年1月20日、127ページ、1,500+α円）

贈ってくれた彼女は30人の執筆者の一人として参加している。その彼女の「お嫁さんに乾杯！」という文章は、本人自身がお嫁さんとして苦労したことが偲ばれるみたいで、なかなか見事なものだ。書かれているお嫁さんは本人のように、ちっともいじけたウジウジしたところのない明るいお嫁さんだ。だからこそ、お祖母さんはもとより、お祖父さんもひけめなく生きている。そして、お嫁さん自身も元気よく生きていけているのがわかる。私はこの文章から、このお嫁さんの家族を見守る阪本医師の優しい笑顔が目に浮かんだ。

＊幽苑：認知症も人により症状がいろいろです。自治会にも数人の方がその症状が出て、家がわからず警察のお世話になったり、問題も起きます。高齢化社会では、如何に周りが支え合えるかですね。また、身障の方々も同様です。

＊邱羞爾：幽苑さんはいろいろ詳しいですね。実践からの知恵なのでしょう。感心いたします。

＊幽苑：日頃の実践と言うか、体験です。

・facebook. (2017.02.25)

渾身の作

佐野眞一の『唐牛伝――敗者の戦後漂流』（小学館、2016年8月1日、395+4頁、1,600+α円）をやっと読んだ。

395ページもある分厚い本だから、そして7章に分かれているので、そして借りてきた本だから、毎晩寝る前に1章ずつ読んだので、この1週間目が赤くなり瞼が腫れた。でも、佐野氏の筆力はなかなか読ませる文章だったので、苦にならずに読めた。むしろ楽しくあった。

とはいえ、唐牛健太郎なる人物は、私の中では何も残っていなかった。だから、人物そのものに対する愛着は何もなく、淡々と眺めていたにすぎない。むしろ日大全共闘の秋田明大の方が私には近しい。そして、佐野氏によって浮かび上がる彼ら全学連の仲間の強い結びつきに、驚きを隠せなかった。

佐野眞一は、この運動があったればこそ、日本が憲法第9条を守り、戦争に参加しなかったのだと言わんとしている。ただ、この闘争が敗北した後、高度経済成長時代になり大きく日本は転換した。その分岐点にいた唐牛の人生を哀惜の念で書き上げている。橋下問題でケチをつけた佐野氏が1から出直した足と目で再生を図った渾身の作であった。

・安保闘争

(2017.02.25)

私の『回生晏語』を読んだ畏友Sh氏がこんなことを書いてきた。

「最近は読んだ本もすぐ忘れてしまうことが多く、自分でもガックリきているのですが、去年読んだ『唐牛伝』は大変興奮して読み、いまも去年一番の収穫と思っています。佐野眞一が健在であったことと私より前の世代のことを再確認できたことが特に印象に残っています。」

そこで私は、この評判の、そして因縁浅からぬ本を読むことに決めた。

『唐牛伝――敗者の戦後漂流』(小学館、2016年8月1日、395+4頁、1,600+α円)という本は面白く読んだが、唐牛という人物には私はなじみがなかった。ただ、全学連が国会に突入した時や安保条約が自然効力を発揮することになったとき、それは1960年の6月15日のことだが、樺美智子さんが警察に虐殺されたとき、同じ東大の国史科に所属していた兄貴も当然同じデモに参加していたのだった。私はちょうど京大の1回生で、宇治分校に通っていたから、TVでそのことを知ったに過ぎなかった。夏休みで家に帰ってからも、兄貴からそのことに関する話を聞いたことはない。

この『唐牛伝』は面白かった。佐野氏の熱意が、そして愛着がこもっていて、文章に力があり、読ませるものになっていた。そして、私には初めて知る世界があり、それは遠くの異国の空で行なわれているような気がした。ブントの全学連運動、その闘士たちと言っても、別に血が騒ぐことはない自分を感じていた。
私の方は、京都に下宿していただけあって、のんびりしており切迫した緊張感などなかった。
例えば、安保反対のデモがあるということで参加するために、宇治分校から京都市内の本部に向かうスクールバスに乗って出かけたものだ。途中、山科のあたりで渋滞に巻き込まれバスが動かなくなった。それはデモ隊が交通を邪魔していたからであるとわかると、我々は冗談で「デモなど反対！」などと叫んでいたものだった。
デモ行進にしても、隣と仲良く腕を組んで河原町通りを三条から四条まで歩いたものだ。そのうち、警備も厳しくなり、デモも韓国の学生運動に習って街を駆け抜けるようになった。河原町四条の角に座り込んだとき、警官にごぼう抜きされたが、その時割と年寄りの警官が「こんなことをやめて、早く帰りなさい」なんて言ってくれた。その時に見あげた空の星がきれいであったことを覚えている。
唐牛健太郎は、東京のことなので、京都とはあまり関係なく、むしろ北小路敏などが、我々のクラスにオルグに来た。授業が終わるや否や教室に入って来て演説というか話を始めた。何を言っているか私はちっとも理解しなかったが、彼の話はかなり影響力をもったと見えて、同学のZhなどは、そのグループに入ったようだ。彼は、「誰それは『資本論』を20回も読んだそうだ」とか、それに対して「20回も読んでそんなことがわからないのかと、けなす奴もいる」などとびっくりして私に話をしたりした。彼はその時、「革命は絶対に起こる！」と断言していた。のんきな私は「絶対に起こらない！」と反論して起こるかどうか賭けをしたりした。彼は負けたのだ。その後彼は郷里の四国に引っ込んだ。
安保闘争として私に忘れられないものを持つのは、自分より外の闘争の相手である政府に対する理論武装を
どうするかという問題よりも、自分にとって学問とは何かという自問の闘争になったことが大きい。でも、このことは、1970年の第2次安保闘争のことになる。後輩たちの真摯な問いかけが、先輩たる私らの世代にも突き刺さり、私などすでに結婚していたけれど、オタオタとうろつきまわった。「造反有理」の中国の文化大革命の影が、私の所属していた中文という学科にも影響していた。だからと言ってよいのだろうが、私は学者の道を進むことをやめて、中学高校の教師になった。
でも、このことはまた別の機会があれば触れることにしよう。

· **facebook.** (2017.02.25)

頂いた翻訳の本

今日25日、瀬戸宏先生から本が贈り届けられた。彼の『中国のシェイクスピア』(松本工房、2016年2月29日、319頁、4,200+α円)の中国語訳である。

『莎士比亜在中国――中国人的莎士比亜接受史』瀬戸宏著、陳凌虹訳(広東人民出版社、2017年1月、377頁、58元)

先の『中国話劇成立史研究』も陳凌虹訳で、厦門大学出版社から2015年に出ている。ちょうどシェイクスピア逝去400周年を記念して出たこの本については、以前日本でも中国でも得難い研究書だと、私は書いたことがある。(『回生晏語』47頁)。

「附録二」の莎士比経典作品台詞集が、私には面白く感じた。これには「ハムレット」と「ロミオとジュリエット」の2つが取り入れられているが、なかなかユニークで面白いではないか。

シェークスピアの中国語訳も「莎士比」とされたのは1904年だそうで、1876年には「舎克斯畢爾」と訳されていたようだ。こんな風にカバーの裏表紙に年とともに中国語訳が12個並んでいるが、これは元の日本語の本のカバーとは違うところで、元がただシェイクスピアの中国語訳されたもの15個が並んでいるよりは、ずっと有意義だと思った。

大部な本だから、まだ中身を読んではいないが、外側をちらっと見ただけでも、元の本を丁寧に愛情深く訳していることがわかる立派な本だ。

· **facebook.** (2017.02.26)

孫の節句

今日の私は大冒険をして、大阪まで次男の子供、すなわち孫たちの「お節句」のお祝いに出かけた。京都市バスから京阪、JR、南海と3回ほど乗り換えて2時間以上かかってたどり着いた。

ところが主役たる上の孫が熱を出し、一時は39度にもなったので早々に退席した。下の孫は初節句という年齢のせいか、ニコニコと這いずりをして元気であった。鯛とちらし寿司をメーンに乾杯をしたが、私はほんの形だけのビールであったのが残念だった。

せっかくここまで来たので、阪堺線に乗って「住吉大社」に行った。私が入院していた時に、「病気平癒守」を頂いたので、快気のお礼をするつもりであった。初めて参拝する住吉さんは、本宮が3つもある、そして大きな太鼓橋のある広大な敷地の神社であった。帰りはまた、阪堺線、地下鉄御堂筋線、京阪、京都市バスと3回ほど乗り換えて帰ったので、往復5時間もかかる大掛かりの外出になった。

二人の娘を膝に乗せる二男

ばあばが描いた二人の孫

鯛とちらし寿司

孫が作ったジイジとばあばの雛人形

住吉神社

太鼓橋

住吉大社の「病気平癒守」

＊Kiyo：お孫さんお風邪でしょうか？　心配ですね！
我が家でもお雛様を買いました

＊邱羞爾：丸々太って元気そうだね。
今日わかったところでは、A型インフルエンザだそうです。予防のワクチンをしていたので、この程度（！）で済んでいるのだそうです。

＊Kiyo：びっくりですね！　大したことがなくて良かったですね　大人にうつると大変ですので御自愛下さい
ところで恭美が由唯の写真はもっと可愛いのを送って欲しいそうなのでもう一度送りますね

＊邱羞爾：寝ぐせで髪の毛が立っているけれど、上のおじいちゃんの写真もどちらも可愛いですよ。

＊純子：先生の奥様、とっても素敵ですね。グレイヘアが紬の置物にとってもお似合いです。私もこのところ着物を着る機会が多いのですが、とてもあの域には達していません。お孫さんもかわいくて本当にうらやましい限りです♡

＊邱羞爾：コメントをありがとう。「紬の置物」？彼女に言わせると、電車に乗るなど人込みで汚れるので、良い着物は着られないそうです。と言っても、「良い着物」なんてありゃしないですが……。純子さんの着物姿も素敵ではありませんか！

＊純子：いつか着物で先生とデートしたいものです。

＊邱羞爾：それは光栄です。元気になったらね。

＊純子：ぜひぜひ、よろしくお願いします！

＊ノッチャン：お孫さんたち、可愛いですねぇ往復5時間掛けて行かれた甲斐がありました。うちでは、娘がノロにかかって大騒ぎでした（家族には伝染らずほぼ回復）から、インフルや風邪も含めて心配ですね。ご自愛下さい。

＊邱羞爾：ノッチャン、コメントをありがとう。小さいときはいつでも可愛い。
君のお孫さんも可愛いではないか。もっともだいぶ大きくなっているけれどもね。

＊Ayako：先生、メッセージありがとうございます。毎年特に変化もない生活に、いい加減嫌気がさし、今年は色々な誘惑を断ち切り８月の試験まで真剣に仕事と

勉強に取り組むつもりです。

＊邱羞爾：君も結構浮気性だから、せっかく「８月の試験まで」と決めたのだから、じっくり実行しなさいね。頑張れよ。

＊Ayako：浮気性、バレていますね😅　さすがが先生、恐れ入ります。宣言したからには、頑張ります。

・facebook.　(2017.02.28)

水戸さんの訃報

郵便受けに１通のはがきが入っていた。何か違う感じのハガキだったので、裏返しをしてみたら「門信徒並びに有縁のみなさまへ　品正寺　門信徒葬のお知らせ」とあった。なんと、「品正寺第十五世住職　水戸善乗　が二月二十四日に行年七十七歳をもって往生いたしました」とあった。
私はとても驚いたが、さらに驚いたのは、「かねてより病気療養中であった」と書かれていたことだ。人の寿命はいかんともしがたいが、あの元気な水戸さんが長いこと病気療養であるとは思いもしなかった。そういえば、年賀状を頂いたろうか？今年に限って、私自身が入院したこともあって、年賀状を頂いたかどうかなど記録していなかった。あの義理堅い水戸さんのことだからきっと頂いたのだろうが、失礼ながら、忘れてしまっている。
水戸さんは、１年先輩であるが、大学院を受けるに際して１，２年の逡巡があったので、まるで同期のように私と交流してくれた。親切で鷹揚な人であった。確か京大ボート部の主将を務めていたのではなかったか。大きな丈夫な体に人当たりが柔らかで、包容力のある、頼りがいのある人であった。
それにしても、まだ若いではないか！水戸さんとの交流は、思い出すのはみんなエピソードばかりで、それも軽々に口外すべきではないことばかりだが、楽しい青春の一時を共に過ごしたという感慨が湧き出てくる。一緒に翌日の吉川先生や小川先生の演習の準備をしたり、一緒にもっと先輩のＸ先生を尋ねたりした。と言うより、酒を飲んで道から「Ｘ出てこい！」などと叫んだりしたものだ。また、ともに麻雀をしたり、その時にジョーン・バエズの歌をレコードで聴いたりした。教育実習をしたのも一緒だった。彼は背が高く良い男であったから、高校生からモテた。もちろん女子高生だ。
水戸さんは広島に戻ってからも、年賀状は言うまでもなく、たまに京都に来ると電話をしてくれた。私は彼のために何もしなかったし、なんのお役にも立たなかったが、今から思えば、私と同じく青春の一時期のことを思って懐かしんで連絡をしてくれたのだろう。そういえば、私が下宿していた大家の姓と同じ姓の家に彼は下宿していたので、ある時、私宛に来たデートの便りが間違って、彼が下宿している家の方に配達された。それを知った水戸さんがわざわざ自転車で私の下宿までそのハガキを届けてくれた。見れば、今日の午後がデートの時間だった。親切で物わかりの良い水戸さんの援助があったればこそ、その日のデートに間に合ったのだった。もっとも、その彼女は私の義理の妹であったのだが、そんなことを知らない水戸さんは真剣にデートに間に合うかどうかを心配してくれた。

名前が善乗なので、すぐお坊さんの家だなとわかったが、水戸さんの善良でおおらかな感性は僧侶として多くの門徒にお話しするにふさわしいと思った。そして、いつまでも元気にお説教をしているものと安心していたから、お亡くなりになるとは思いもしなかった。ただただ、安らかにお眠りくださいと祈るばかりだ。

＊哲次：水戸先生はわたしがいた高校に非常勤講師として教えにきてくださってました。中国の文字改革の話をされたのをいまでも覚えています。ご冥福を祈ります。合掌

＊邱羞爾：そんなことがあったのですか。懐かしいですね。縁とは不思議なものです。

＊Tamon：訃報に愕然です。銀閣寺の下宿におじゃましたことがありました。書棚を見てこれが院生の格調かと思った記憶があります。なお、賀状はやはりいただいています。２０１７　無量寿　とありました。ご冥福をお祈りします

＊邱羞爾：そうでしたか、多聞氏も浅からぬ関係があったのですね。やはり年賀を頂いていたことを君のコメントで思い出しました。

・**facebook.** (2017.03.03)

音楽鑑賞

久しぶりに音楽鑑賞をした。場所が烏丸中立売のアルティなので、タクシーで行き、タクシーで帰った。

「国際ソロプチミスト京都—東山 認証30周年」の記念式典のあと、チャリティーコンサートがあったのだ。式典では、千容子・国際ソロプチミスト京都会長の挨拶などがあった。2時から、いよいよチャリティーコンサートの始まりだ。始まりの前の揮者が来るまでの音の調べで、ぽゎーとなるのを聴いていると、なかなか良いものだと思う。オーケストラのあの初めの音合わせは、人を誘い込むような期待に胸膨らむような感じで好きだ。ところが始まってみると、私の席が端っこ過ぎたのか、音がやけに大きく、がなり立てるように聞こえて、私には汚く聞こえた。大きく響くような音ばかりが良いとは言えない。

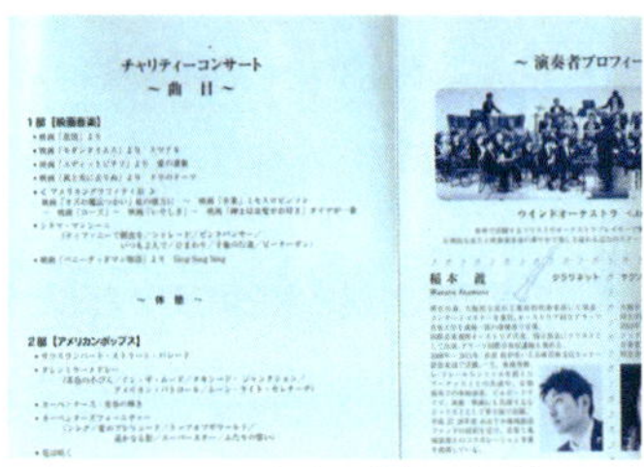

チャリティーコンサートの案内とプログラム

第1部は「映画音楽」で「慕情」から始まったので、私はぐっと柔らかい音色を期待していたからだろう。でも、「ベニーグッドマン物語」の「Sing Sing Sing」でトランペットが鳴り響いたときは、却ってこんなけたたましい音も良いものがあると思った。

第2部は「アメリカンポップス」であった。少し私の耳が音に慣れたの、快く聞けるようになった。指揮者は塚田孝雄と言う人で、一生懸命場を盛り上げようとしている。なかなか面白い人であった（彼の説明がどこにも書いていないのが不思議だ）。彼は、番外として素人に指揮をさせた。2人の女性の留学生だった。1人はフィンランドから、もう1人はモンゴルからだそうだ。「星条旗よ永遠なれ」をいきなり指揮させたが、2人ともアメリカのこの音楽を知らなかった。それが却って偽らぬ滑稽を醸し出して面白かった。こうして場が和んだせいか、グレンミラーやカーペンターズの音楽は快く聞けた。時々、稲本渡のクラリネットや西本淳のサクソフォーンの独奏があって、なかなか聞かせた。

最後は「花は咲く」で、演奏をみなでペンライトを振りながら聞いた。やはり歌を歌った方がもっと盛り上がったのではないか。

「花が咲く」をペンライトで

今回は、淳子さんと命子さんと一緒であったから、いつもより楽しく鑑賞できた。午後には天気も晴れて、よい「桃の節句」の一日であった。

・facebook. (2017.03.06)

本を頂く

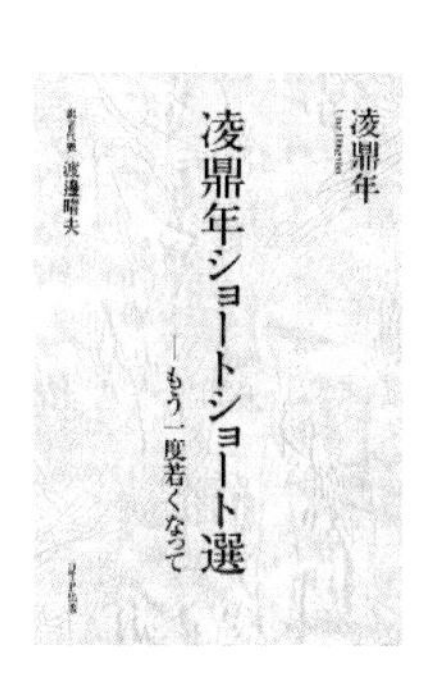

尊敬する渡辺晴夫先生から本を頂いた。

凌鼎年著、渡辺晴夫訳者代表『凌鼎年ショートショート選――もう一度若くなって』(DTP出版、2017年1月31日、255頁、2,000 α円)

渡邊先生はすでに2月17日に國學院大學で作者凌氏を呼んで出版祝賀会を開いたそうだ。その席に、私の教え子2人が出席していたと手紙を頂いた。私は何も知らなかったが、渡辺先生が喜んでくれたのがうれしい。

この本は、作者凌氏のショートショート集「請請請、您請」の103篇より53篇を選んで訳出したらしい。訳出にあっては、何度も検討会を開いたそうだ。その結果、渡辺先生を含めて18人の人が訳出したのだ。訳された作品の題名をざっと見ただけだが、我々にもわかりやすい言葉になっているとの印象を持った。「菊痴」を「菊愛好家」とか、「魔椅」を「呪いの椅子」、「此一時彼一時」を「今は今、あの時はあの時」や「嘴刁」を「食へのこだわり」、「点〝之〟」を「〝之〟の字を入れる」と訳すなどに工夫が見られよう。

私は作者凌鼎年氏について全く何も知らないが、アメリカのことが書かれているのを変わった話と思った。渡邊先生によれば、凌氏が訪問した国は世界30数か国に及んでいるそうだ。出世作で、最初の作品集の題名にもなったという「もう一度若くなって」という渡辺先生の訳を読むと、凌氏の特色として、ごくごく普通の一般人が感じる生活上の齟齬を鋭くとらえていると感じることが出来よう。男と女の違い、またいわゆる常識の危うさなどを、さらっと描いているような気がする。ショートショートは突然のどんでん返しがあると、作者の穿った観点を感じて感じ入る。だがそれがあまりにも唐突だと作者の作為を感じて逆効果だ。

1つだけ気になったことを書くと、「史仁祖」という文革のことがちょっと出てくる作品で、「石一歌」のルビに「シーイーグー」と振って、「十一个」と音通と「注」を付けていた。私は、「シーイーゴ」とルビする方が適切ではないかと思った。私は竹内実先生の「中国語の発音表記案」に従うのだが。

・辻氏の報告

(2017.03.08)

2月25日（土）に、現代中国研究会で、辻康吾氏の「楊継縄の文革総括」という報告があった。私はいろいろな制限があったけれど、辻氏の話であるし、文革の話でもあるので、思い切って参加した。

楊継縄の香港で出版された『天地翻覆　文化大革命史』という本の紹介という形になるが、辻氏らしく要領よくかいつまんで説明し、わかりやすかった。いくつか独特の観点があって、それが私には面白く有益であった。

特に印象に残ったのは、〝文革以後の権力集団は、伝統的官僚の復活で、さらに強大化した〟という結論だった。文革は官僚集団の勝利で終わったというわけだ。まさにそうであろう、この観点で見れば、今の中国の権力機構も解釈できよう。また、これまでの多くの著作にもそのことが表れている。例えば、今、私どもが訳している『羅山条約』などにもそのことがよく表れている。

その他、例えば、これまでの文革についての解説では、毛沢東と造反派が手を組んで劉少奇をやっつけたということになっているが、〝実権派は官僚集団であり、毛と造反派に多様な抵抗を行なった〟のであり、〝劉少奇は犠牲のヒツジではなかった〟と言うのも斬新な観点だった。

それと、もう一つ、新しい階級としての文革後の官僚について次の様に触れたことだ。ミロバン・ジラスの『新しい階級』を引用して、次の様に言う。〝ブルジョアジーとおなじように、新しい階級もまた貪欲で飽くことをしらない。だが、ブルジョアジーのような節約節倹な騎士道精神を兼ね備えていない。〟だから、中国の文革後の官僚たちは、〝毛沢東の不在と革命の喪失とともに、内在的モラルが喪失し、まさに「権」は自己目的化し、その抑圧、独裁、は一層強化（巧妙化）されたと言える。〟と言う。

どれも説得力があってうなずける話だが、私がやや不満であったのは、せっかく〝民衆の持っている非人道性〟に触れたのだから、柏楊の国民性論があるというだけではなく、もっと突っ込んだ説明をしてほしかった、と言うことだ。

辻氏はもう81歳になられたと、同行してきた林氏（元岩波の編集者）は言う。まだまだお元気で、ネットでいろいろ情報を得て、常に新しい情報に敏感であると林氏は言う。

辻氏は、もちろん私のことなどあまり記憶にはなかったが、私の方は結構ご縁がないわけでもなかった。日本現代中国學会で私の報告にコメントしてくださったことがあるからである。でも、それはずっと古い話だから、今はやめておこう。

コメントを浅野氏がしたが、自身の中国での経験を踏まえて、中国の変化を指摘した良いコメントであった。

残念であったのは、私が飲食に制限があるので、次の会やその次の会に参加できなかったことだ。大いに勉強させてくれた辻氏への感謝の意が十分に伝わらなかったことが心残りだ。

・facebook. (2017.03.13)

断捨離

このところ、また断捨離をしている。しかし、一向に進まない。一向にきれいにならない。部屋が、というより、ものを置きっぱなしにしている机の上がいっぱいになって、自然と物が落ちてくる次第になったので、思い切って片付けることにしたのだ。ものを片付けるという気持ちは幾らか心に余裕がないとできない。PCの入力に手間取り、少し気分転換をしても良いという気持ちになったので、やり始めたのだが、気候も少し暖かくなったことも大きい。とはいえ、春になりきらぬ今頃の天気は、暖かくはなっているのだが、なんとなく寒くも感じる。風が吹いたりすると、まだまだ春は名のみだと思う。
断捨離の１つの手段として雑誌の整理がある。この雑誌の整理が結構難しい。どうしても、いろいろな文章が面白く、いつかまたこれを読みたいなどと思うものだから１冊分残してしまうので、少しも整理にならない。そのとき、ふと私は音を聞いたような気がした。「ビリビリッ」と言うような「ビシャッ」と言うような音だ。そして、竹内実先生の顔を思い出した。先生が何かの雑誌を、中の１篇の文章を生かすために、「ひっちゃぶいた」のだ。「ひっちゃぶいた」などという言葉があるかどうか知らないが、私にはその時の先生の様子が、このような音で強く心にとどまった。そうだ、１冊ではなく、１篇にすればよいのだ。そうすると、幾らか気分が良くなったうえ、なんだかそうすることで読んだ気さえするようになった。あぁ、これは危険な行為だナという予感みたいなものを感じながら、いささかの気持ちよさで進めている。「危険な行為」と言うのは、切り取ってしまうと安心して、もう２度と読まなくなるからである。こんなことをもう何度も、何年も繰り返している。
私は、雑誌から１篇の文章を「ひっちゃぶいた」竹内先生の顔が忘れられない。あの時の先生の顔は、厳しい、残酷ともいえる迫力があった。破いて取り残された文章が、それだけの価値のあるものであるかどうか。多分あるであろう。何かを生かすということの厳しさはもとよりであるが、私は逆に取り残されずに捨てられた文章たちのことを思ってしまう。確かに世の中には、どうでも良い情報が多すぎる。選別しなければならない。選別は厳しい。それだけでも厳しいが、残された時間ということを思うと、一層ひしひしとその厳しさが伝わってくるようになった。

＊Yumiko：竹内先生の「ひっちゃぶいて」いるご様子、私も立命大の個研でみたことがありました。やはり、厳しく、近寄りがたい空気がありました。先生の随筆にあった「アスファルトの下に石がいっぱい敷き詰めてあるように、現代史が書かれるためには、無数の新聞の切り抜きが、貴重な紙屑として存在する。」という一文を思い出します。（正確に覚えていないので、間違えているかもしれませんが、『驢馬の悲鳴』という題でした。）

＊邱羞爾：コメントをありがとうございます。Yumikoさんも覚えていてくれましたか。近寄りがたい空気がありましたよね。また、素晴らしい論文をYumikoさんは書いてください。

＊Yumiko：いきなり僭越なコメントを失礼いたしました。あまりに懐かしくて、つい書き込んでしまいました。

・facebook. (2017.03.16)

金婚式

３月17日で我々は結婚50年を迎える。いわゆる「金婚式」と言うわけだ。それで、私が一番おいしいと感ずるイタリア料理の「BINI」という店に行って、２人でお祝いをした。今日は16日なのに、17日の「BINI」が混んでいて満員なので、１日前倒しにしたのだ。

私には、食事制限があって、塩分やたんぱく質、カリウムそれに水分の制約があるのだが、今日ばかりは無礼講だ。誕生祝なら年に１回はあるが、結婚記念日の50回目となれば、次の機会はないのだから、今日ばかりは羽目を外そうというわけで、シャンパンで乾杯した。そしてお水をぐいぐい飲み、料理も全部平らげた。料理はどれも手が込んでいて、メインの「和牛ほほ肉、キャベツのデクリナッツィオーネ」など、そのほほ肉の柔らかさといい、キャベツなどの３つの野菜の調理法の違いなどが絶品であった。また、パスタの「甲殻のスーゴ、玄琢葱」も細い麺に甲殻類のエキスが沁みて、感心するくらいうまかった。スイーツだって「酒粕、金時人参、金柑」も出たが、これなどはシャンパンで少し酔っている気分にとても合うのだった。

50年間のことを思えば、たくさんのことがあって、却って何も思いだせない。ただ、新婚早々東京から初めての京都に来て、しかも私がすぐ肺炎になったものだから、京都など何も知らない家内には随分と苦労を掛けた。私はその後も病ばかりの生活で、昨日も京大病院で1時過ぎまで待たされた。もちろん昼食など食べていないから、家内に自動車の迎えを頼んだ。アッシー君の役割を彼女がして、送り迎えの仕事をしてくれている。だから、どうにかこんな体でもやっていけているのだ。今では私は、親父、おふくろはもとより兄貴以上に長生きしているのだ。

私が、これと言った能もなく、わがままで、好き放題にこれまでやってこれたのは、本当に家内の援助によるところが大きい。感謝、感謝だ。

実母の留袖と義母の帯。

彼女は2度と着るチャンスがないだろうからと、今日は「留袖」を着た。この留袖は実母のものだ。そして帯は義母の鳳凰の絵柄の帯を締めた。タカが食事だけのためでは何かもったいないが、このところ私の病気で家内はすっかり元気をなくしているから、今日ばかりはハレの記念日として着たわけだ。私は久しぶりに背広を着たが、ズボンのお腹周りがブカブカになっていた。50キロの体は弱弱しい。いかにも洋服に着せられている感じだ。神楽岡の家から鹿ケ谷通りの「BINI」まで歩くのは苦しいが、うまいものを食べられるとあって元気よく歩いた。食後、シェフの中本さんが見送りに出てくれたので、記念に一緒に写真を撮ったが、帰宅してみると、記念のメッセージを書いておいてくれた。きっとあの気の利く奥さんの計らいであろう。

BINI のメニューとお祝いのメッセージ

昨日の前立腺がんの数値は、まあまあ現状を維持していたので、良かった。問題は心臓と腎臓だ。心臓はまた少し大きくなっているというし、採尿の結果、蛋白も、糖も、潜血も数値がひどくなっている。あと何年生きられるか知らないが、ともかく結婚50年を祝おう。1つの区切りまで生き抜いたことに感謝し、お医者さんをはじめこれまでの多くの人の援助に感謝しつつ、これからの生を充実したものにしていこう。それで、「幸せ地蔵」まで歩いた。隣が弥勒院で、乗り越え不動尊が祀ってある。幸い雨も降らず、久しぶりの哲学の道を少し歩いた。

まずはシャンパンで乾杯。

ハーフシャンパンのラベル。

メインの「和牛ほほ肉、キャベツのデクリナッツィオーネ」。サランｍ宜橋はオリーブをつぶしたもの。

スイーツのメイン「イチゴ、ビーツ、アーモンドタルトのジェラート」。この後に出たマカロンもとっても甘くておいしかった。

BINI の入口で。真ん中が中本シェフ。

哲学の道にある「幸せ地蔵尊」

＊好美：わぁ！素敵ですね～憧れます　金婚式おめでとうございます。

＊邱羞爾：ありがとうございます。でも、今日ばかりは無茶をしたので、後が恐ろしいです。

＊ウッチャン：おめでとうございます。

＊邱羞爾：ありがとうございます。でも、ウッチャンの入院が心配です。心配していてもしょうがないから、頑張れと心より言います。負けないで頑張ってください。

＊ウッチャン：ありがとうございます。来週の火曜日です。

＊邱羞爾：誕生日の翌日でしたかね？今年度の最後を静かに静養してください。

＊ウッチャン：誕生日の前の日です。ただ、入院手術まで毎日予定が……。入院したら少し休めます。

＊Shigemi：おめでとうございます。　素敵なお祝いに拍手します。

＊邱羞爾：ありがとう。それにしても随分「いいね！」を入れてくれたねぇ。感謝！

＊Akira：おめでとうございます！奥様とても上品ですね。髪の毛フサフサで金婚式を迎えた夫婦とは思えないです！

＊邱羞爾：ありがとう。君たちの応援で元気をもらっています。

＊ノッチャン：おめでとうございます　金婚式にレストランで二人でお祝いされるご夫婦の若々しいこと❗　素晴らしいです。奥様の着物姿、とっても素敵で将来のお手本のようです。

＊邱羞爾：ノッチャン、ありがとう。きっと君も素敵な金婚式を迎えるに違いないよ。

＊マキコ：金婚式❣　おめでとう㊗ざいます。先生より数倍姿のいい奥様の内助の功のおかげですねぇ💖　感謝の気持ちを文字になさってる先生、とっても魅力的です。ずーっとずーっとお幸せに。

＊邱羞爾：マキコさん、ありがとう。君からもお祝いを頂けるとは思ってもいなかった。君は東京の方面で活躍しているようだね。頑張ってください。

＊マキコ：チャウチャウ💦　先生、マキコは大阪でーす

＊邱羞爾：そうか、それは見間違えたようだ。ごめんね。

＊国威：おめでとうございます。先生、ちょっと痩せられましたね。いつまでもお元気で！

＊邱羞爾：ありがとうございます。そうなんです。8～9キロ痩せました。腹回りは10センチもへこんだのです。先生の花粉症はいかがですか？私はそろそろなりかかっていて目が痒くなってきました。

＊トシコ：先生、おめでとう御座います！素敵な1日をお過ごしになったのですね。奥さまとのお写真、お二人ともとても幸せそうな笑顔で、心が温かくなりました。有難う御座います。
とはいえ、先生のお身体が心配です。朝晩の寒暖差が激しいこの時期、御体調崩されませんよう、どうか御自愛ください。

＊邱羞爾：トシコさん、コメントをありがとう。君はまだ頑張っているかい？自然体で頑張れるといいね。

＊永田浩三：ご無沙汰しています。おめでとうございます。

＊邱羞爾：ありがとうございます。お久しぶりですね。先生のご活躍は時々このFBで見させていただいています。

＊芳恵：先生、金婚式おめでとうございます。先生と奥様の50年間のラブストーリーと2ショット、本当に素敵です。まだまだ寒さが続いていますので、どうぞお身体に気をつけて、お過ごしください。

＊邱羞爾：ありがとうございます。芳恵先生のますますのご活躍を期待しております。

＊文偉：先生、おめでとうございます

＊邱羞爾：ありがとう。君の方も仲良くやっているようだね。奥さんによろしく。

＊ウッチャン：金婚式は50年ですよね。私もあと8年ですが、なかなか難しい感じもしますね。でも、迎えられたら嬉しいです。その時は是非、祝って下さい。

＊邱羞爾：おう、もちろんです！こちらが耄碌していなければ、ですが。

＊正昭：50年前、あの日のことを私は覚えていますよ。最後に何か遣り残さないとね。文句ばかりで終わらないように、くれぐれも。

＊邱羞爾：あはは、私は少しももう覚えていない。文句よりも愚痴の方が多くなった。温かい声援に感謝です。

＊Yumiko：素敵な金婚式、本当におめでとうございます！お写真とエピソードから温かさが伝わってきます。

＊邱羞爾：ありがとうございます。いささか恥ずかしかったのですが、めったにないことなので思い切って書いてしまいました。失礼の段、お許しください。

＊Yumiko：とんでもないです！私共もいつかこんな素敵なご夫婦になれたら…と憧れております。毎日ガチャガチャと暮らしておりますけれども（汗）

＊義則：先生、おめでとうございます。　そして素敵です！

＊邱羞爾：ありがとうございます。馬齢を重ねてここまで来ました。先生のご活躍はこのFBで拝見させていただいています。

＊Hoshie：おめでとうございます！！　おふたりともかっこいいです♡
いつまでも素敵なご夫婦でいてください(>◡̫<)

＊邱羞爾：ありがとう。しばらくご無沙汰でしたが、元気に仲良くやっていますか？

・菜子さんの訳業

(2017.03.18)

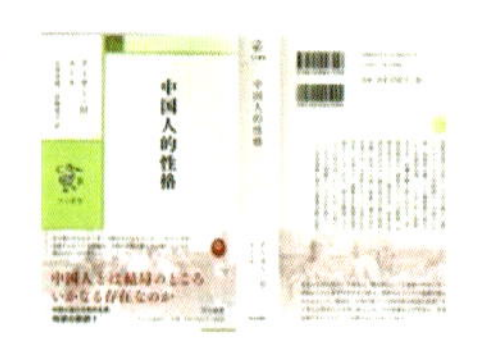

今日、3月18日に菜子さんの報告が「現代中国研究会」の公開研究会であった。

岩崎菜子「魯迅が翻訳を望んだ　アーサー・H・スミス『中国人的性格』」

スミスの本を彼女と石井氏とで訳したのだが、それは2015年8月25日のことだ。中央公論社の<中公叢書>として出ている。478頁にものぼる大部な本だ。だから、私は頂いてからずっと置きっぱなしにしておいた。

研究会で報告があると知って私は泥縄式にざっと流覧したが、びっくりしてしまった。何にかというと、まず詳細な「注」の分量と丁寧さとにである。さらに「解説」の網羅と精査とにである。渋江保訳の『支那人気質』博文館、1896年と、白神徹訳の『支那的性格』中央公論社、1940年をもとに、日本の訳書から中国における訳書48種にまで及んでの説明は圧巻であった。

まさに、コメンテイターとしての李冬木佛教大学教授の言う通り、訳文本体が373頁であるに対して、訳注、解説、あとがき、索引などで102頁もあるのである。立派な「研究整理」であると言わざるを得ない。李教授のコメントは、また1937年から1983年まで、このスミスの『中国人的性格』への言及が空白であったことを指摘し、それが「国民性」という言葉と関与していることを指摘する、これも優れたコメントであった。

かくも大部な本であるから、内容の紹介も多岐にわたる。スミスの本の特徴としては、「アングロサクソンの性格と比べる」視点から「中国人の国民性について、実例を多数挙げながら帰納的に分析を試みている」と紹介した。そして、「宣教師としての視点というよりも、先入観を持たぬ観察者の視点」から描写しているとも言った。

私が読んだ、この訳本についての感想は、なかなか読みにくいものだというのが第1の感想だった。どうやら、欧米人特有の持って回った言い方が英語にあるようで、その日本語訳がやや晦渋なものとなっているという感想だ。ただ、本文で挙げられている実例には、ウンウンとうなずくものが多く、納得というか可笑しみというべきかわからないが、ともかく面白かった。そして、何よりも全部で27章ある中で第1章で「面子」を取り上げたことに感心した。中国人の理解で私が思うところ、一番難解なのがこの「面子」ということだ。私も例えば、ある研究会で中国人の報告者にコメントした時、私としては精いっぱい褒めたつもりであるのに、1つか2つ欠点を言ったものだから、その人は「面子をつぶされた」と感じたらしく、エラクたてついて私に反論してきたことがあって、驚いたことがあった。

1982年の夏のこと、私は北京にいたので、母親と義母とを北京に呼んだことがある。観光で中国に初めて来た義母が、しきりに「中国の娘さんは胸が大きくないのね」と言っていた。彼女のこの観察には、だから良いとか悪いという価値判断はなかった。ただ事実を感じて言っただけだ。「先入観を持たぬ観察者の視点」だったのだ。スミスもそのような態度を保持しようとしたに違いない。でも、どうしてもアングロサクソンとの比較に目が行くから、中国人の中の浅薄な評者から「帝国主義的観点」があるというような批判を受けて来た。事実を事実として色を付けずに受容することは、いつの時代でも、どの国でも難しいことなのだろう。とりわけ日本は外国から見た評価を気にするものだから、魯迅のように「私は今も、スミスの『支那人気質』を誰かが翻訳してくれることを願っている。それらの指摘を読んで、自ら反省し、分析し、指摘の正しい点を明らかにし、そうした点を改めようとし、もがき、修練を積み、それでいて他人の寛容や賞賛は求めない」と言ったような態度をとれるだろうか。

このスミスの本が出たのは、初版は1890年、明治23年、中国ではまだ清朝の光緒16年のことだ。1894年に40章を27章にしてニューヨークから出版したというが、120年以上も前の本がまだ生きながらえていることに驚嘆するとともし、この本を訳出した菜子さんの仕事に敬意を表しよう。

・**facebook.** (2017.03.19)

「饗宴」

元の「明倫小学校」を改装して、今は「京都芸術センター」として地域の文化向上に使用されている。そこで、今日19日、日中韓の文化芸能を演ずる公演があった。小学校の講堂に椅子を並べただけであるから、人がいっぱいで見にくかった。かなりの人が入っていた。

第1部は、「音×舞」ということで、三味線、テグム、二胡、ピアノ演奏で始まったが、驚いたことに司会の進行も説明もなかった。三味線の杵屋浩基も、テグムの李在洙（LEE Jesu）も、二胡の清水久恵の演奏も良かったのだが、何の説明もないのが不愉快であった。次々とやる演奏や、ソプラノ（和田悠花）の声も良かったのだが、他国の文化芸能を入れてやるのだから、どんな意味があり、どういうシチュエーションで演じられるものかなど、ナレーションが必要だろう。6曲目の「古木参天さんざめき」

だけはプログラムに説明が書いてあるが、今日この場で受け取ったプログラムに書いてあるよと言った態度が気に入らなかった。二胡はてっきり国の人が演じているのだと思っていたが、日本人だとは思いもよらなかった。テグムの愁いを帯びた音色に対して、二胡は優しい音色を引き出せるし、明るい楽しい曲にも合わせられるようだ。舞踊（金一志）も優雅に演じていたが、華やかな軽妙さが欠けるようだ。今日は古典ということでゆったりと演じたのかもしれない。

第2部は狂言だ。茂山千五郎と茂に中国の「変面」の姜鵬の絡みである。狂言は、これまでの説明なしとは違って、朗々といきなり自己紹介から始まるので、わかりやすく面白く、客席からも笑い声が上がった。そして、「変面」が行なわれるごとにどっと歓声も上がり、盛り上がった。平易な筋で単純な中に、意外な芸があるから、楽しかったのだろう。

烏丸の先の室町通り蛸薬師下るところにあるので、バスから地下鉄に乗り換えて出かけた。帰りの地下鉄の丸太町の駅から地上に出る階段が急で長くて、いささか疲れた。もう少し便利にできないものか。エレベーターやエスカレーターがあったとしても、そこに行くまで随分歩かねばならない。まして、階段だけの地下鉄の出入り口は、こちらの足が弱っているせいか、かなり堪える。幸い雨にならずで良かった。

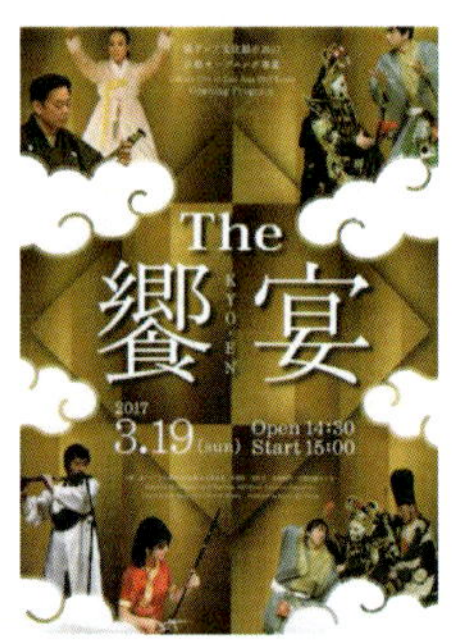

上：パンフレットの表紙／中央上：「市民しんぶん」の宣伝／中央下左：会場の「京都芸術センター」／中央下右：プログラム／右：変面の姜鵬氏

＊三由紀：狂言と変面のコラボ、日本でよく行われているのでしょうか、驚きました。17日金婚式のお写真もすてきでした。萩野先生は永遠の俊老師（少し古い言い方でしょうか）です。

＊邱羞爾：コメントをありがとうございます。筋書きが良かったせいでしょうか、不自然ではなく、良くマッチしていました。いくつもやるのは難しいかもしれません。お褒めにあずかって光栄です。

・**facebook.** (2017.03.20)

今日は春分の日で休みだ。良い天気で、静かで温暖な日だ。でも、このごろいつも朝から、グウグウ、ゴーゴーとうるさい。家の近所の藤波さんの敷地に、クレーンとブルドーザーが入っていて仕事をしているのだ。そして、ダンプカーが土を運び出している。ここは高台にあって、吉田神社の裏側に当たり、大きな庭に樹木などが生えた景勝地であった。というのも、東に面して如意が岳、すなわち大文字があり、「送り火」などが良く見えたのだ。私の知っている広部さんなども、植木職としてここに入り、送り火の時は、各自が持ち寄った食べ物で酒盛りをしては夏の盛りを過ごしたという。奥さんが亡くなって代替わりとなった。この広大な土地もどうやら、東京資本が入ってマンションを建築するらしい。時代が変わるという感がつくづくとする。

長いこと売れなかった「山月」という仕出し屋が、最近壊されて更地になった。「山月」はちょっと変わったお弁当を出すので、よく注文したものだった。我々にも手の届く料金で気の利いたおいしい料理屋であった。なんでも主人が子供のころは父親の手伝いで谷崎潤一郎の家に仕出しを届けたという。兄弟で日本料理をやっていて、兄貴の「三友居」の方は銀閣寺道でまだ元気に頑張っている。

家の向かい側の安達さんの奥に当たる空き地にも家が建った。ここもなかなか買い手がつかなかったが、売れたとなると早いもので、木組みが建てられ、壁に壁紙を貼るバサッバサッという音がしばらく前には聞こえていた。この家の作業する職人の車が、あそこは狭い路地なので、我が家のすぐそばの道路にずらっと止めてある。大工さんたちはみな仕事熱心で朝早くから車を止めている。

高齢者の家が多いから、世代が変わると家も変わってゆく。隣も、西側のはす向かいの家も、もう一つの東側はす向かいの家も、ご主人が亡くなった。まだ奥さんが元気で頑張っているが、そして、家自体も頑張っているが、ふと気が付くと、もう家が変わっているなんてことがある。この近辺でも、ずいぶん変わっているのだ。そういう私たちも後期高齢者となり、人様のことを云々（安倍首相の言う“でんでん”）などしている時間はなくなっている。

・facebook. (2017.03.21)

ヘルペス

もう呆れて笑ってしまうしかない。先週の月曜日、13日から私は右横腹が痛かった。痛いだの痒いだのはしょっちゅうのことだから、さして気にせずそのまま過ごしていた。ところがだんだん痛さが顕著になった。水曜日に京大病院に行ったとき、泌尿器科のお医者さんに「痛い」と訴えたけれど、何の反応もなく、そのままやり過ごされた。金・土と痛みが顕著になってきて、盲腸だろうか、あるいはひょっとすると肝臓が悪くなったのだろうかと心配になった。土曜日は花粉症のため、目が痒いので眼科に行った。すると午前中は終わりだ。運悪く、日・月と連休があって、お医者さんはお休みだ。病は休みにやって来る。昨日の月曜日など、痛さが脊中にも来たので、今日の火曜日、連休明けにさっそく森下ハートクリニックに行った。痛くてしょうがないから、明日水曜日の京大病院など待っていられない。盲腸なり肝臓なりの病気ならば、また入院しなければならない。そこで、ある覚悟を以て診てもらった。

予約していないから、しばらく待たされたが、呼び出されてそのままベッドに横にならされた。痛いところを見せたとたん、看護士2人が目を見合わせて、「これって、あれだわね」と言う。なんだ、なんだ？やって来た森下医師も診るなり、「帯状疱疹。ヘルペスだ」と言う。

私は、ヘルペスなんて名前を聞いたことがあるけれど、なったのは初めてだ。でも、ホッとした。触られると痛いけれど、切るような手術をしなくて済みそうだと思ったからだ。入院しなくていいということが救いだった。

治療をすると言われて横になっている間に、副院長が顔を出してくれる。また、新たな病気で、私は恥ずかしくて苦笑いするしかなかった。彼女はヘルペスのことを少し説明してくれる。そして、私が「毎晩足が攣る」と言ったものだから、足の裏とふくらはぎを10分以上も揉んでくれた。「筋肉が固くなっている。これだけが原因ではないが、寝る前にこのようにマッサージをするとよい」と言ってくれる。ほぼ1時間近くの点滴をし、横腹から背中にかけて薬を塗って、飲み薬を処方してもらって帰宅した。雨が降っているので、いつものように、我が妻の車で帰宅したのだ。車の中でも、我が妻に呆れられたが、私自身も自分の無残な体に呆れるしかなかった。

＊ノッチャン：帯状疱疹、ヘルペスは、昔罹った水疱瘡のウイルスが身体に潜んでいて、免疫力が落ちた時に悪さするって聞きました。
亡くなった父も罹り、ひどかったので入院までしました。

先生は通院で良いみたいですから、ますは良かったです。免疫力の低下ですから、無理をされませんように。お大事になさってください。

＊邱羞爾：ノッチャン、ありがとう。びっくりしたよ。痛くて困るけれど、手術なんぞでなくてよかった。なんだかいろいろ出てくるなぁ。

＊デイノ：先生、帯状発疹は、最近皇后様も患われていたのではなかったでしょうか。発症してから時間がたつほど、痛みが残りやすいともききます。十分に注意されて、体力を回復することが、肝要かと思われます。お大事にされて下さい。

＊邱羞爾：デイノ君、コメントをありがとう。なにもせずグウタラと日を過ごしているだけなのですがね。それもまたストレスがたまるのでしょうか。却って君のように思索している方が健康に良いのかもしれませんね。

＊義則：先生、痛いでしょう。うちの母（昭和８年生まれ）も数年前、帯状疱疹になり辛かったと言ってました。　抵抗力が落ちたのが原因だと聞いています。どうぞお疲れの出ませんように。

＊邱羞爾：ありがとうございます。痛いです。夜よく眠れないのが、抵抗力が落ちた原因だと思います。

・**facebook.**　(2017.03.23)

出発

凌昊：先生、ご無沙汰しております。お元気でいらっしゃいますか。今月には無事に博士後期課程を修了いたしました。これからは母国に戻り大学で日本語の講師として働き始めます。ご報告申し上げます。これまでのご指導、ご鞭撻、心より感謝申し上げます。これからもよろしくお願い申し上げます。しばらくFacebook使えなくなってしまうので、たまには母国から年賀状とかお送りさせていただきたいと思っております。またお会いできる日を楽しみにしております。お身体ご自愛いただきますようお祈り申し上げます。

＊邱羞爾：凌昊さん、君からコメントをもらうなんて、びっくりで、とてもうれ

しい。でも、なんだか最後のコメントみたいだ。君には最後まで指導できず残念でした。返事は君のFBに一応書きましたが、ここでも、日本語の先生になったことをお祝いいたします。よくやりましたね。これからも厳しい生活が待っていることでしょうが、日本での楽しかった思い出を胸に、やさしく、そして真摯な先生になってください。ぜひまた、何度でも会いに来てください。お元気で！

・facebook. (2017.03.25)

点滴

このところ毎日医者に行き点滴を受けている。帯状疱疹がまだ治らないからだ。40分ぐらいの点滴なのだろうが、横になるとすぐもうろうとしてウツラウツラしてしまう。狭いベッドで、すぐ横のカーテンでは採血の人が入れ替わりきているというのに、こんな時は平気で、夜は眠れないくせに、ウツラウツラできる。
医者の行き帰りで、午前中なら午前中が消えてしまう。午後でも同じ、帰宅したらしばらくすると眠くなって頭が働かない。季節が春に向かって進んでいる。花粉症も加わって、痒いのだが、帯状疱疹というのは神経に関するところにできるそうで、横腹がとても痛い。痒痛い。薬を塗るときでも、ちょっとでも触られると、ピリピリと反応する。ちょうどくすぐったいところなので、痛いのと敏感なところが混じって、座っていても腰を曲げてしまう。まして歩行などすっかり腰を曲げて歩いてしまう。
問題なのは、頭がはっきりしないことだ。いつまでもウツラウツラしいられないのだが、昼間はいくらでも転寝ができてしまう。昔は転寝などした後はスッキリしたものであったが、今は違う。どうも気力も衰えているからであろう、何事にもテキパキできない。ヨタヨタ、デレデレ、グズグズとした動作で、吾ながら老人になったぁと思わざるを得ない。

＊ノッチャン：大変ですネ‼　お大事にして下さい。

＊邱羞爾：ノッチャン、ありがとう。もうすこし景気の良い話にしなければねえ。

＊義則：痛みというのは不思議なものだと思います。
私も先程、整形外科医に行ってきました。
右足首の痛みをかばって歩いていて左膝の内側靭帯を痛め、歩くのも困難なのです。

痛み止めを飲んでも効かなかったので、たまらず診てもらったのですが、処方してもらった消炎鎮痛剤がよく効き、少しの時間ですが、痛みを感じずに歩くことができて、とても幸せな気分になりました。
帯状疱疹の痛みは痛風並でしょうね。
夜眠れないのも痛みのせいなのでしょう。
どうぞご自愛くださいませ。

＊邱羞爾：義則先生の膝も気にしていたのですが、鎮痛剤が効いたそうでよかったですね。私は今しがたの点滴で医師の先生に呼び起こされるまで寝てしまっていましたから、夜眠れないのも大したことはありません。

＊義則：よかったです。
どうか夜眠れないことを気にされませんように。

＊Yoshie：先生、どうぞおだいじに！！　帯状疱疹は悪化すると、腎臓にも影響があると聞きます。少しでもからだを休めることが症状が良くなることだとも聞きます。ご無理なさいませんように。ご回復をお祈りしています。

＊邱羞爾：そうか、腎臓にも悪いのか。コメントをありがとう。ごく普通に生活していますが、本当は横になっていた方が良いのですね。でもなかなかそうはできない。

・千載青史に列するを得ん (2017.03.27)

今日は、帯状疱疹のために森下ハートクリニックに行ったが、リハビリはやめと言うことになった。安静にするのが一番だそうだ。もう１週間以上通ったからだいぶ良くなった。見るからに良くなっているが、おなかが痛いのは相変わらずで、神経に沿って痛いから、腰から上は右乳房まで、下は腰まで痛い。今日は、点滴はなかった。　診察を待つ間に、リハビリの友と言うべき広部さんと酒井さんに会った。顔を合わせるのが実に楽しい。深川さんには今日は会わなかったが、この前の混んでいるとき座る席がなかったところ、立って替わって座らせてくれた。
実にうれしくありがたかった。
森下ハートクリニックが終わると、京大病院だ。午後１時の診察と言うので、12時に出かけた。うまい具合に204のバスが来たので、スムーズに12時半には病院に着いた。心臓は良くはなっていないが、特に変わりがないので、しばらくこのままで行くとのこと。一応安心する。のどが渇いて仕方がないので、水をとって来てトイレでうがいをした。うがいをすることが、のどの渇きをこらえる一番良い方法なのだ。私はこのように日常の生活に追われて何も世間に益することをしていない。

帰宅したら、京子さんが釜屋先生の本を送ってくれていた。

釜屋修『わが戦中・戦後——思い出の堺、思い出の人びと』(2016年3月30日、翠書房、302頁)。

でも、編集は、「釜屋修の『記憶』と記録」刊行会により、発行者は谷川毅とある。そして、発行も2017年3月18日が正しいのだそうだ。

釜屋氏のお弟子さんや関係者たちが、釜屋氏の徳を慕って編集し、作り上げた本に違いない。カバーのデザインは娘さんの◦●さんで、「タイトル文字」はお孫さんの廣田真知とある。とても良いカバーになっている。また、110ページに及ぶ、釜屋修『半醒半酔遊三日——1993年中国滞在半年の記録（3月25日～9月22）。』と言う冊子が入っていた。まるで附録のようなものだから、一緒に写真に撮った。この冊子に2011年6月の「あとがき」がある。75歳だ。

「あとがき」によれば、「戦前から戦後にかけての思い出、一九九三年の北京大学での半年の記録の二つだけを残そうと思い立った」のだそうだ。

私はその一九九三年の北京大学の日誌をざっと見ただけだが、そこには実に詳細にその日にあったことや生活を書き残している。だれそれに会ったとかどこそこに泊まったなど。日常のこまごまとしたことを記録するということは、自らの平凡な日常を温め、そこに沈溺しようとする態度であろう。毎日生起する事象を平凡な事象とする動かない態度には、軽薄に運動して一時的な脚光を浴びたり、時の人となることを拒否する態度でもある。釜屋氏は誠実なのである。そして数々の運動と言える行動を数多くした人でもある。日中友好の運動や日本中国学会の主催、研究誌『日本中国当代文学研究会誌』の創刊など。そういうこれまでの生き方を静かに見つめた文章を残した。

釜屋先生の静かな文章を私は読むと、人生に一つの諦念を持った人のように見えるが、却って私には頼山陽が13歳で作ったという詩が思い出される。「いずくにか古人に類して　千載青史に列するを得ん」。76歳でお亡くなりになった釜屋先生は決して静の中に沈溺する人ではないのではないか。釜屋先生には内に煮えたぎった熱い気持ちがあったが、それを無理に抑えたような気がした。でも、こうしてお弟子さんや仲間たちが本にし冊子にして、その気持ちを幾分か掬い取ってくれている。幸せな生を送られたのだと思う。
ご冥福を祈ります。

・facebook. (2017.03.31)

凡ならざる日常

今日は朝寝坊して7時台に起きた。いうまでもなく、3時半ごろにトイレに行った、また足が攣ってしまっていた。2度寝をしたので、気が付いたら7時を回っていた次第だ。いつもならば、遅くとも6時半には起きるのだが。
朝食後、洗濯物を2階のベランダに干していて、ふと見ると、大きなクレーンが藤波さんの工事現場にそびえるように立っていた。壮観だったので写真に撮った。10時に出かけて、高島屋に、長男の息子つまり孫のために靴を買いに行った。もうじき5歳になるので、靴だって好き嫌いがあるのだ。男の子はまず靴から恰好を付けるものらしい。うまいこと希望の靴が買えたので、私はエディオンに行きA4のプリンター用紙などを買う。
帰宅すると、長男からのお祝いの品が届いた。「クリストフルの箸」だった。先に二男からもお祝いの品をもらっていたが、それは「ポールスチュアートのパジャマ」であった。クリストフルの箸など実用にはあまりならない。取り箸にでもするほかないが、金婚式の象徴にはなる贈り物だ。パジャマは実用的だ。特に入院の可能性のある私にはうってつけの贈り物だ。同じ母親から生まれた兄弟でも、ずいぶんと違うなぁという感想を持った。
夕方、また品物が届いた。「北海道礼文島の蒸しウニ」の缶詰めだ。どうやら、景品で当たったらしい。でも、いつのなんの懸賞だったのかまるで忘れていて見当もつかない。いい加減に幾つも応募しているから、数討てば何かに当たるのであろう。うれしいことだ。得てしてこういう風に欲のないときには当たるらしく、当たってほしい宝くじなどには当たったことがない。できたらこちらの宝くじで大金が当たってほしいものだ。
今日で、楽しんでみていた『武則天』が終わった。82話だった。范冰冰がだんだん年を取るにつれ、醜くなり、話も愛がどうのこうのと粘着質のものになって幾分面白くなくなっていたので、ちょうどよいところの終了だ。でも終わってしまうと寂しい。18時からという夕食時であったので、『武則天』があるときはせわしなかった。せわしなかったからこそ楽しみも増したのであろう。宮中のことなど少しわかったが、皇帝には「万歳、万歳、万万歳」というのに対して、天后には「千歳、千歳、千千歳」というのは発見であった。最後に范冰冰が龍の衣装で歩くさまはさすがに貫禄があった。

夜は、TVで「タイムショック」などという番組を見たりした。辰巳、麻生、やく、などという世代に対して三浦、金田一、ハザーなんとかなどの若い世代の台頭を見る思いだった。平凡でしょうもない日常をまたしても送ったが、一日を振り返れば結構平凡ならざる一日であった。

＊義則：足が攣る。とのことですが、私もたまに攣ります。
ネットで色々見ていると、仰向けに寝る人が攣りやすいとのことでしたが、先生はいかがですか？
私は仰向けになるのが好きなのですが、そうすると布団の圧力で、つま先が伸びていて、ふくらはぎが緊張して攣りやすいとのことでした。
どうぞご自愛下さいませ。
当方、尿酸値を下げる薬をとうとう飲み始めましたが、夜中に２回はトイレに行くので閉口しています

＊邱羞爾：義則先生、コメントをありがとうございました。私はほとんど右横になって寝ています。今、寝る前に「竹踏み」で体重をかけて踏んで、寝ることにしています。少し効果があるようです。私も１度はおしっこで目が覚めます。その時は同時に足が攣っている場合が多いです。夜中に１度だって起きるのはつらいです。２回も起きるのはもっとつらいことでしょう。私は寝る前にコップ１杯の水を飲むようにしていました。脳梗塞予防のためです。でも、今は水分800ＣＣの制限があるために、少ししか飲んでいません。飲まないとよいのでしょうが、どうしても水を飲んでしまうのです。義則先生は薬のせいの様ですから、慣れるまで辛抱するほかなさそうですね。頑張ってください。

＊デイノ：ご家族の、皆さんから大事にされているのがよくわかり、羨ましいかぎりです。

＊邱羞爾：コメントをありがとう。実際がどうかというとややこしくなるので、お言葉に甘えて、素直に感謝しておきます。

・さくら

(2017.04.08)

今日も雨で、せっかくの桜も台無しだ。とはいえ、観光客が銀閣寺道の交差点を渡る数は多い。花は一応満開なのだ。無情の風がまだ強く吹いていないので、幾分救われる。もともとは、清水寺の夜の拝観に行く予定であった。切符を頂いたからだ。期限は4月9日までとある。あと1日の猶予があるが、どうやら私の足が十分に動きそうにない。一昨年だったかに紅葉を見に行った（『回生晏語』9～11頁）が、桜のライトアップはまだ見ていない。残念だが致し方ない。これまで「致し方ない」ことなどどれほどあったことだろう。すでに「物事はなるようになるだけだ」と諦念の気持ちになる歳となった。なるべく突き詰めて考えないようにして私はここまでやって来たから、ここで、（安倍首相のように）「人生とはデンデン」などと言うつもりはない。ただ正直に言うと、忍び寄る寂しさみたいなものを感じる。それが多くなっている。
私の気分は晴れない。ここまで何とかやってきたが、検査数値が大変悪く、医者は、透析をするためのシャントをするために、左腕を大事にして今度から採血の時は右腕にしろと言う。こんなことまで言われては、もう逃れられない気がする。今までの制限を守る苦労は透析を逃れるためであった。それがもうこんなに迫っているのだ。気分が晴れるはずがない。それにしても、のどが渇く。無性に水が飲みたくてしようがない。本当に異常だ。利尿剤のせいだろうが、もうどうなっても良いから水をガブガブ飲みたいという欲求に苛まれている。
気分を振り払って無理に元気づけてみるが、長続きしない。私が取り掛かっている翻訳の件も、いまだに進まない。訳はすでに終わっているのだけれど、ＰＤＦファイルにすることでモタモタしているのだ。もう3か月以上もかかっている。ルビだ、行替えだ、1字下げだ、句点だ、読点だ、などなど、何度もやり直している。これはひとえにお金を安くするためだ。お金がないから、なるべく自分で校正をしなければならない。私はある人に、この翻訳をし始めた時に「私のライフワークだ」と言ったことがあるが、こんなに手間と精力と時間がかかるのであるなら、本当にライフワークになってしまう。私には幸い、些細なことだけれどまだやることが残っている。

＊クマコ：先生、こんばんは。
ブログを拝見して、適切に気持ちを表現するコメントが見つからないので、気持ち玉を利用しようとしましたが、どれも違う⁉のでコメントにしました（^-^;
透析をなさるのですね。
長く頑張ってきた腎臓が一人では仕事がこなせなくなって、派遣を依頼した、とお考えになってはいかがでしょう。
義母を透析病院まで送り迎えもしましたが、すごいことができるのだと、その機器を眺めておりました。あれから三十年近く、患者への負担も軽減されているでしょう。今が最悪の状況かもしれません。
少しは制限も緩和され、お体が楽になるかもしれません。

＊邱羞爾：クマコさん、コメントをありがとう。気を使ってくれてとてもうれしいです。まだ、透析をやると決まったわけではないのですが、もう秒読みです。その恐れと焦りからブログに書きました。いろんな人がいるので、透析をしたからと言ってすべてが終わるわけではないのでしょうが、週に３回も通わねばならぬかと思うとそれだけでうんざりです。なるべく良い方向に考えを持って行こうと思っていても、どうしても出るのは愚痴になります。余計なことを書いてご心配をおかけしました。

・**facebook.** (2017.04.09)

春宵一刻

うっとうしい花曇りも、少し晴れ間も見えて、少し気が晴れる日となった。午後、泉屋博古館に出かけた。途中、車窓から錦林車庫の桜を見たが、やはり歩いてみなければ、満開の気分にはなれなかった。
泉屋博古館に来たのは、『特別展「漢字三千年——漢字の歴史と文字」』記念講演会があったからである。これは日中文化交流協会の主催で、今日は廣川守氏（泉屋博古館副館長）による「青銅器にあらわれた文字」であった。
廣川氏の話は、実に丁寧でわかりやすく砕いての説明であったので、楽しく聞けた。3,000年も前から酒器などは、現在の１合や４合に見合う大きさが作られていたなどと言う話も、古代人の知恵の優秀さを身近に知るものであった。青銅にこと細かく自分の栄誉や褒賞などを刻ませるところに、永遠の保証を文字に込めた古代人の心がうかがえる、と言う結論も素直に耳に入った。

講演の前に、春季展覧会の行なわれている『楽しい隠遁　山水に遊ぶ――雪舟、竹田、そして鉄斎』という展示を見た。田能村竹田に見込まれた田能村直入などが、少し目についた。
この展示の解説史料を小南一郎館長が書いていたので、小南館長を尋ねたが、土日はお休みだということで会えず、残念だった。解説史料は、隠遁は深い思想を生み出さなかったが、芸術作品は隠遁的な生き方を基礎に生み出されていると指摘していた。
夕方、東京から大阪での仕事を終えた弟がやって来た。「これで最後の出会いとなってはまずいと思ってやってきた」という。確かに、まだつやのある弟と比べて私はいかにもやつれた顔だ。久しぶりの邂逅をいいことにして、ビールを飲んだ。春宵一刻値千金だ。うまいことはうまいが、水分摂取の１リットルは超えてしまった。

＊**正昭**：ご馳走さまでした。のませたわけではありませんがすいぶんおーばーごめんなさい。

＊**邱羞爾**：これは「自己責任」でしょう。お気に召さらずに。私の写真はあまりにも情けなかったので、この写真で我慢してください。でも、楽しい時を過ごしました。

＊**正昭**：そんなことはないでしょう。私が上げましょう。

＊**邱羞爾**：やっぱりひどい顔だ！

・**facebook**　(2017.04.16)

悲喜こもごも

今日は嬉しいことと、悲しいというか残念なことの２つがあった。
まず、嬉しいこと。理君が訪ねてくれたのだ。随分久しぶりのこと。以前、祇園でご馳走になって以来だ。彼はほんの30分ぐらいと言っていたが、話がはずんで２時間はいた。まあ、ロクでもない話をしたのだが、彼も嫌がらず楽しかったのだろう。予想外の長さだ。最後には干してあった座布団まで取り入れさせてしまった。彼は何しに来たのか？多分、私の推察では、大手の出版社から彼の骨董に関する文章が評価され、エッセーを載せるようにと電話があったそうだ。この報告に来てくれたのだろう。とても嬉しいことだ。もともと私も彼の文章を高く評価していたが、いよいよ大手の雑誌に載るわけだ。載せたら私にもくださいというのを忘れてしまったが、彼のことだからきっと送ってくれるであろう。彼は、和久伝のすっぽんの煮凝りなどをくれた。夕食に食べたら、とてもおいしかった。私の方は何も彼に接待できず、なんと自分で抹茶を立てて飲めという有様であった。
この抹茶のお茶請けとして、家内が緑庵の和菓子を買って来のだが、家の近くの四つ角でつい植木に目をやって、南北に走る赤いボルボにぶつかってしまったのだ。交通の警察ばかりではなく、人身傷害の警察まで来て、事情聴取されたそうだ。彼女はすっかり自信を無くして、自分の不注意を悲しがった。こんな時はどうすれば慰められるのであろう。私はただオロオロとするばかりだ。どうやらお金で解決できるようだから、不幸中の幸いというほかないだろう。こういうわけで、理君には何の接待もできなかった。

＊Mutsuko：私も去年四つ角で車同士衝突してしまいました。初めてだったのでとてもショックでした。奥様のお気持ちよくわかります。

＊邱羞爾：Mutsukoさん、コメントをありがとう。弱り目に祟り目というやつで、今ちょっと我が家は下り調子です。

＊Kiyo：仁子さんにお怪我は無かったのですか？
歳をとるとついうっかりが多くなります　お互いに気をつけましょう

＊邱羞爾：Kiyoさん、コメントをありがとうございます。家内は恥ずかしいから誰にも言わないと言っているのですが、私がこのＦＢに書いてしまいましたから、また怒られるかもしれません。幸い、家内にはけがはなく、多分相手の方もけがはなかったと思います。でも、これはむち打ち症のように少し長い時間を見てみなければわかりません。

＊Kiyo：心配ですね！　どうぞお大事なさって下さい😥

＊眞紀子：先生、大変でしたね。奥様さぞかしドキッとされたことと思います。でもFBの先生の「こんな時はどうすれば慰められるのであろう。私はただオロオ

ロするばかりだ」っていう言葉をご覧になったら、きっと嬉しいって思われますよ。お怪我なくて良かった❣

＊邱羞爾：ありがとう。君は優しい人だ。

＊ノッチャン：皆さんが書かれているように、奥様に怪我がなかったのが何よりです。大難が小難で済んだということで。奥様をより一層気遣って頂きますように（蛇足ですが）

＊邱羞爾：ノッチャン、ありがとう。私は凡人でぐうたらだから、なかなか達観の境地に達しないのですよ。

＊Shigemi：まさに大難が小難の典型です。お怪我がお互いに無かったのが何よりです。奥様のことですからこれからはさらに細心の注意で運転されることと思います。

＊邱羞爾：ありがとう。そんなに楽観的な態度をとれないよ。でも、チビチビシコシコやっていくしかない。

＊多聞：誕生日、おめでとうございます。体調お変わりないですか？小生、年齢の数字が足してゼロになった年は落ち目というジンクスあり、今年も思うに任せぬことが続いています。どこかでお祓いでも……。

＊邱羞爾：多聞先生は私より若いではないか！元気を出してもう一度でも二度でも何度でも花を咲かせてください。

＊Kiyo：お誕生日おめでとうございます🎂
仁子さんも大事にいたらなくて本当に良かったです✨

＊邱羞爾：ありがとうございます。とんだ粗忽者でお恥ずかしいです。

・facebook　(2017.04.18)

國威：先生、お誕生日おめでとうございます🎂🎉。昨日遅くまで授業をしましたので、お祝いが今日になりましたが、いつまでもお元気でいらっしゃいますように。

＊**邱羞爾**：先生、お忙しいところわざわざコメントをありがとうございます。いつまでも元気でいたいです。

＊**ノッチャン**：このカードなんです。改めて送ります。
遅くなりましたが、お誕生日をお祝いして(^_-)

＊**邱羞爾**：ノッチャン、ありがとう。時代遅れにならぬよう頑張ります。

＊**ノッチャン**：送ったつもりで送ってないなんて……ボケてますよね😵
29日は如何ですか？柳汀会総会です。全勝と小吹氏の講演ですから。私も少しだけ、お二人の紹介をさせて頂きます。

＊**邱羞爾**：カードをありがとう。29日は都合が悪い。皆さんによろしく。

＊**ノッチャン**：残念ですが、皆さんにお伝えします。

＊**ヘメヘメ**：お誕生日おめでとうございます🎂 今年は健康で穏やかな日々を過ごされますように！

＊**邱羞爾**：ありがとう。実り多い研修生活をお送りください。

＊**Akira**：生日快楽🎉 幸多き一年になることを心よりお祈りしています。

＊**邱羞爾**：ありがとう。しばらく音沙汰がないが、元気にやっていますか？

＊**義則**：誕生日、おめでとうございます。

＊邱羞爾：ありがとうございます。先生のお膝は良くなられましたでしょうか？無理して出かけられているようですが、細心の注意を払いながら、一方では少し冒険をすることも必要かもしれませんね。

＊義則：ありがとうございます。
はい、少しは運動した方がいいように思います。

＊Miki：お誕生日おめでとうございます。いつも投稿を楽しみにしております。

＊邱羞爾：ありがとうございます。お元気で仕事に勤めていらっしゃいますか？昨日、例の骨董の本を書いた彼が我が家を訪ねてくれました。

＊Hoshie：先生お誕生日おめでとうございます ٩ε○• ▿•○з۶♡先生にとって素敵な１年になりますように

＊邱羞爾：ありがとう。元気で楽しくやっていますか？一度会いたいですね。

＊Taku：遅くなりましたが、先生お誕生日おめでとうございます。

＊邱羞爾：ありがとう。君はいつも飛び回っていて元気だね。さらなるご活躍を！

＊正純：お誕生日おめでとうございます。先生の二日後がうちの父で、しかも同い年ですから、毎年この 17、19 日の週になると感慨深いです。

＊邱羞爾：ありがとう。君の御父上と近い誕生日なんて光栄です。たくさん親孝行をしてください。

＊マウ：先生お誕生日おめでとうございます

＊邱羞爾：マウ、ありがとう！元気が出ます。

*好恵：先生、誕生日おめでとうございます。体調も良くなってこられたようで、うれしく思います。これからも、ご夫婦仲良くお過ごし下さい。今年は同窓会でお目にかかれますように！

---

*邱羞爾：ありがとうございます。好恵さんご夫婦に習って、仲良く過ごしたいと思っております。

---

*デイノ：お誕生日、おめでとうございます。理さんが先生宅へ、訪ねて行っていたなんて、知りませんでした。何かコメントをとも、思ったのですが、もうひとつ書かれていた事件が何ともコメントし辛く、スルーしてしまいました。すみません。これからも、先生の徒然なる日記を、いろんな刺激をうけながら、拝読させていただきたいと思います。

---

*邱羞爾：雑談をしたのだが、結構深い内容だったのだよ。お互い深みに入らなかったけれど、なぜ書くか？人に読んでもらう文章とはどういうものか、などに触れていたんだ。私にはデイノの文章も頭のうちにあった。

---

*デイノ：有り難うございます。私は、理さんの書くものを見て、これは敵わないと思いました。その代わり、真理や正義を追求しようと、思いました。

---

*Yumiko：お誕生日おめでとうございます！
日々を大切にお元気でお過ごしくださいますよう。

---

*邱羞爾：ありがとうございます。まだ約束を果たしていないので、ずっと気にしています。

---

*Yumiko：楽しみは先のほうがウキウキワクワクの時間が長くなっていいものです♪

---

*眞紀子：Happy Birthday 🎉　江戸っ子っぽい話し口調で、いつまでも辛口トーク聞きたいでーす❤　おめでとうございます🎊

＊邱羞爾：ありがとう！君のリサイタルを聞きに行きたいよ。

＊眞紀子：ウホッ❣　頑張らねば😊

＊純恵：先生、お誕生日おめでとうございます。
お身体を大切になさって、色んな所にお出掛け下さい。

＊邱羞爾：ありがとうございます。頑張っていろんなところに出かけたいと思っております。

＊登士子：先生、お誕生日おめでとう御座います！先生にとって、良い１年になりますように。

＊邱羞爾：ありがとう。君のように粘り強く頑張ります。

＊和田：76 歳のお誕生日、おめでとうございます。
益々のご健勝とご活躍を祈念しております。〈拝〉

＊邱羞爾：ありがとうございます。たくさんのバラ、恐縮です。和田先生の勇姿に感心しております。

＊Kumi：おじさん、お誕生日おめでとうございます。今度、お会いできる日を楽しみにしております。

＊邱羞爾：ありがとう。クミちゃんも体に気を付けて、無理をしないように！

＊ウッチャン：先生、お誕生日おめでとうございます。お体に気をつけて下さい。

＊邱羞爾：ありがとうございます。お互い体をいたわりながらの生活ですが、ウッチャンの方は人の何倍も活躍していますね。どうぞご自愛ください。

＊Keiichi：先生　誕生日おめでとうございます！

＊邱羞爾：「参戦」って何だい？物騒な世の中になってきました。生き残るために体を少しですが鍛えていますよ。

＊Keiichi：変換ミスでした（^^;;　鍛錬身体！　私も頑張ります

＊芳恵：お誕生日おめでとうございます。先生のブログを拝見して、考えなければいけない、学生に伝えなければいけない話題を頂戴しています。奥様とお二人でお身体に気をつけてお過ごしください！

＊邱羞爾：ありがとうございます。新しい職場で、遠慮せずに大いに活躍してください。

＊芳恵：はい！学生が可愛いです。今日は関大の非常勤日だったのですが、１年生も２年生も真面目で、教えがいがあります。

＊翔大：先生、お久しぶりです^_^
お誕生日おめでとうございます
今年も宜しくお願いします。

＊邱羞爾：ありがとう。久しぶりだねえ。でも、私は君の元気な様子をこのＦＢで見ているよ。若い君のはつらつとした感想が私には大いに刺激だ。

＊三由紀：先生お誕生日おめでとうございます。いつもブログ楽しみにしています。心配なこともありますが、必ず励まされることばがあって、活力を頂いております。

＊邱羞爾：ありがとうございます。先生に読んでいただいているということはとても緊張します。でも、このままがらっぱちでやっていくしかありません。失礼の段、どうぞよろしく。

＊Shigemi：先生、お誕生日おめでとうございます
ご夫妻で健やかな日々を過ごされますことを心からお祈り申し上げます。

＊邱羞爾：ありがとう！君はまだ山に行っている。偉いなあ。体に気を付けてください。

＊永田：お誕生日おめでとうございます。

＊邱羞爾：ありがとうございます。すっかりご無沙汰しておりますが、先生には相変わらずお元気でご活躍のことと存じます。

＊ウッチャン：先生、お誕生日おめでとうございます。お体に気をつけて下さい。

＊邱羞爾：ありがとうございます。ウッチャンも体に気を付けて！

・facebook. (2017.04.19)

お知らせ

今日の京大病院での検査結果は思ったよりも悪くなかった。腎臓の方の検査の値が前回より悪くなかったということで、その分心臓の方の検査の値とX線で見る心臓肥大は悪くなっていた。医者は、当然、「良くない」と言う。しかし、私自身はこの２週間ほどの水分の取り過ぎや、甘いものを食べていたにしては、「良かった」と思うのだ。でも、ちゃんと足のむくみがひどくなっている。悪いことをすればそれだけ悪くなっている。
でも、私の予期に反して検査の値が維持できていたから、明日から、東京に行く。２泊３日の予定で、法事などをこなす。多分これが最後の東京行きのような気がして、この際かつての友人などに会うつもりだ。かつての友に連絡をしたら、彼も会うのを楽しみにしていたと言うのに、なんと急に不整脈で入院してしまった。もう、そんな年齢なのだ。だから、今回は思い切って決めたのだ。したがって、メールもＦＢもブログもちょっとお休みします。

・facebook. (2017.04.20)

九仞の功を一簣に虧く――その１

私は20日から22日まで東京に行ってきただけなので、「九仞の功」を立てたわけではない。ただ、最後にへまをしたので「一簣に虧く」と言ってみたかっただけだ。「百日の説法屁一つ」と言っても良いのだが、それではあまりにも俗すぎる。
20日は、7時に京都市バスに乗って、京都駅で切符を買って、7時45分の「のぞみ108号」に飛び乗った。まさに「駆け込み乗車」であった。名古屋から2人掛けに座れた。富士川では富士山が良く見えた。富士が見えるとやはり気分が良い。品川で降りて山手線に乗り換え渋谷に着いた。渋谷は今一番改造の真っ盛りな街で、どこをどう行ったら良いのかわからない。案内の不親切なホテルに腹を立てながら、やっとフロントにたどり着いた。ビルの5階がフロントなのだ。なんでも部屋にはいれるが、チェックイン前なので1泊料金を取ると言う。お前はここで宴会も利用するからサービスで8,000円にまけてやると言う。当然断った。荷物だけ預けて、6階の会場に行く。
11時半の始まりに、11時には着いたので誰もいないと思ったら、ちゃんと幹事の祐介君が来て準備していた。彼が幹事をやってくれているから、この小学校6年3組の同窓会が続いている。
もう一人11時始まりと思って早く来たと言う進君がいた。口ひげが白くなっていて、もう顔がわからない。彼は、私が井筒部屋の鶴ケ嶺にもらった「努力」と書いてあるサインのコピーをわざわざ持ってきてくれていた。私は当時墨田区の両国に住んでいたので、家の近くの緑公園の西側にあった井筒部屋から夕涼みに公園に出て来た鶴ヶ嶺に遇ったのだった。今から見てもなかなかきれいな墨の字であった。進君は6か月ほど前にペースメーカーを入れたそうで、手帳を持ち歩いていた。ペースメーカーとなれば、こちらは先輩顔で偉そうに22年にもなる経験を話した。
会が始まって乾杯の音頭を遠方から来たからと言って取らされた。幹事の祐介君と敏雄君には感謝しておいたが、集まったみんなには何も触れなかった。一番近くに住んでいる順子さんが遅れてきたが、我々夫婦を入れて15名が集まった。
サイタケは農業をしているそうで、日に焼けた健康そのものの顔をしていた。それでも、緊張すると足が攣ると言っていた。足が攣ると聞くと私は嬉しくなるが、当然のことながら私ほどひどくはないらしい。彼の緊張は自動車の運転からくるもののようであった。
登君は、しきりに清水谷公園で遊んだと言って懐かしがってくれたが、私の記憶では彼とは相撲を取ったことが強く印象に残っていて、清水谷なんかで遊んだかなぁという気持ちだった。ともあれ、彼の左から呼び寄せ引き付けておいての右からの上手投げによく負けた。今は、ソフトボールをやっていて千葉県の大会に1.2位を争っているようなことを言っていた。彼は同じ千葉に住んでいる昇君の欠席を残念がった。
靖君は相変わらず物静かな話しぶりだ。小学校の時と変わらない。どうやら浅間山に別荘を持っているようなことを言っていた。何をするでもなくぼーっとしていることが多いと言っていた。
法子さんは50年ぶりの同窓会参加だそうで、彼女の住所をサイタケが見つけたのだそうだ。30数年前にご主人を亡くしたようなことを言っていた。女ターザンと言われたおてんば娘がすっかり老婦人になっていた。
続いて私の番なので、お得意の病気の話だ。そして水分800CC以下の話をしながら、ビールを大2杯も飲んだ。この会が新宿で開いたときに京都で新婚生活をする私たちを見送ってくれたが、あれから50年。3月17日には金婚式を迎えたと言った。少なくとも夫婦で参加するのは50年ぶりだ。
洋子さんはずっと若返っているように見えた。だが話によれば、乳がんだとかなんとか癌だとか結構病気持ちだ。ご主人が80だとか言っていたが、少しも暗さや落ち込んだ様子を見せなかった。小学生の男なんてだいたい女とは話をしないものだから、洋子さんと話すのも初めてと言っても良い位だ。
祐介君は、確かクラリネットをやっていたと思うが、管楽器に飽きて今はバイオリンをやりだしたと言う。私が元気な秘密は何かと聞いたら、彼は若い女性と接することだと言ってくれた。私なんかは若い女性と言ったら看護師さんぐらいだ。彼はいろんな習い事をしたらよいと言う。事実いろんなことをしているらしい。彼はもともと女性にもてる良い男であった。でも、彼も奥さんの体調を心配する年になっている。
ミーちゃんは、驚いたことに、年に2回日本に帰ってくる生活で、マレーシアに住んでいると言う。春と秋の桜と紅葉は日本だと言う。
進君は、腎臓も悪くなって、クレアチンの値が2点幾つで、eGFRが60とか言って落ち込んでいた。つい私はそんな良い値で落ち込むな、私などこんななんだぞと元気づけた。彼も次の光子さんや法子さん、洋子さんなどとともに小学校近辺の建物や人のうわさに強かった。
中でも、光子さんの記憶力の良さには参った。私のような越境入学の者にはまるでわからない。天神様があったところだとか、誰それがいたところなど、小学校近辺はほとんど様変わりをしてしまい、子供などいなくなった。でも、小学校の建物は、トウの昔に廃校になったのに、まだ残っている。給食用のエレベーターがついていたとか、保健室の床が床暖房だったとか、最新の設備が施されていた学校だったのだ。そういえば講堂に体育館まであった。だから、前にある自由党から、吉田茂首相が講堂を使うためにやって来たのを見たことがあった。音楽室があって大津先生の思い出話に花が咲いた。私は江橋先生という図画の先生を思い出していた。女性の裸を見せて、オホホではない。人体の美を発見したことは偉大なことだ、と言っていたと思う。
テッチャンを見た時、ずいぶん変わったなぁと思った。あの大きなテッチャンがすっかり老人臭くなって小さく見えた。話もあまり弾まなかった。
弘一君は相変わらずダンディだ。社交ダンスをご夫婦でやっていると言っていたが、どこから見ても似合いの体形だった。皇居を何周も回るマラソンもしていると言う話は意外だった。
仁子は　朝４時には起きて哲学の道を散歩していると言った。旦那がいつ倒れても良いように体力筋力を鍛えていると言った。彼女だけが、参加した女性の中で白髪だった。
順子さんは、自分の方向音痴なことを話し、みなに遅刻したお詫びをしていた。私は昔はふっくらとしていたように思ったが、ずいぶんスリムと言うべきか年相応と言うべきか痩せて見えた。
最後に敏雄君が二胡の話をした。彼は二胡をやっていたそうだが、明日が演奏発表会と言うときに、二胡が壊れたと言う。そうなるともう間に合わない。普通の店で売っているのは上海製で、北のものとは音色が違うのだそうだ。華やかなものなら良いが日本人の好むしっとりとした音色が出ないと言う。そして二胡の皮はニシキヘビが良いそうで、そうなると１匹１個しか作れないからとても値段が張ると言っていた。彼は次の二次会の時も貴重な経験の話をしてくれたが、独り者の良さを十分発揮していた。いまだに髪の毛が黒々ふさふさしていた。
２次会は、下のホテルの喫茶室で行なった。３人抜けて12人。こういう会は中心となる人が話を引っ張っていかねばならない。私のように自分の病気の話ばかりでは面白みに欠ける。該博な知識と正確な知識が必要だが、このごろの私は蓄えた知識と言うものが無くなってきている。だんだん寡黙になってきている。

富士川から見た富士山

＊幽苑：お疲れ様でした。小学６年の同窓会がずっと続いているは凄いですね。幹事さんの努力あっての会だと思います。
それよりも皆さんの名前と、話しの内容を全て記憶されている先生がやはり凄いです。

＊邱羞爾：ありがとうございます。スペースの関係で随分はしょった話になってしまいました。

＊幽苑：先生、これではしょってるんですか？信じられません。

＊邱羞爾：だって、一人５分は喋っているでしょう？

＊幽苑：５分もですか？結構長いですね。中には話し出したら止まらない方もおられるでしょうね。

＊邱羞爾：幽苑さんは、ご自分がいろんな幹事役などでご苦労されているので、よく状況がおわかりですね。

・**facebook.** (2017.04.21)

ミュシャ展　九仞の功を一簣に虧く――その２

疲れて寝たのに、11時半、1時半、3時、4時半と足が攣って起きてしまった。足が痛くて寝てなどいられない。そのくせ6時ごろには大きな声で寝言を言っていたようだし、いびきも掻いていたと言われる。7時には起きだして風呂にお湯を入れ、足湯に浸る。体全体を風呂に入れてしまうとどっと疲れが出るから、足湯だけにする。

9時過ぎにタクシーに乗って、六本木の国立新美術館に行き、ミュシャ展を見に行った。10時開館だと言うのに、もう長蛇の列が券売り場に並んでいた。さすがに少し早く券を売り、4列に並んで入館した。610センチ×810センチの大作がいきなり並んでいて、壮観であった。「スラブ叙事詩」と名付けられた一連の絵は、下に人々の苦難や生活が描かれ、上に人物や建物が威圧するように厳かにそびえる。権力とか宗教が人びとの上を蔽いかぶさっていると見えた。荘厳さといったものをひしひしと感じた。良し悪しではなく民族の上に必然的に存在するあるものが圧倒的な力で迫って来た。特に「ロシアの農奴制廃止」などの上のドームや「イヴァンチツェの兄弟団学校」の上に朧に靄の中にそびえる建物の威容に、それらは明確であった。私とは何の関係もない絵画の世界ながら、絵のイメージの壮大さに打たれた。面白いことに、「撮影可能エリア」という部屋があって、5枚の絵が撮影可能だった。みんな写真を撮っていた。こちらも撮ってみたが、人の頭が邪魔だった。

ミュシャといえば世紀末の植物模様と「サラ・ベルナール」のようなリトグラフが有名で、私はそれしか知らなかった。また、それが好きだった。なんとそれらは多くを堺市美術館が持っているのだった。今、プラハ市立美術館の20枚の油彩（時にはテンペラ）を見て、人にはこのように多様な才能があるのかと驚きを隠せなかった。こんな大きな絵を20枚も飾るからか、地方には巡行しないようだ。京都にも来る様子がない。だから、東京で見ておいてよかった。

約束の時間があったので、1階でやっていた草間弥生展は見ずにホテルに戻った。東京のタクシーは信号待ちや一方通行があって、行きと帰りでは値段も同じではない。帰りは随分と高かった。渋谷の丁度スクランブル交差点のそばにホテルはあり、22階の窓からは代々木の公園が見えた。

11時半に高校の友人であるヒーコーと会った。またまた病気の話ばかりしたが、黙って嫌がらず聞いてくれる友人がいるというのも幸せなことだ。向こうだって奥さんの体調が良くない話になる。階下の喫茶店でまた話の続きをしたが、こんなホテルのレストランや喫茶室が満員で、順番待ちなのにも驚いた。多くが男女のカップルであり、男同士なのは我々ぐらいで恥ずかしい位だと彼は言っていた。家内も同じころ高校の友人と飯田橋で会っていた。夜は、ＴＶで巨人阪神の試合を最初から最後まで見てしまった。勝ったからよいようなものの、随分ゆったりとした時間を過ごした。今朝のことがあるので、早めに風呂に入って寝てしまった。

左：ミュシャ展のチケットと案内／右上：ミュシャ「スラヴ叙事詩」19「ロシア農奴制の廃止」／右下：22階の部屋から見る代々木公園

＊登士子：ミュシャ展、観に行かれたのですね！羨ましい限りです。ミュシャの絵は繊細で美しくて好きです。今やっている草間彌生の展覧会へ行きたいのですが、遠いので行けません。地方巡行も今のところ無いようで非常に残念です。

＊邱羞爾：登士子さん、君は絵が好きだから、地方に巡行しないのは本当に残念だね。昨夜、草間弥生が描く富士山のことをＴＶでやっていたよ。

・facebook　(2017.04.25)

お断り　九仞の功を一簣に虧く——番外編

私は「九仞の功を一簣に虧く——その３」の文章をとっくに書いた。しかし、どういうけか、消えてしまった。ちゃんと「保存する」にしたというのに！がっくりきたけれど、やむを得ないから、もう一度書き直した。同じ様な文章を書くのはとても苦しい。ところがなんと、あんなに苦労して書き、注意深く「保存する」にしたのに、また、消えてしまったのだ！Wordの問題なのだ。どうしてなのかわからない。「九仞の功を一簣に虧く——その２」までは問題なかったのに……。
どなたか、何か心当たりの方がいらっしゃったら、ご教授ください。とにかく、疲れて、へとへとになっています。

＊Keiichi：保存先が違うところになってしまったのでは…？
スタート画面の検索で、保存した題名を打ち込めば出てくるかもです 😊

＊邱羞爾：ありがとう。検索の結果、その１と、その２は出て来たけれど、その３は白紙だった。諦めてもう一度挑戦するしかないようだ。とてもありがたかった。

＊Keiichi：とりあえず、新規文書を開いてから、とても短い文章を打ってみて名前をつけて保存　そこでエラーが出なければ、どこかに保存されているでしょうし、もしエラーが出るなら、そのメッセージに応じた対応は可能かと思われます
まずは問題点の切り分けされることをオススメします 😊

＊幽苑：facebookに直接書き込まれているのですね⁉　たびたびそのような結果になるのなら、先にWordで文章を書き保存し、その文章をfacebookにコピーするのは如何でしょうか？

＊邱羞爾：私は「先にWordで文章を書き保存し、その文章をfacebookにコピー」していたのですよ。その「保存」ができていなかったのです。２度もです！すっかりのびてしまいました。

＊幽苑：もしWordで文章を書いた場合、Wordを立ち上げたらそのアイコンをクィックしたら、その右に最近Wordで作った文章の保存名が出ます。保存先が分からなくなっていても、そこから探せると思いますが……。

＊邱羞爾：ありがとう。それを開けたら空白なのです。文章がなくなっているのです。

＊幽苑：そうなんですか。今後もこう言う事があれば、本当に困ると言うか落ち込みますね。保存名を⑴、⑵とか幾つかにするか、同時にfacebookにアップするのはどうでしょうか⁉　最悪は一部印刷し、スキャンするかですね。

＊高志：Ｗｏｒｄ文章をどのように作成しておられるのかは、わかりませんが、私の場合はこうです。

新規で作成の場合、まず、最初の表題を入力した時か、最初の数行を入力した時点で、新規にファイル名を付けて保存します。ここで、ファイルが出来たことを確認する。その後に、そのファイルをまた開いて、続きを入力していく。長文になる場合は途中で何度か、上書き保存を行う。入力終了時点で、上書き保存を行って閉じる。または、そのままで、閉じるを行って、『～に対する変更を保存しますか？』と聞いてくるので、『保存』をクリックする。

以前の文章を引用して作成する場合、以前作成済の文章ファイルを開いて、そのままか、少し編集して、直ぐに、『名前を付けて保存』で別ファイルを作成して保存する。その後、そのファイルを開いて、新しい内容を入力していく。その後の、上書き保存や閉じる操作は、新規作成の場合と同様です。

折角時間をかけて入力した文章を、最後の最後の保存時にミスをして、保存されなかったり、白紙になってしまったら、元も子もないです。そうならない為に、最初から保存、途中でも頻繁に保存を行って、途中、途中までの入力内容を確保するようにしています。

パソコンがフリーズした時でも、直前までの保存内容が確保できます。
『パソコン嘘つかない！』 保存できてなかったり、白紙だった場合は、自分ではこうやったと思っていても、手か何かが、自分の思いとは異なる動きをしていた可能性があります。
先生、長々と記載してしまいました。お許しを。少しは参考にしていただけたらと思います。

＊邱羞爾：とてもよくわかった。そのように、こまめに上書き保存をしていなかったのが、間違いのもとだったのだろう。ありがとうございます！

・facebook. (2017.04.26)

花粉症

嬉しいことに、親切な方がいて、私のＰＣについてご教授してくださった。まだ、Wordに保存できなかった原因について解明できてはいないが、とても心強く、ありがたかった。心身ともに疲れていたせいであろう、花粉症のうち鼻水が出て止まらない症状になってしまった。今年は、目が痒いのも割と遅く、程度もひどくなかったので喜んでいたところだ。ヒノキの花粉になってから、くしゃみを時々するようになってはいたが、鼻水も昨日まではほとんど出なかった。やれ嬉しやと思っていたのに、世の中そんなに甘くはなかった。もう、ティッシュが欠かせない。昨日からズルズルとひどいものだ。もうそろそろゴールデンウイークで、例年花粉症が終わる時期なのに、今年の筍と同じで今頃やっと出て来た。踏んだり蹴ったり、弱り目に祟り目といったところか。

＊眞紀子：おはようございます😃 花粉症は滅入る様です、我が家は娘二人がクシャミ連発し合っております。先生、症状が出るということは、免疫力がまだまだ高くて体の力があるってこと❣ しんどいけど、💪ガンバ❣

＊邱羞爾：そうか、「症状が出るということは、免疫力がまだまだ高くて体の力があるってこと」なのか！？君はいいことを言ってくれるねぇ、ありがとう！

・facebook　(2017.04.26)

九仞の功を一簣に虧く――その3（終わり）

「九仞の功（きゅうじんのこう）」なんていっても、それほど大きな高い功績を上げたわけではない。私にとって東京まで出かけることがとても大きなことだったから、そう言ったまでのことだ。「一簣に虧く（いっきにかく）」とは、最後に来て一つのもっこに積んだ土をおろそかにして成功しなかったということなのだが、今回の私のＰＣでは「一簣」どころか、「十簣」も「二十簣」も「虧」いてしまった。
気を取り直して、第３回目に挑戦しよう。
22日は、足が攣る前に早めに起きた。もちろんすぐ足湯に浸かった。10時にはチェックアウトをしてフロントで待った。弟が自分の孫娘を私に見せに連れて来るのだ。弟の娘、つまり私のメイと３人だ。まだ７か月だから人見知りをしないでとても可愛い。赤ちゃんなりに緊張しているのであろう、しきりに初めて見る爺と婆の顔を、身をそっくり返して見ていた。そのうち、慣れて来たせいか、笑い顔をするようになった。赤ちゃんの笑顔はとても人の心を和ませる。
たちまち11時になったので、出かけなければならない。今回の東京行きの目的で義母の13回忌のあるお寺へ。
寺は下落合にある。奈良の薬王院と関係があり、おなじくボタンで有名だ。ちょうどよく咲いていて、明日23日にはボタン祭りがあるそうだ。二男の昌弘義兄が喪主となって親戚に呼びかけた。全部で18名。小学校１年生から83歳まで。義母つまり家内の母親には随分世話にもなり心配をかけたから、私も当然参加した。多分これが最後になるであろう。11時半からの法要が終わり、新宿の店で会食。
ところがこの新宿の店がわからず、随分と時間がかかってしまった。寺からタクシーで行ったのが、我々夫婦と昌弘義兄だ。昌弘義兄も新宿などもうほとんど来ないから、記憶にある店がコマ劇場の近くというわけだ。でも、コマ劇場などとっくにホテルに変わっている。それで、タクシーを降りてすぐ右に行くところを左の横町に入ってしまったから歌舞伎町をぐるぐる回って道に迷ってしまった。新宿のような街で、人に店の名前を聞いても誰もわからない。幸い、自転車を整理している人がいて、その人が教えてくれたのだが、なんとその店はすぐ目の前にあった。
とにかく、みな揃ったので、早速シャンパンで献杯。甥や姪などは、飲み放題のこういう会食が大好きで、座がやっと賑やかになる。83歳の義兄はそれを見てしきりに喜んでいた。なんでも山友達がつい最近亡くなったとかで、「寂しい」感じがしていたところだったそうで、「嬉しいなぁ」という声に実感がこもっていた。私より２つ年上の三男の義兄も、目の手術に失敗してほとんど目が見えないと言う。彼も数年前に奥さんを亡くしている。でも、娘２人とその子供（＝孫たち）がいるから、ＴＶも見ず新聞も読まなくなっても、なんだかんだと文句を言いながらもやっている。
寺に来る前、下落合の駅を降りたところの踏切で、見た顔に出遇った。昌弘義兄の娘さん夫婦とその娘さんの３人だった。娘がこの４月から都庁の水道局に勤め出して、その職場がここの公園にあるんですと嬉しそうに旦那（＝お父さん）が言う。親子で職場見学なんて楽しいではないか。彼は、私が持っていたキャリアーを代わりに持って寺まで運んでくれた。甥の嫁であるアっちゃんがわざわざ席に寄って来てくれて、話をしてくれる。この１日から台湾に旅行すると言う。彼女は21日が誕生日であったそうだ。
もう４時半を回っていたのでお開きとなる。新宿駅東口に出たが、店から駅まで随分と遠かった。私は歩きも遅いから、なかなか駅に着かなかった。駅は人がいっぱいだ。土曜日でもある。駅で中央線に乗ろうとして、これまたなかなかホームが見つからず、先をズンズン行く家内とはぐれてしまった。新宿ではぐれたのはこれで２度目だ。新宿は私にとって鬼門なのだ。やむなく一人で快速に乗って東京駅に出、新幹線の乗り換え口で彼女を待った。この前はぐれた時はここで会うことが出来たのだ。
ところが待てど暮らせど家内はやって来ない。小１時間ほど待ったころだろうか、親切な駅員が「さっきからお待ちですが、だいじょうぶですか？」と声を掛けてくれる。そして、インフォーメイションで呼び出したらどうかと言ってくれる。それも、東京駅構内と新幹線とでは違うと教えてくれる。さっそく教えに従って、まず構内放送を頼む。案の定何の反応もない。そこで、新幹線のアナウンスも頼む。これも、何の反応もない。だいたいアナウンスなどたくさんあるから、なかなか気づかないものだ。昔は駅には「伝言板」なんてものがあったものだが、今はまるでなくなってしまった。そこで、やむなく、乗り換え口を離れ、「のぞみ」の発車ホームに上がって、自由席に並ぶ客を見てくることにした。言い訳がましいが、私は足が不自由だからあまり歩いたり階段を上り下りしたくない。でも、２，３回そんなことをしたが見つからない。そこで、彼女の携帯に電話をしてみることにした。というのも、彼女の携帯が電池切れであったから、今まで電話をしなかったのだ。私は携帯を持っていないから、公衆電話を探さねばならない。キオスクで公衆電話のある場所を聞いてやっと電話をする。すると、「お留守番電話で承ります」なんて言う声が聞こえる。やむなく、これでもましかと思って、２、３回電話を掛けた。すると10円玉がなくなってしまった。やむなく100円玉を入れて掛けたところ、「ガチャンッ」と音がして切れてしまい、もちろん

100円玉も戻ってこない。頭にきて、19時20分の「のぞみ255号」に飛び乗ってしまった。

新幹線の中から電話を入れればよいと思って電話のある所まで移動したところ、なんとカードでなければ電話が使えないのだった。そうなると、反省が込み上げてきた。京都までなら21時過ぎまで新幹線はある。最終まで待っていてやればよかった。俺はなんて薄情で自分勝手なのだろう。申し訳ない気持ちでいっぱいであった。

一人で浮かぬ気分でいるうちに京都に着いた。京都駅で、念のために家に電話をしてみたら、いつものように留守番電話になっていた。つまりまだ彼女は家に帰っていないことになる。そこで、次の新幹線に乗っているかもしれないと京都駅のホームで待ってみた。心なしか、風が出てやや寒い。4，5台の新幹線を見たが、やはり乗っていなかった。

仕方がないから、駅を出てみると、まだバスが動いていた。遅くなりついでだ、早く帰ってもしようがないと、五条通経由の5番の最終バスに乗って帰ることにした。幸い雨にならなくて良かったが、もちろんずっと気が晴れない。俺は何でこんなに詰めが甘いのか。せっかくの東京行きも最後の最後に来て、台無しになった。「九仞の功を一簣に虧く」とはこのことだ、などなど。

夜のバスはわびしいが、速い。かれこれ30分もすると浄土寺に着いた。降りてみると、バス停に白髪の女が立って待っていた。まさかの出現だ！夜の11時過ぎに一人待つ家内の姿を見て、愛しく思い、今までのもやもやがスーッと氷解したのだった。(終)

左：私の顔をしげしげと見つめるメイの娘。
右：薬王寺の牡丹。

＊Keiichi：瀬をはやみ……　われてもすえに逢えましたね😊

＊邱羞爾：あれッ、返信を書いたのに……消えちゃっている！なぜだ？——書いた返信「あはは、ありがとう！」

＊Keiichi：先生のパソコン とにかく書いたものが消える症候群ですね（･･;)

＊邱羞爾：私のＰＣ自体が重くなっているのかと思って、メールや写真、ドキュメントなどをできる限り削除しているのだが、あまり効果はなさそうだ。買ってから１年４か月、もうダメなのだろうか？

＊Keiichi：今のパソコンの容量は、とてつもなく大きいので、もっと違う問題かと思われます
セキュリティーソフトなど、見えないところで沢山 自動で動いてるのかと…
それにしても一年４ヶ月は早いですね

＊邱羞爾：なるほど。私の手に負えないなぁ。

＊Keiichi：オタスケマン？呼ばないと😊

＊純子：すごいお話し！！♡♡♡しかもラブラブで終わるところがさすがは先生ご夫婦です！！同じことが起こったとすればうちの夫婦なら最後のバス停で絶対につかみあいのケンカになります。（笑）

＊邱羞爾：君はまだ若いんだ。こちらはもう気力がなくなってしまっている。（笑）

＊純子：はやくそのような境地になりたいです。

＊邱羞爾：なんていうことを言うんだ！若いうちが花だよ。

＊Shigemi：素晴らしいフランス映画のようなラストシーンですね。ハラハラしながら一気に読みました。良かったです。

＊邱羞爾：ありがとう。でも、お恥ずかしい！

＊京子：先生、そこらへんの小説よりも、よっぽどハラハラドキドキでした。ぽつんとバス停で待ってらっしゃった奥さまのお姿が目に浮かぶようです。

＊邱羞爾：コメントをありがとう。まあ、いろいろあってね。お恥ずかしいことでした。ブログに『董大中文集』のことをちょっと書きました。加藤先生の若いころの写真が『文集』に載っていましたよ。

・董大中文集 (2017.04.27)

東京に行って留守にしている間に、山西省から船便の荷物が届いた。
山西省作家協会編『董大中文集』全10巻（北岳文芸出版社、2017年3月、319万字、498元）。
董大中氏から写真を使っても良いかとメールが入ったのは、もう1年は前のことになろうか。竹内実先生の写真もかまわないかと言って来たので、竹内先生はもうとっくにお亡くなりになっていると返事を出した。それきり音沙汰なかったので、メールが届いているのか不安であったが、放っておいた。
彼のメールによれば、『文集』に収められたのは、彼の全著作の4分の1にも達しないと言う。大変な量だ。『文集』の文章を読んでいる時間も精力もないので、巻頭の写真だけを見て楽しんだ。
でも、写真の写りの悪さはいただけない。折角の『文集』なのだから、もう少し鮮明な写真にすべきであった。
編集委員会の責任者は楊占平氏だ。あの年若かった楊氏が今や山西作家協会の土台骨を背負っている。彼が太原から北京まで、学会に参加した私を見送ってくれたのも懐かしいが、はるか昔のこととなった。私は随分山西省の人たちにお世話になっているが、その何分の一もお返しをしていない。
写真には、加藤三由紀先生の若い写真もあり、確かに貴重なものだ。なかでも、第6巻には、1997年9月5日に京大人文科学研究所を訪れて所長の狭間直樹先生との写真がある。また同月7日には、竹内実先生と会った写真もある。そして、8日には関大に来て話をしてもらったのだが、その時の通訳・奥村佳代子先生の写真もある。そして、私が在外研究で北京にいた時、董氏が北京に来て私を訪ねてくれたが、その時一緒に円明園を訪ねた時の写真もある。1999年7月9日のことだった。
また、この第6巻には、「広泛吸取：中国当代文学的一種新的品格——1997年9月8日在日本関西大学一次座談会上的講話」と、「従外面看我們的文1学——萩野脩二先生的中国当代文学批評」の2つの文章が入っている。うれしいことで、感謝すべきことではないか。

· **facebook.** (2017.04.27)

海北友松

朝、雨が降ったけれど、雨がやんで青空が出て来たので、東山七条の京都国立博物館まで出かけて、「海北友松」展を見て来た。
9時半開館なので、もう熱心なファンが並んでいた。私の予想外であったのは、お歳を召した女性が多いということであった。話を聞いていると、大概今回が初めてではなく、いろんな展覧会に行っているし、京都国立博物館も何度か来ているようであった。
23日の日曜日であったか、ＮＨＫの「日曜美術館」で海北友松の紹介をしていた。私はそれを見て、ぜひとも展覧会を見たいと思った。映像とナレーションが良かったからだ。
今日は実物を見た。でも、どういうわけか、あるいは期待が大きかったせいか、あまり感心しなかった。私は作品から気品というようなものを求めていた。でも、実物はさすがにくすんでいて汚れもあって、映像のように鮮明できれいではなかった。また、作品はとても大きい。だから、ＴＶの画面のようにコンパクトで一部を特化するわけでもなかったからだろう。ま、私には日本画のタッチだとか構図がわからなかったということだろう。
そういうわけで、妙心寺の「花卉図屏風」のようなゴージャスな金屏風に描いた牡丹が、わかりやすく印象に残った。山水図や人物図、例えば建仁寺の「竹林七賢図」など、また名品の誉れ高い「月下渓流図屏風」などには、あまり感動しなかった。
「雲竜図」が5点ほどあったが、建仁寺のものが、その代表であろう。大きな目玉の中の黒目の向きが面白いと思った。まともにこちらを揃って見ているのではない。とぼけているようで、結構凄味があって、やはりなかなかのものだと思った。

展示の最初の方にあった「山水図屏風」の樹木の枝ぶりに鋭さを私は感じて、その切っ先の鋭さが、私には友松の特徴だと思ったから、晩年の飄逸なタッチにはあまり好感を持たなかったといえよう。もう一つ興味を引いた作品に「西王母・東王父図屏風」があった。極端に屏風の左右の端に人物を描いている。西王母はきれいな人物であったが、東王父が私にはとても貧相に見えた。貧相というより王というにはあまりにも平々凡々な人物が頭を包んで立っていた。東王父というよりは、近代的な教養人のような気がした。いわゆる普通の人物の登場のような気がして、そういう意味で、これは面白いと思ったのだった。

最後に、「松に叭叭鳥図襖」を見たかったが、これは後期の展示であった。

京都国立博物館は開館120周年記念として新しい建物を建てた。入り口を入ってまず３階にエレベーターで上がってから、10章に分けた友松の絵を見ながら１階まで下りてくる。きれいにのびのびと展示がしてあるが、大作もあるので、とても疲れた。

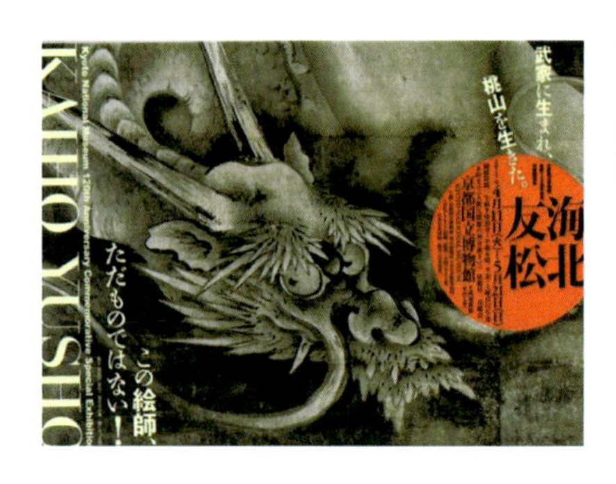

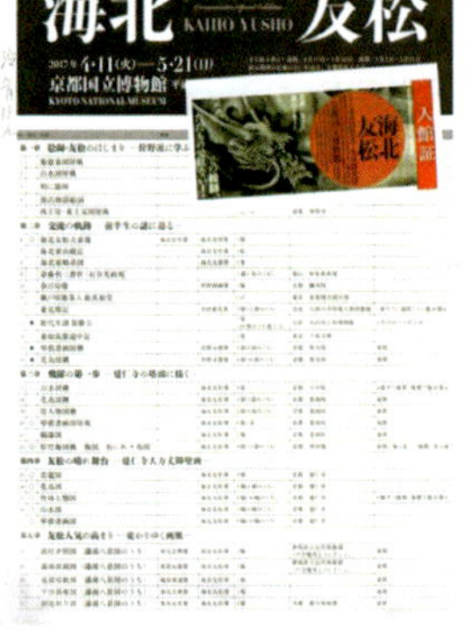

左：海北友松のパンフレット
右：展示案内とチケット

・**facebook.** (2017.05.04)

動物園

３日に二男のところの孫たちが来て、動物園に行った。

上の子は３歳になって、幼稚園にこの４月から行っている。そのせいか、すっかりおとなしくなって聞き分けの良い子になっていた。だから、私の顔を見ても、もう泣かない。かわいい服を着て、すっかりおしゃまな子になっていた。

下の子は、少し顔見知りするようになっていたが、すぐ慣れて泣かなかった。下の子は、上の子に振り回されているせいか、見るからに強い子になっている。おばあちゃんがすっかり喜んで抱いたが、赤ちゃんを落としそうで、少しこわごわな感じであった。

動物園の入口で。

動物園にキリンを見に行こうと上の子は言っていたのに、いざ行って見ると、「怖い」「怖い」と言って、ロクにキリンを見ずパパに抱かれたままであった。トラやライオンなどはとても怖がって、以前平気でガラスまで近寄っていたのと随分変わった。楽しみにしていた象さんも、遠くにいるばかりで、水浴びをしなかったから、これも関心がなくなった。象さんの水浴びも時間に拠るのであろう。タイミングが悪いということだ。チンパンジーもゴリラもサルもみんな「怖い」のであった。２時半から「ふれあい広場」でうさぎさんに触れられるとあって、行列に並んだ。今日はさすがに人が多かった。どこも親や祖父たちがカメラを構えて待っているのに、本人たちは結構泣き出す子が多かった。我が孫もパパに抱かれてやっとこわごわ手を出すだけだった。羊さんのように自由勝手に触れるというわけにはいかなかった。その羊さんも「怖い」のであったが。

象さんを背景に二男一家

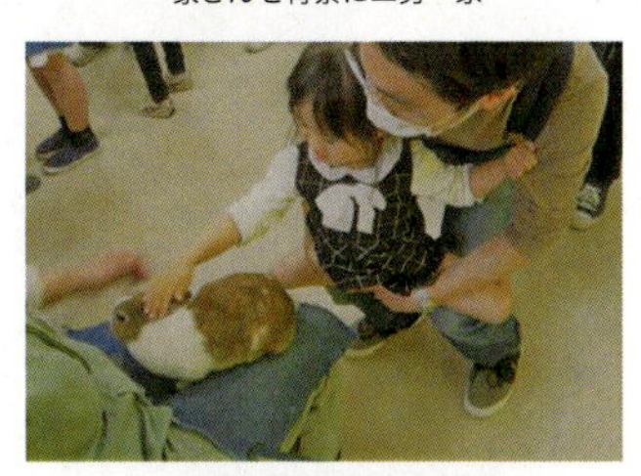
うさぎさんをこわごわ触る

唯一よろこんだのは、ミーアキャットだ。これは大きさもそんなに大きくないし、ガラスに寄って来てひょうきんな格好をしたからだ。でも、元気が出たのは、広場に置いてあるトンネルと四角い箱だった。上の子はなかなかトンネルを潜り抜けなかったが、パパに促されて１度潜り抜けるとすっかり自信がついて晴れ晴れと遊んだ。ほかにもいたが、動物を見るよりもここで遊んでいたいという子がいて、母親に怒られていた。「もう一回だけよ、動物を見ないで何しに来たの！」と怒られている子を見て、すっかりおかしくなった。子供にとっては、あまり動かない、多くが寝ている動物を見るよりも、自分の体を動かす方がずっと楽しいのであろう。何の変

トンネルをくぐって晴れ晴れの顔

哲もない道具が単純だけに却って親しみが湧くのであろう。
下の子はほとんどママに抱かれて寝ていた。
家に帰ってチーズケーキを食べた。こんなものを上の子はパクパクと食べたが、よほどお腹が空いていたのだろう。上の子の夕飯は、うな丼とミニトマトだ。ミニトマトもパクパクと次々食べたが、うな丼は食べない。代わりに納豆ご飯を食べた。おばあちゃんの心づくしも効果なかった。上の子はさすがに疲れたと見えて、夕食後横になると寝てしまった。
今度は下の子が元気になって這いずり回り、声まで上げて、寝ている上の子の上に乗ったり、顔を叩いたりした。それでも、上の子が起きなかったのにはびっくりした。
子供２人を育てるのは大変だ。私にも男の子が２人いるが、こんなに親が熱心に育てたろうかと思う。夜の11時近くまで、スマホなどをして親の２人ともが起きているので、「早く寝ろ」と言ったら、「11時にミルクを飲ます。そうしたら寝る」と言った。そのくせ、朝も早くから泣き声で起こされているのだ。４日は植物園だ。

左：赤ちゃんをこわごわ抱くおばあちゃん
右：ミニトマトと、うな丼の夕食

＊純子：先生のご次男のお写真、初めて拝見しました。やっぱり先生に似ておられますね！！お孫さんかわいい〜〜〜🤍🤍

＊邱羞爾：ありがとう。でも、アップするのは初めてではないはずだよ。それはそうと「校正」の方を早くやってください。

＊真宇：先生のお孫さん可愛すぎる😍

＊邱羞爾：ありがとう。上の子は私にあまりなれないのですよ。下の子は、だからこれからなれるようにしたいです。マウの式はもうじきでしたね？

・facebook.　(2017.05.06)

「漢とは何か……」

今日６日は、９点差をひっくり返した阪神のことを書くつもりであった。相手は昨年の首位、そしてここまでセリーグの首位を走っていた広島だ。私がＴＶで見た時は、もう９対０で負けているときであったが、私が見出してから阪神がやっと点を取るようになった。途中ＴＶ中継が終わったのでラジオを聞いた。９対８まで追いついたときに、ビデオ審査によって２アウトになり走者も１，２塁に戻された。その開始直後に糸原がヒットを打ったのが実に効果的であった。そのあとの梅野の３塁打も良かった。とにかく何十年に一度あるかどうかの９点差をひっくり返して12対９で勝ったのだ。昨日だって４点差をひっくり返したのだ。金本が育てた若虎がやっと花開いてきたというところだろう。私の好きな原口がまだまだなのが残念だが。

でも、なんと言っても今日は、大部な貴重な本を頂いたことを取り上げねばならないだろう。

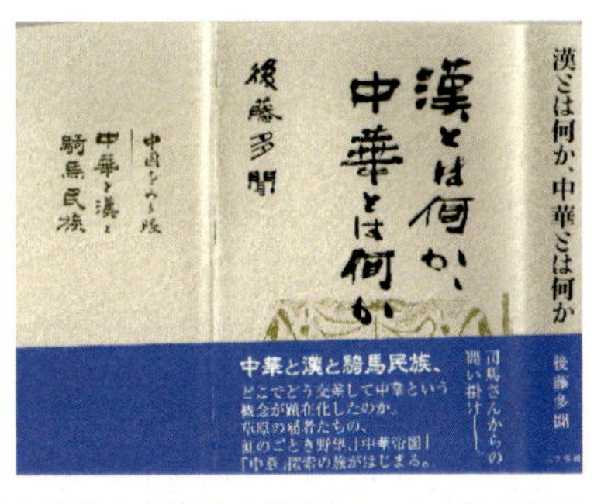

後藤多聞著『漢とは何か、中華とは何か』（人文書館、2017年４月20日、406頁、4,800＋α円）

後藤氏は私の後輩であるが、このような立派な本を出して、私をすっかり感心させた。ＮＨＫ入社以来、それ相当の学者と交わって取材を継続した彼も、人知れず漢籍になじんでおこうと大学教授の友人の講座にもぐりこんだりしていたようだ。コツコツとした勉強をつづけた甲斐あって、私でも名前を知っている有名な人々の激励を受けている。その成果の一部であろう「主な参考文献」は、７ページにも及んでいる。敬服するに値する立派な本だ。腰巻の宣伝文句にもあるように「司馬さんからの宿題」、つまり「漢とは何か、中華とは何か」にやっと答えを提出することが出来たそうだ。そして、何よりも『資治通鑑』の司馬光の観点に共通する「対角線」を、つまり独自性をこの本で打ち出したと自己納得するような本なのである。

早くから、「本を出すが、これが最後かもしれない」と言っていた。確かに大部な本としてはこれが最後かもしれないが、ここに収められた知的宝庫は、これからも幾らでも文章化できるであろう。ややもすると私よりも老いたことを吐露する彼は、酒は飲めて健康だから、まだまだ若いから、これからももっと活躍するであろう。
貴重な本を頂いて、刺激を受け、大いに感謝するものである。

・facebook. (2017.05.11)

庭の花

昨日の京大病院での検査結果が予想外に良かったので、ホッと一息ついている。実は、良かったのではなく現状維持であったのだが、ゴールデンウイークを経てきっと数値が悪いと思っていたから、良かったのである。水分など、随分ルーズになり大幅に800CCを超えてしまったり、甘いものもずいぶん食べた。特に、のどが渇くので、飴などをなめた。まるで、子供みたいにこれが癖になる。おまけに氷を食べた。2かけの氷を口にほおばって、時にはコリコリと噛んで食べるのがとてもたまらない。でも、一番のだいご味は、冷蔵庫で冷やした単なる水道水をペットボトルからグイグイと一気に飲むことだ。250から300CCほどを呑むといかにも飲んだという気になる。こんなことが体に良いわけはない。だいたい楽しいことで体に良いことなどあるわけがないのだ。
少しほっとしたせいか、庭の花などに目をやってみると、もうあらかた咲き誇って枯れかかっていた。例年の君子蘭、ツラヌキニンドウなど。今年はバラがきれいなうえ、５輪も咲いた。このバラはどこからか飛んで来て生えたものだが、花がなかなか咲かずに背丈ばかり高くなっていた。その上の方でアトランダムに咲くものだから、なかなか気が付かない。真っ赤になって初めて気がつく頃は、もう盛りを超えているのだ。
我が家の庭は、庭と言えるかどうか怪しいが、細長くて門から玄関まで20メートル近くある。東側がフェンスだから、いろんなものが飛んでくるのだ。雑草まで、私が知らないものが混じっていて、ポピーのように花を咲かせたものまである。そして、ちょっと気を許すとドクダミが一面に広がる。このドクダミは根が強くてなかなか抜けない。以前、ドクダミを抜くことをやっていて脊柱管狭窄症になって動けなくなったことがある。それ以来私は草取りはやらないことになってしまった。

君子蘭

ツラヌキニントウ

バラ

＊のっちゃん：先生、こんにちは（´▽`）
節制していて数値が悪いと落ち込みますが、楽しみがありながら、結果が維持なら大満足ですね。とはいえ、油断されませんように。お庭、素敵です

＊邱羞爾：ノッチャン、コメントをありがとう。ハルちゃんのブログも好調ですね。

＊のっちゃん：見て頂いてるのでしょうか？光栄ですｍ（._.）ｍ

・**facebook.** (2017.05.16)

久しぶりの人

今日は忙しかった。まず、恒例の２階の掃除をした。この頃は力が少なくなってきたせいか、とても時間がかかり疲れる。布団も干した。洗濯物も干した。昼前に一段落して、玄関前を掃いていたら、梅の木にビッシリと虫がついているのを見てしまった。いわゆるカイガラムシだろう。慌てて枝からそぎ落とした。これで時間が経ってしまった。昼飯を食ってから、続きをやって、ふと見るとシナモモにもビッシリついている。これもそぎ落としたが、結構な時間がかかってしまった。梅雨前で枝に葉っぱがいっぱいついて、若い枝も出て来ているから、ムシも樹液がおいしいのだろう。あまりにも多いので手や指が赤くなってしまった。
ほぼムシをそぎ落とし終わったころ、家内の眼鏡ができたというので、一緒にビジョン眼鏡に行って、私も眼鏡を作ることにした。店の人の話では、私が今掛けているのはもう11年も前の眼鏡だという。もっと早く直しに来るべきだとさんざん言われた。眼鏡を作るとなると、いつものことだが向こうのペースに乗せられて、結局言いなりになったものを買ってしまうことになる。それは似合わないだの、そういうのはないだのと言われて。かれこれ時間がかかってやっと決めたら、１週間後にできると言う。やれやれと、それでも大仕事をした気分で帰宅した。

そこへ、電話がかかり、久しぶりの人が会いたいと言ってくる。都合によって、近くの喫茶店であったが、なんと私が産業大学で教えた女性であった。彼女は私のもとで卒論を書いたから、いつまでも慕ってやって来てくれる。うれしいことではないか。しかも、今回は人事部の仕事として出張でやって来て、学生の就職口として大学の就職課へ顔出しして、就職を推薦してくれるようにお願いしてきたのだそうだ。立派なものだ。せっかく京都に来たのに、それこそ何のおもてなしもせずで、申し訳なかったが、1時間ほどたわいもない話をして別れた。今、彼女は川崎に住んでいるから、今日中に新幹線で帰らねばならない。各大学でのお願いの仕事の都合があるから、何時どれだけ時間がとれるかわからないので、私へは急な電話になったと言う。それでも、せっかく京都に来たからこんな私の顔を見てやろうとするその心意気がうれしいではないか。彼女は私のＦＢを見ていたせいか、私の顔を見ても、「思ったほど痩せてはいない」と言う。昨日、久しぶりに会った近所の奥さんがいきなり「どうしてそんなに痩せたのッ」と言うのとは違った。例によって話が病気のことばかりになってしまったが、彼女の方は元気でやる気満々だから、ただ顔を合わせて、しばしの時間を過ごせただけでも私は快かったし、感謝の念でいっぱいだった。

・関懐（配慮、思いやり）　(2017.05.19)

朝晩に少し寒い感じがするけれど、日中はもう25度を連日越えて、暖かくなった。木々の新緑もあちこちに萌出て、清々しい５月の青空が続く。今が一番よい季節なのだろう。我が家の植木鉢に「インディアンの首飾り」と言われている花が咲いた。なんという正式の名前なのか、ご存知の方がいらっしゃったら教えてほしい。

インディアンの首飾り

庭の花々もほとんど散って、これからアジサイの季節になる。今年のアジサイは良く咲くだろうか？アジサイも隔年によって咲き方が異なるからだ。空は青く、庭は緑で、空気も爽やかでも、それでも、我が家の調子が良いとは限らないのが辛いところだ。

そこへ、突然のようにメールが入った。曰く、「お前の調子の悪いのは、却って文章でも書いて、逆に元気を出したらよいのだ」と。これには驚いてしまった。私の体調を考慮して、何か書かせようとするその配慮にびっくりし、感謝した。だから、２つ返事で「ハイ、書かせていただきます」と言ったのだが、好意に対する返事だったから、何の当てもない今は、また困ってしまっている。何を書いたら良いのか。

でも、何を書こうかと困るのは、実に生きている甲斐があると言うものだから、嬉しいことこの上もない。
文章は必ずしもありのままを書くものでもない。むしろ、隠すことに意義がある。内密なことを隠して、外づらで読むものを感動させたら、最高だ。つまり、ありのままに書くことはできないから、ただズラズラと書き並べるだけでは自分が満足できない。少しは、書いてやったぞという気になる文章を書きたいものだ。そのためには資料をあさり、蓄積しなければならない。そういう精力がなくなっていたから、今やっとやらねばと起き上がった。そういう意味で、この人の配慮——中国語では「関懐guanhuai」と言うが——に感謝する。

＊たかたか：先生、ご無沙汰しております。写真のお花ですが、気になって調べてみました。「ヨウラクツツアナナス」ではないでしょうか？
写真からの判断で、「インディアンの首飾り」と呼ばれるのかどうかは分からないのですが…。
不思議な形ですが、綺麗なお花ですね。我が家はベランダで食用に「バジル」を育ててます。今年は順調に育ってくれています。
来週は平年より暑くなるようですので、お身体、ご自愛ください。

＊邱羞爾：たかたかさん、コメントをありがとう。お久しぶりですね。お元気ですか？　花の名前をありがとう。君らしく調べてくれたのですね。ありがとうございます。もう一人の人も「ヨウラクツツアナナス」だと言ってくれました。舌を噛みそうな名前ですね。私のＦＢにも書き込んでいます。機会があったら見てください。

・**facebook.**　(2017.05.22)

さすが

京都は昨日今日と31.7度まで上がった。朝晩もかなり高めだが、それでも最高気温との温度差が15度以上もある。今日の夕方7時近くの温度でさえ26度を越えている。暑いと言うべきだろう。
私は先週の火曜日から調子が良くなかった。今度は、頭がフラフラするのだった。朝、起床の前後にフラッと来た。特に土曜日に強く意識されたので、慌てて森下医院に行った。先生は首をかしげて、「様子を見ましょう。1日2日でどうこうするわけがない」

と言う。私が信頼する名医の言うことだから、私はグッと安心して家に帰った。とはいえ不安感は払しょくされない。
今日の月曜日、ちょうどリハビリの日なので診察も受けた。その前に心電図、レントゲン、そして、頚椎のエコー。また、前から決まっていたペースメーカーの検診。その結果、一番疑われていた頚椎の詰まりが大したことはなく、「この程度なら、詰まりが原因で頭がフラフラすることはない」と断言されて、ホッとして帰宅した。
帰宅してメールを開けてみたら、幽苑さんからメッセージが入っていた。これは、私のブログに写真を載せて、「なんという花か？花の名前を教えてほしい」と頼んでいた返事だ。
花の名前を聞くなら、私の近くでは幽苑さんしかいないから、彼女が忙しいのにも関わらず、無遠慮に尋ねたのだった。

〜〜〜〜〜〜〜〜〜〜

こんにちは　花の名前がわかりました。今日近所の花屋さんの一言「アナナス系かもね」のヒントで、ネットで検索したら出ました。
パイナップル科ツツアナナス属の【ヨウラクツツアナナス】でした。
原産は、ブラジル南部、ウルグアイ、パラグアイ、アルゼンチン南部。学名から、ビルベルギア・ヌタンスとも呼ばれているそうです。

〜〜〜〜〜〜〜〜〜〜

これが、私どもが「インディアンの首飾り」と呼んでいる花の名前だった。「ヨウラクツツアナナス」なんて難しい名前なので、いつまで覚えているかわからないが、私もインターネットで調べた時にはわからなかった名前なので、やっぱり幽苑さんはすごいと思いながら感謝した。

＊幽苑：先生、【ヨウラクツツアナナス】です。先のメールの直ぐ後に訂正のメールをお送りしました。舌の噛みそうな名前で、当初見間違えていました。

＊邱羞爾：ありがとうございます。訂正しました。

・facebook.　(2017.05.25)

なんという花でしょうか？

私の家の入口から玄関までの通り道に、1輪の花が咲いた。青紫の可憐な花だ。雑草だと思うので抜いてしまうところだったが、「山路来て なにやらゆかし 菫草」と言う句を思い出したので、写真に撮った。ここは山路ではないけれど、また、菫ではないと思うけれど、確かに「なにやらゆかし」という感じであった。どこからか種が飛んできたのであろうけれど、よくまぁ花を咲かせたものだ。
以前のポピーのように、1輪だけ咲く花は妙に凛々しい。健気である。まるで一人でなにかと戦っているような感じで、それが妙に人の感情に訴えるのかもしれない。今ちょうどニオイバンマツリが咲いているが、その可憐なたくさんの花と張り合うように、あるいはやっと咲き出した我が家のツツジの赤色と張り合うように、道の脊に沿って、この花は咲いた。危うく踏んづけてしまうところだった。なんという名前なのか、ご存知の方がいらっしゃったら、教えてほしい。

＊幽苑：ムラサキツユクサです。

＊邱羞爾：なるほど。ありがとうございます。

・関懐　2（杉本先生の文章）　(2017.05.28)

人から親切にされることは嬉しい。中国語の「関懐」という言葉はだいたい目上の人からの配慮を指して言うらしい。だから、ますます感激するものである。いつもように、そして久し振りに、杉本先生から文章を頂いた。私が書くことが無くて困っているときに、こうしてタイムリーに送ってくれる。まさに「関懐」だ。
杉本先生は、もう傘寿の歳を迎えた。今なおお元気に長い文章をお書きになる。これは大変なことだ。先生の歌好きと言い、歌の歌詞を覚えている記憶力と言い、文章力と言い、どれもなまなかのことではない。敬意を捧げる。そしていつまでも鋭利な諧謔にとんだ文章を書いてくださることを希望する。

〜〜〜〜〜〜〜〜〜〜〜〜〜〜〜〜〜〜〜〜〜〜〜〜〜〜〜〜〜〜〜

金鵄輝く……　替歌その２　　　　　　　　　　　　　　**杉本達夫**

あれはたぶん戦争末期の昭和19年であったろうか。あるいはもう戦後であったか。記憶がはっきりしないのだが、いずれであれ７歳か８歳のころ、わたしはたった一度、早起きをして兄といっしょに長い縄手道を通り、向いの町までタバコを買いに行ったことがある。そのころには食料も衣料も砂糖も塩も、あらゆる生活物資が極端な品不足で、厳しい統制下にあった。タバコもおそらく販売数が制限されて、タバコ屋の店先に販売日に出向いても、ひとり１箱とか２箱とか、つれない扱いを受けたのだろう。そこでどういういきさつか知らないが、親が誰かから頼まれて、わたしたち子どもが町まで出向き、買える分を買うことになったのだろう。大人であれ子どもであれ頭数は同じである。日の出前の道は寒く暗さが残っていたように思う。そしてタバコ屋の窓口の前には、すでに行列ができていた。幸いわたしたちは買えたが、実際にいくら払いいくつ受け取ったか、記憶がまったくない。子どもの手にすっと収まる程度であるから、その量はそれぞれが２０本入りにして１箱か2箱程度だったのではあるまいか。タバコ屋の裏口がどうであったかは知らない。わたしが出かけたのは、たった一度のことである。

タバコには銘柄がある。だがこのころは、家にタバコを吸う者がいなかったせいもあって、刻みと巻きたばこの違いがあること以外に、銘柄については何も知らなかった。何年かたって、過去の時代について幾何の知恵がついたころ、ある歌の文句から、戦時の銘柄をいくつか知った。

　幼いころの頭に残っている歌に、

　キンシカガヤクニッポンノ　（金鵄輝く日本の）

　ハエアルヒカリミニウケテ　（栄えある光身に受けて）

　＊＊＊＊＊＊＊＊＊＊

　キゲンハニセンロッピャクネン　（紀元は二千六百年）

　＊＊＊＊＊＊＊＊＊＊

というのがある。紀元２６００年というから昭和１５年、つまり私はまだ3歳であって、歌詞も断片なら意味だって分かってはいないのに、メロディはしっかり覚えているのは、当時よほど盛んに歌われていたのだろう。なにしろ紀元２６００年という、皇国日本の一大慶祝行事なのだ。おとなも子どもも何度も歌い、何年も歌い継いだに違いない。正しい歌詞は、長じて戦時の歌を集めた本で目にしたが、皇国の民たる自覚がないとみえて、頭を素通りしている。ところが、週刊誌か何かで得た知識だと思うが、この歌の替歌による庶民の間の悲鳴というか、ささやかな時局批判を知ったのである。

　金鵄輝く１５銭　　　栄えある光３０銭
　翼を広げて鵬翼は　　上がるよ上がる７０銭
　ああ一億は驚いた

金鵄、光、鵬翼　いずれもタバコの銘柄である。戦時、とりわけ戦況不利となった後の国家予算は、子どもは知らなかったもののめちゃくちゃだった。軍事費が膨らみに膨らみ、銃後の民は明日のコメより債券を買わされた。生活物資の生産も止まって、物価は上がるばかり、公定価格（マルコウ）などは影が薄くなった。そして専売品たるタバコも、公定価格そのものが跳ね上がって、この替歌のような仕儀となったのである。ああ一億は驚いたとは、呆れはてたということであり、戦意も闘志も萎えてしまった悲鳴であるだろう。この歌が戦時のどの段階で生まれたのか、村にまで伝わったのかどうか、おおっぴらに歌うことができたのかどうか、少なくとも子どものわたしは、誰かが歌っているのを聞いた記憶がない。値上げ前の価格がいくらだったか、15銭、30銭、70銭にどれほどの購買力があったか、この後さらに値上げされたかどうか、そういうことをわたしはまるきり知らない。戦後の値段の推移も知らない。タバコなど、我が家の暮らしには無縁だったのだ。
週刊朝日編『値段史年表』を見ると、ゴールデンバットが昭和18年12月で23銭、同20年3月で35銭となっている。納豆、トンカツ、たい焼き、大福、かつおぶし……は製造停止ないし販売禁止である。ついでに乾電池単1型1個が、昭和19年に25銭、同20年3月に48銭、敗戦後の20年12月に1円20銭している。
金鵄とは、神武天皇の弓の先に止まって進軍を助けた金色のトビである。鵬翼とは、『荘子』に出てくる巨鳥鵬の翼であって、鵬は翼長が3000里に及び、ひと息に9万里を飛ぶことになっている。大陸雄飛の虚妄の夢を象徴するような形象である。こういう名称は当然ながら戦後には使えない。が、光は戦後も長く使われていた。戦後のタバコはなぜか英語の名前が多い。Peace だの Hope　だの。いつかある外国人が、Peace をくゆらす日本人に向かって、日本人は peace を burn out すると言った。ダジャレには違いないが、逆コースが懸念されている折から、聞いて一瞬ギクッとしたことを憶えている。
考えてみれば、「天から降ってきた巻きたばこ　　吸わずにいらりょかこりゃうまい……」だの、「恩賜のたばこを頂いて　　明日は死ぬぞと決めた夜は……」だの、頭の隅に残るタバコが入った歌の文句は、いずれも戦時に刻まれた記憶に違いない。

タバコと言えば、毛沢東は大の愛煙家だったそうだ。井崗山の時代にも、タバコはしっかり手に入れていたのだろう。だがかの大長征の途上では手に入らず、やむなくあれこれ木の葉を乾かしてタバコに代えた結果、ひどく胃を壊したという。延安時代は蒋政権による経済封鎖に苦しみ、とりわけ塩を運び込むために、何人もの命を失ったと伝えられるが、タバコは辺区で生産していたのだろうか。
かつて中国のひとびとは、やたらタバコを吸っていた印象がある。映画を見れば、スクリーンから煙が出てくるような錯覚を覚えたし、現実の人々も随所に煙を吐いていた。上等のタバコは大事な贈答品だった。1980年の蘭州では、公園で子どもが吸っているのを見かけたものだ。だが今日の中国はそうではない。いつのころからか禁煙節煙の輪がひろがり、喫煙者は肩身が狭くなったのだそうだ。いつかある学会に出席したとき、休憩時間に外に出ると、ある若い参加者が片隅で世をはばかるように吸っている。声をかけると、喫煙が冷たい目で見られる行為なのだった。じつに大きな変化だと思った。いまでは大気中のニコチン激減の間隙をついて、ｐｍナントカいう得体のしれない物質が、大気を汚染しているという。両者が合体したらと考えると、背筋が寒くなる。
日本も同様で、古い映画を見ていると、男はやたらとタバコをふかす。眉をしかめてタバコをくわえ、そのタバコをポイッと捨てて歩き出す、というのがやくざな役の常道みたいなものだった。酒場には煙が充満していた。会議の席にはまず灰皿が並んだ。だがいまや、喫煙者は生きにくい。
私は呼吸器が弱い。酒は飲むがタバコは吸わない。愛煙家の気持ちには理解がない。副流煙とか受動喫煙とか、周辺への実害が明らかにされてはいるものの、一般に愛煙家は、理性の人であっても、自分が加害者であるとは認めたがらないように思われる。紫煙から文化を生み出してきたと自負する向きにとっては、いまさら禁煙運動など、片腹痛いポピュリズムと映るのかもしれない。社会的な規制が強まって、愛煙家はいよいよ肩身が狭いが、わたしはいっこうに同情を感じない。禁煙条例が各地で広がっていることにも、ひどいことをするとはさらさら思わない。
とはいえ、タバコは国家が管理して売り、高い税金を取っているのであって、言ってみれば、右を向いて有害有害と叫びながら、左を向いて毒あるものは美味いんだよと、薄ら笑いを浮かべながら売っている図である。少年のころ、村の農家が一時期タバコを栽培し、わが家の屋敷内に葉の乾燥場が作られていたこともあって、専売品たるタバコの栽培への規制の厳しさや、作業の難しさを少しは見ていたから、栽培農家への同情は覚えるが、毒物を精製して税収を上げることには、倫理的抵抗を大いに覚える。
いっそ喫煙を許可制にしてはどうか。許可証を高額で売り出せば、国庫がすこしは潤うだろう。ついでに酒税もうんと上げればよい。わたしはぶつぶつ文句は言うが、抗議行動などしない。つましい暮らしの中で、飲み代が膨れるというなら、量を減らすばかりだ。幕末に黒船に乗ってアメリカ使節が来たとき、幕府の接待役が使節の一人を招き、夜の江戸湾に船を浮かべて宴を張った。その使節が接待役に、日本では酒がいくらするかと尋ね、酒の安い国は滅びると言ったそうだ。至言である。たばこ税や酒税の引き上げは、医療費の削減にもつながっている。反面、どの程度に犯罪が増えるかは、わたしにはわからない。増えたとしても一時的な現象で、やがて静かな落ち着きが広がるだろう。

2017.5.23

＊やまぶん：杉本先生の文章に関係ありませんが、実は学会参加で週末京都大学周辺にいたので、萩野先生と数日間同じ空気を吸っていたことになります。とんぼ返りだったので、残念ながらお会いする時間がありませんでした。でも２年前の今頃聖宙庵で本格的な京料理をご馳走になったことを思い出し、萩野先生がその時撮ってくれた藤棚を見上げる私の写真を探し出して眺めました。あの年のベストショットです。次回は私に何かご馳走させてください。今度は藤棚を見上げる萩野先生の写真を私が撮ります。

＊邱羞爾：やまぶん先生、コメントをありがとうございました。また一つの「関懐」です。
藤の花が咲くころになると、私も先生のことを思い出します。懐かしく、嬉しい思い出です。
元気になって、少しは勉強して、またお目にかかりたいものです。

・facebook. (2017.05.28)

若者

今日は都合によって、京都市左京図書館に行った。田中大久保町のバス停で降りて、適当に歩いたところ、道に迷ってしまった。午後２時前の一番暑いときだったので、いささかノビてしまった。そこで、やむなくひとに聞くことにした。私は変な意地があって、「聞くは一生の恥、聞かぬは一時の恥」と思っているので、余ほどのことがない限り人にものを聞くことはしない。
適当な人を探していたところ、自転車に乗った若い男が来たので、聞いてみたところ、「市立図書館？知りません」と言う。学生らしかったので、学生なら図書館ぐらい知っているだろうと思ったのだが、ケンもホロロに断られてしまった。諦めて少し歩いて行くと、向こうから耳にイヤホンを入れた若い男が歩いてきたので、尋ねてみた。すると彼はイヤホンを外し、「私は行ったことがないけれど……」と口籠りながら、首を振って「一緒に行きましょう」と言う。思わぬ返答にうれしくなって、図々しくお願いすることにした。
彼は、結構長い間の道を右に左と折れ曲がって、私を誘導して一緒に歩いてくれた。私は「悪いなぁ」「申し訳ない」などと繰り返しながら彼の後について行った。「さっき道を聞いたけれど、君と同じ様な人は知らなかったぞ」と言うと、彼は近くに市立図書館があっても、普通は使わない。大学の図書館で十分だからと呟いた。
私は若い男がわざわざ私のために一緒に図書館まで歩いてくれたことがうれしかった。なんと親切なことか。こういう配慮には感激する。私はつい先ごろ、ある人の配慮（中国語では関懐guanhuaiという）に感激したことをブログに書いた。昨晩、また別の人の「関懐」によるメールを頂いた。そして今日、見知らぬ若者の「関懐」を身に感じた。うれしいではないか！

＊Keiichi：感懐……　よく劉徳華のカラオケで口ずさんだ気がします（^^;;

＊邱羞爾：アンディ・ラウの歌についてはよく知らないけれど、コメントをありがとう。なお、「感懐」と「関懐」では意味が随分違うよ。

＊Keiichi：あ、关懐でした（^^;; まさかの20年近くなっての添削（··;)

・facebook.　(2017.06.01)

6月

私にとっては嫌で不愉快な5月がやっと終わった。5月の最終日、31日には京大病院に行った。都合により1週間開けて3週間ぶりの診察だった。私自身はだんだん良い方に向かっていると思ったが、検査の数値ではずっと悪くなっていた。
体重が49キロあるいは49キロを割ることがあったので、腹が空いてたまらない。たまらないから、食事のあと、おにぎりを食べたり餡パンを食べたりした。その結果、51

キロになっていた。医者が言うには、「たった３週間ぐらいで２キロも増やしてはダメだ」ということだ。１年で２キロ増えたという程度なら許容できるが…とのこと。
そして、水分もずっと増えている。口が渇くので飴玉などもなめている。良いことなど１つもしていない。そういうわけで、腎臓の機能も、心臓の機能も悪くなっていたのだ。ガックリだ。
その他、嫌なことが多かった。もう一つのＰＣがプツンと切れて動かなくなった、など。なるべく我慢してやっているが、我慢するにも体力がいる。体力は内臓の健全な働きが不可欠だ。水分補強のために、水ではなく氷を噛んでいるが、それも１個や２個ではなく増えている。こんなことが良いわけがない。まず、胃がやられる。胃がやられれば食欲に影響する。食べることが出来なくなったら終わりだといつも私は思っているから、たとえ病院食でも「おいしい、おいしい」と食べている。これが、私がここまで持った証だ。それがこのところ影響を受けて食べられなくなってきている。ただでさえ、暑くなって来れば食欲が落ちる。５月末の温度は 30 度の真夏日を越えて、異常に高かった。
良いことと言えることが２つあった。１つは、夜、足が攣らなかったことだ。いや、少なかったことだ。どうしてだかわからないが、副院長が教えてくれた足のマッサージを続けてやっているからだろう。もう１つはアルコールを飲まなくなったことだ。これは良いことかどうかわからないが、今まではホンの少し夕飯前に飲んでいたが、このところずっとアルコールを飲んでいない。飲むとしたら、ビールだろうが、ビールはいっぺんに水分が増えてしまう。水分制限があるので、今の私はビールよりも冷たい水かお茶の方が魅力的なのだ。
京都では昨晩雨と雷があった。雷鳴を聞きながら、稲光の閃光を見ながら、これで嫌な５月は終わりだと思っていた。少しは良い６月を迎えよう。心臓リハビリに通って丸２年、３年目を迎える。

＊眞紀子：先生❣　アカンよ、良くないことの数なんか数えちゃ。いい事もう一つある❣　こんなに長い文章を書き切れる集中力と体力があるじゃん❣　先生の目にする季節や景色を書いてね、思い浮かべて楽しみにするから。

＊邱羞爾：眞紀子さん、コメントをありがとう。君の応援をありがたく受け止めます。

・facebook. (2017.06.03)

援助

今日６月３日、私はとても大きな援助をしてもらった。急に無理を言った私の要求に快く応えてくれた人がいたのだ。あんまり大きなことだったから、却ってやすやすしくお礼も言わなかった。大変失礼で迷惑をかけたのだけれど、こういう場合は下手なお礼など言わずに、素直に喜べばよいのだろうと思った。感謝し、プラス思考になればよいのだ。それがなかなかできないことなのだが……。

思いがけないことに、約束通り、クマコさんが玉ねぎを送って来てくれた。ご主人が畑で作った玉ねぎだ。スープにしたらおいしそうだ。自分が旅行に行った時のおみやげだとゼリーまで入っていた。うれしいではないか。私は食事にいろいろ制限があるから、食べ物は素直にすぐ食べるとは限らない。この点申し訳ないと思う。

孫が幼稚園に行くようになったので、顔を描いた手紙をくれた。グニャグニャとマルらしいものが描かれているのだが、それがとても嬉しい。

マキコさんが自然を書けというような叱咤をしてくれたので、何かないかな？と庭を見たら、フェンス沿いに未央柳が咲いていた。このＦＢに何度か取り上げた花だけれど、ご指示に従ってさっそく写真を撮った。６月になったら良いこと、嬉しいことが続く。

＊純子：先生のお友達の眞紀子さん……気になるわあ（笑）

＊邱羞爾：純子さん、コメントをありがとう。私にも「気になる」人がいても良いでしょう！？？！

＊純子：気になりすぎるんですけど！！ん～なんで先生にため口きいてるのですか？私もきいてええか？？（笑）いっぱいあるで！！

とにかく、あの人気になります。

＊邱羞爾：なんと答えていいのやら……昔はこの私だっていい男だったってことですよ。

＊純子：ううう。。。ちょっとジェラシー（笑）

・facebook.　(2017.06.12)

飯塚先生

今日、また飯塚先生からの贈り物を頂いた。
余華著・飯塚容訳『世事は煙の如し――中短篇傑作選』
（岩波書店、2017 年 6 月 9 日、176 頁、2,300+ α 円）
しばらくぼんやりした生活を送っているので、刺激になった。ここには 6 篇の作品が収められているが、多分私は読んだことがあると思うが、どうしてももう中身を思い出さない。少なくとも余華の作品はほとんど飯塚先生が訳しているから、日本語訳でも読んだはずなのだ。例えば、「名前のない男」もそうだ。今、ざっと読み返して見れば、なんとも哀れな寂しい思いが浮かび上がる。それがひょうひょうとしたタッチで描かれているから、余計に悲しい。私は飯塚先生の解説に言われているような魯迅の作風などは鈍感で感じなかったのだが、「一般大衆の悪意、弱者を徹底的にいじめる社会の暴力」は、十分感じた。それが「世間の重圧」で、主人公の「後継ぎ」にこだわり「名前」にこだわった結果であるという解説の指摘には感心した。長年、余華作品に付き合ってきた飯塚先生ならばの言葉であろう。他の 5 作品については、これからまた、寝る前にでもゆっくり読んでいこうと思う。飯塚先生の滑らかな訳文はとても読みやすいから。

・毒　(2017.06.11)

私は 1 日 800CC までと水分摂取の制限を受けている。でも、ほとんど守れない。守れないどころか、1.5 倍かそれ以上は飲んでしまっている。そのたびに、自分はダメだなあと悔いる。でも、次の日も守れない。どうやら、心の中で「守れなくてもいいや。飲めるときに飲んでおこう」という気持ちが根強く残っているらしい。

水が飲みたくても飲めなかった、辛い思い出がある。それは、私が5，6歳のころ、母方の祖父母の家に疎開していた時のことだ。昭和20年（=1945年）の3月10日の東京大空襲で実家が焼け出され、祖父母の家に疎開したのだ。祖父母の家は千代田区の紀尾井町にあったから、今から考えると実に却って危険な疎開だったのだが、ほかの選択肢はなかった。父は出征しており、兄は学童疎開で他の地にいたから、母と私の2人がお祖父さん、お祖母さんのところへ寄宿した。それ以後、しばらく父親が戦地から帰還するまで、いや、帰ってからも自分たちの家ができるまで、そこで暮らしたのだ。

当時から、私はおねしょをする癖があったらしい。そこで、夕食以後、私は水を飲ませてもらえなかった。床について寝る前になると、私は無性にのどが渇いた。何度も起き上がって水がないかと辺りを見まわしたが、あるはずがない。その時は夏のことだったから蚊帳をつるしていた。寝苦しいことこの上もない。せめて、蚊帳の入口に水道の蛇口がないだろうかと願い、夢想したものだった。大きくなったら、蚊帳に蛇口をつけようとさえ思っていた。

この、のどが焼け付くように熱い記憶は今も残っている。その記憶があるから、今では、せめて飲めるときに飲んでおこうじゃないかという気になる。塩分制限にせよ、甘いものの制限にせよ、今のうちに食べられるならば食べておこう、飲めるものなら飲んでおこうという気になる。それの方がずっとおいしいのだ。でも、おいしいものや楽しいものは、私の経験からすると、みんな毒があって、体に良くないのだ。毒があるからこそ楽しく、おいしいのだ。

おいしく楽しいことは体を犠牲にして得るものらしい。つまり、体とは毒を消費するものなのだ。そのために体を鍛えておくことが必要なのだ。今の私は、毒を消費する力がない。おいしいもの、うまいもの、甘いもの、楽しいこと、みんな体があってこそのことだ。体を少しずつでも強くして、生きるための毒を食っていくしか仕方がない。

・facebook　(2017.06.17)

大きなこと2つ

6月16日には大きなことがあった。

1つは、九州大学の中里見敬先生が冰心の『春水』の手稿本を濱一衛文庫から発見したことだ。このことがいかに大きな発見であるかを説明するのはいささか長くなる。発見のことを中里見先生は16日の記者会見で公表したのだが、その前から発見のことを紀要にも書き、私にも連絡してくださった。中里見先生と入魂な関係のある、周作人研究で有名な早稲田大学の小川利康先生の推薦で私に連絡してくださったというわけだ。この発見には九州大学名誉教授の戯劇研究の泰斗濱一衛先生の資料を探索した結果である。資料の中に周作人の息子周豊一と濱先生の交流の記録があり、中に周作人が冰心（日本では謝冰心ということが多い）の詩集『春水』の手稿本があったのだ。もちろん毛筆で丁寧に書きそろえたもので、当時雑誌の編集長であった周作人のもとに提出し、残されたもののようだ。こういう経緯からして、中里見先生の地道な考証があるように奇跡的で意義深く貴重なのだが、長くなるからまた別の機会にでも言うことにしよう。
もう１つの　大問題は、しばらく病んでいた家内がとうとう入院してしまったことだ。しょっちゅう病人の私と違って、元気はつらつであった家内が倒れると、私は全くのお手上げで、何をどうしたらよいかわからない。着るもの食べるものも、日常のあれこれがもうわからない。車の運転もできず携帯も持っていないので、途方に暮れるばかりだ。普通ならば歩くにしてもひょいと出かけてひょいと買って来れるものを、私はのろのろとデレデレと歩むしかない。ほんの少しのことがとても辛い。
だから、中里見先生の発見で新聞社とテレビの人が問い合わせに電話やメールをよこしたが、十分な対応が出来なかった。しかも景気の良い話が出来なかった。これがやや悔やまれる。

＊義則：先生、京都市地域包括支援センター 白川地域包括支援センターに連絡されていますか？
介護を学んだ時、今は、地域ぐるみでお年寄りの介護をする方針だとのことでした。何か役に立つことがあるかも知れません。
所在地：〒606-8414 京都府京都市左京区浄土寺真如町１５５－３
電話：075-762-5510

＊美知子：奥様の入院で、先生の日常生活が心配です。地域包括に相談されるのが一番です。その人にあったケアプランを立ててくれます。私の住宅でもいろいろな形で介護のお世話になっている方が大半です。私は日常を見ているので、それぞれのケアマネやヘルパー、また生活援助員と連絡を取り合い、無理なく生活が出来るように手助けをしています。

＊邱羞爾：義則先生、ありがとうございます。すでに、白川地域包括センターの人とは１度会いました。

＊邱羞爾：幽苑さん、ありがとうございます白川地域包括センターの人と、京都市福祉課の人とが来てくれた時、入院したのです。

＊幽苑：包括は何回連絡しても良いんですよ。その時その時で身体の具合や家庭の事情もかわりますから。至急必要なサービスを受けて下さいね。

＊利康：かえってご負担をおかけする結果となり、申し訳ありませんでした。奥様の一日も早いご本復をお祈りいたします。

＊邱羞爾：利康先生、ありがとうございます。本当に予想外のこととなり、十分なことが出来ず、申し訳ありませんでした。先生の「関懐」に感謝いたします。

＊ノッチャン：先生、おはようございます。
奥様が入院されたと言う書き込みに驚いています。この頃の暑さで弱られたのでしょうか？
お早いご回復、退院をお祈りいたします。 先生も無理をされませんように。

＊邱羞爾：ありがとう。ハルちゃんの可愛い姿は見ていますよ。

＊中里見敬：萩野先生には、奥様の大変なときに、丁寧に記者対応していただき、感謝の言葉もありません。本当にありがとうございました。奥様のご回復をお祈りします。

＊邱羞爾：ありがとうございます。記者会見の成功と、反応が良かったことをともに喜びます。中国の反応の速さと凄さは驚きますね。

・facebook (2017.06.19)

渋谷先生の本

渋谷由里先生から、また本を頂いた。『馬賊の「満洲」――張作霖と近代中国』（講談社学術文庫、2017年6月9日、266頁、940+α円）
頂いたのは、16日のことだった。その日私は忙しくて、せっかく頂いたのに読んでいる暇はなかった。と言っても、せいぜい「あとがき」を読むぐらいなのだが……。

この本はもともと講談社選書メチエとして2004年12月に刊行されたものである。題名は『馬賊で見る「満洲」——張作霖の歩んだ道』である。
今、「原本あとがき」を読むと、渋谷先生の若々しいおずおずとした、それでいて張り切った態度が見え、素晴らしい文章になっている。“簡単にいえば、革命史・共産党史に対する違和感”があり、“国家としての「中国」に直結させないために、地域としての「満洲」像を多角的に追究した”という。それは“弱い自分が「国家」意識に絡めとられないための自衛策でもあった”ともいう。

「学術文庫版あとがき」では、さすがに自信が満ち溢れてきて、“当局者に粛清、抹殺された匪賊たちの話は、”“「権力者にとって不都合な存在はつねに抹殺される」事象”として、“どこででもおこりうる”と書いているが、まさに、ここに中国のみならず、日本の現在にも意義があるだろう。一見するとマニアック些末な本に見えるが、深く大きく今につながる本である。

＊Keiichi：あ、読んでみたいです
学生を卒業してからの方が、関連書籍を読んでるかもです（^^;;

＊邱羞爾：それは偉い。日本酒ばかり飲んでいるわけではないんだね。

＊Keiichi：飲んでばかりいるわけではないです（^^;;
特にノンフィクションもしくは、それに近いものを沢山読んでいます
小説仕立てのものはノンフィクションと比べたり
演義と正史を読むが如く😊

・facebook.　(2017.06.23)

病む

私のように、いつも、どこもかしこも、病んでいる奴は、病んでいても健常者と同じに過ごそうと努力できる。一見、健常者と変わらずにやって来た。だからしょっちゅう「お元気じゃありませんか」と言われる。

でも、活発で元気で陽気な家内は、病むことに慣れていないから、急に倒れて自信を失っている。自分に不安なのだ。だから、健常者が良かれと思って声を掛け、ものを与えても、配慮しても、全部受け付けない。たとえ、私でも他者である限りダメだ。これは悲しい現実だ。
多くの人から援助を受けた。ポット、紅茶、玉ねぎ、昨日は「ニチレイフーズ」まで。でも、あえて言わせてもらえば、今の家内にはその好意は伝わらない。申し訳なく思うが、当分、このような好意は差し控えてほしい。今は耐えるしかないのだ。
ある人は必要だろうと物を送ってくれた。ある人は衣類を畳んでくれた。また、ある人など飛んで来て、些事を手伝ってくれた。これはとても私が助かった。でも、こんなことはたやすく人様に頼めることではない。介護保険などもあるようだが、まず手続きをしなければならない。主治医の意見書が問題だし、昨年度の納税証明書もいる。区役所や病院までいかねばならない。歩くのは私には辛いし、そんなことまで考えてもいなかった。 忸怩たる心で、みんなの好意を喜んで受け入れさせてもらったが、そして私は感激しているが、肝心の家内が少しでも健常者の心に戻ることを望むしかない。

＊麻矢：先生　先日両親の介護認定の更新をしました。おっしゃるように、正当な権利であるところの公的な援助をうけるためにも、かなり煩雑な手続きが必要です。我が家の場合、とにかく全て離れたところに住む娘二人でやりました。本当のところ、絶対に本人が出かけなければならないケースというのはほとんどありません。一番のハードルは、「全て他人（娘であっても）に任せることにする」という踏ん切りかと思います。
どうか、先生の暮らしに穏やかな日常が早く戻ってきますように。

＊邱羞爾：麻矢先生、貴重なコメントをありがとうございます。さっそく取り掛かろうとしましたが、明日は土曜日、次は日曜日でした。雨にならなければよいのですが……。

＊京子：先生、私の母の場合ですが、地域包括センターの方がかなり熱心に対応してくださったので、私が仕事を休んで対応することはそれほど多くはありませんでした。良い担当者の方にめぐり合えますように。

＊邱羞爾：京子さん、コメントをありがとう。君が来たころからもうおかしかっ

たのです。申し訳ないことをしました。

＊幽苑：先生、介護保険は身体の不自由な方だけのものではありません。心の病や認知症にも適応されますよ。手続きもケアマネが手助けしてくれます。先ず相談してください。お知り合いの方々のご親切は有り難いことですが、公的な制度を利用する方が気が楽な場合もあります。

＊邱羞爾：ありがとうございます。そうするように努力しています。

・**facebook.** (2017.06.24)

庭

今日、やっと植木屋さんが来た。前から頼んでいたのだが、なかなか返事をくれず、やっと来てくれることになったのが21日の水曜日。この日はまたなんと大雨と風の日だった。そして今日の土曜日となったのだが、明日からまた雨になると言うので、気が気でなかった。植木屋が驚くほど鬱蒼と乱雑に繁茂しているので、こんな小さな庭でもかなりの時間がかかった。午前中いっぱいかかって、さすがにきれいになった。だが、槇は「枯れてしまっています」と、切られてしまった。水枯れだと言う。今年は雨がすくなかった。奥さんはきっと水を絶やさなかったろうと、あたかも私が水をやらなかったことが原因だと言わんばかりに言われた。確かに、植木なぞに水をやったことはなかった。私は自分のことで精一杯で他者は勿論動植物など構っていられない。植物はおとなしいようだが、結構野放図に手足を伸ばすし、水がないとこの様に枯れてしまう。水がないよと泣きもしないから、物言わぬものは恐ろしい。　まぁ、とにかくも、すっきりしたから、また気分を変えていこう。

・**facebook.** (2017.06.26)

兄弟

私には息子が2人いる。私が入院するかどうか危ない体調だと言うのに、母親が倒れたので、息子たちが援助にやって来た。
兄の方は、援助というより主治医に会って体調を聞きたいと言うことで、勤務地の外地から一時帰国したのだ。それも、24日の土曜日午後から26日の月曜日の午後までしかいられないと言う。その間に、医者と会えるようアポを取れと言ってくる。こんな無茶な話があるかと、電話でケンカをした。「そんならお前が交渉しろ」と私は言った。驚いたことにこの頃はスマホとかを使って医者の電話番号を調べ、直接交渉して、なんと３人のお医者に会って、今日 26 日の午後戻って行った。 我が子ながら、なんて図々しい奴かと思ったが、近ごろのお医者さんはとても親切で、まず私の主治医である森下浩先生は 25 日の日曜日の午後２時に会ってくれた。日曜日のお昼にわざわざ、私のことで息子と会ってくれるなんて、感激そのものだ。
月曜日の朝１番には、京大の森慶太先生が時間を作って息子と会ってくれた。これも驚嘆すべきことだ。月曜日の午後には、清水達夫先生が、これまた時間を割いて息子と会ってくれた。
今は、セカンドオピニオンとか言って医者も１人の医者を一筋に信じ拘泥するときではなくなった。とはいえ、こういう親身の親切に会うと、本当に頭が下がる。この医者の言うことを信じていこうという気になる。３人の先生に感謝あるのみだ。
それにしても長男の強引な態度に驚いた。こんな図々しさは弟にはない。その代り、こまごまとした家事のことなど日常生活の援助となると、断然弟の方が助けになる。毎夜電話を掛けてくるが、１日の報告を私がする格好だが、実のところ私は愚痴ることになってしまっている。これが結構助かるのだ。

＊Keiichi：適材適所　みなそれぞれの役割を果たすことは大切ですね（^_^）

＊幽苑：久々に先生の嬉しいお話しですね。親孝行の息子さんお二人にホッとした気持ちになります。有難うございました。

＊Kiyo：息子さんはお二人ともに親孝行で素敵ですね！
お二人の体調も回復されることをお祈りしております
どうぞお大事になさってください

＊邱羞爾：ありがとうございます。

＊純子：奥様大丈夫でしょうか。くれぐれもお大事になさってください！！ごめんなさい、ご長男のご判断は正しいかなとも思います。今はダメモトで言ってみるべきです。お医者さまもどうしてもダメなら拒絶されるはずですので……さしでがましくてすみません。

· **facebook.** (2017.06.30)

本

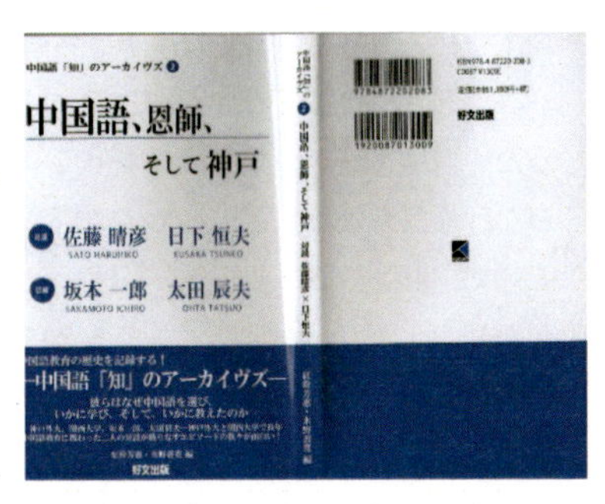

紅粉さんが本を贈ってくれた。

紅粉芳恵・氷野善寛編『中国語、恩師、そして神戸』(中国語「知」のアーカイヴズ2、2017年6月1日、152頁、1,300+ α円)

「あとがき　バトンを繋いでいくこと」によれば、紅粉さんの素直な気持ちがストレートに出ていて、それが問わず語りに先生や先輩への敬意となって伝わってくる。内容は、対談や回想をまとめたものだけだけれど、4人の先達ちの良さが却って生かされているように思った。

この本はもともと25日に落掌したのだけれど、些事に追われ、今日やっと目を通すことが出来た。私は語学の先生とはほとんど接触がない。だから坂本一郎先生はお名前だけだ。太田辰夫先生とは2, 3回言葉を交わしたけれど、付き合うほどの深まりはなかった。佐藤晴彦先生とは結構話をしたことがあるが単発な言葉のやり取りに過ぎない。日下恒夫先生はやっと私の退職間際に日下先生との情が通じるようになったのだが、時間切れとなってしまった。ただみな共通して言えることは広い学識と深い洞察力があって、発する言葉が面白いということであった。その面白さが、この本にはよく出ていると思った。

＊Keiichi：I think soです（^^;;　本は一度 読んでみたいです（^_^）

· **facebook.** (2017.07.01)

本

中由美子さんから本をもらった。

中由美子編訳『学校がなくなった日――中国の子どものたちと戦争』(素人社、2017年6月20日、2,000+ α円)

この本には、蟄寧の表題作をはじめ8編の作品が収められている。中さんは「この本を読んでくださったあなたへ」で、こんなことを言っている。
「わたしはこれまで、日本の子どもたちに中国の子どもたちのことを知ってほしくて、翻訳の仕事をしてきました。子どものころにおたがいのことを知り、わかりあっていれば、大人になっても仲よくしていけると思ったのです。でも、ほんとうに仲よくなるためには、日本がしかけた戦争で、中国の人たちがどんな目にあったかも知っておかなければいけないと思って、この本を作りました」
そして、中さんはこんな話も続ける。「あなたは「恩送り」ということばを聞いたことがありますか。わたしはずっとあとになってこのことばを知ったのですが、初めてこの「行為」に出合ったのは、台湾に留学していたときです。わたしの大学の教授のお嬢さんで、もう幼稚園に通う女の子のお母さんでしたが、ほんとうに親身になって、いろいろと面倒を見てくださいました。あるとき、その方がこんな話をしてくれました。「わたしが日本に留学していたとき、とても親切にしてくれた方がいたの。それで、『いつかきっと、ご恩返しをします』っていったの。そしたら、『そう思ってくれるなら、わたしにではなく、台湾で困っている日本人がいたら助けてあげて』っておっしゃったのよ。だからあなたも日本で困っている台湾の人を見つけたら、親切にしてあげてね」
中さんの一見繊細な情感は実は骨太の思考の上に成り立っていると、私は思う。そのことを見事に示すような和仲氏の絵がなかなか良いではないか。

＊幽苑：このお話と同じ事を、昔上海の大学に留学する世話をした関大の大学生や、中国語を勉強している人に話したことがあります。私への感謝の気持ちを私に返そうと思わなくて良い。中国に新しく留学した人や、日本で困った中国人に手助けして上げてほしいと。

＊邱羞爾：そうでしたか。幽苑さんも素晴らしいですね。貴女の親身の行為はきっと他者に伝わることでしょう。私からも感謝です。

＊幽苑：先生、若い人と一緒に中国各地を旅行もしました。その頃の経験が今の山水画にも生きています。またその頃の彼、彼女達は、中国にかかわる仕事に従事しているのも嬉しい限りです。

＊芳惠：先生、私、大学２年生の時から六甲にあった華語学院というところで中国語を習っていたのですが、そこに中由美子さんという非常に中国語がおできに

なる方がいらしたのですが、同じ方でしょうか？

＊邱羞爾：私は中さんとは面識がありません。確か、巴さんの関係で（つまり、童話の関係で）やり取りが始まりました。

＊三由紀：先生の書評でいつも読みたくなります．私は中国の方からたくさん恩を頂いています。恩送り、私も何かをと思います。

＊邱羞爾：コメントをありがとうございます。私は今、とてもつらい状況にあります。

・**facebook.** (2017.07.02)

真由さん

去る6月19日に、私たちのリハビリメンバーと山口真由さんと、おわかれの会をした。ただ、花束を贈って、そろって記念写真を撮っただけなのだが、運動指導員の真由さんが11年間、森下医院で働いた記念となった。

真由さんが6月いっぱいでやめるということを、私は6月12日に本人から聞いた。そして26日にはもう来ないということも。私は森下医院が天王町にあった時から、真由ちゃんを知っている。11年とはなかなかの時間の長さだ。なぜ辞めるのか、辞めてどうするのか、私は知らない。聞くことはない。ただ、リハビリでの付き合いは短かったけれど、古株としての真由ちゃんを知っていたから、リハビリが終わってから、そうだ花束を贈ろうと思った。ただ私一人が良い恰好をするのもなんだか変だから、リハビリが終わったときに、真由さんがやめるそうだと話して、「花束を贈ろうと思うが、乗りませんか」と言ってみた。その場にいた酒井さんと、深川さんがすぐ賛成してくれた。そこで、私が花束の準備を請け負った。

我々のリハビリは月曜日の朝1番なので、9時から始まる。意外なことに、花屋はその前の時間8時台には開いていないのだった。問屋に行ってまだ帰ってこないという。そこを無理を言って8時半に来るからよろしくと12日に頼んだ。

我々のメンバーの中では、広部さんが長老である。ところが12日は広部さんは欠席だった。それで、酒井さんに急きょ、広部さんや吉田さん、斎藤さんにも伝えてくれるよう頼んだ。酒井さんは快く引き受けてくれて、花束の趣旨をみんなに伝えてくれた。正直なことを言うと、その間に私には家内の入院のことがあったので十分うまく

立ち回れなかったのだ。

19日は私は森下医院に行ったが、体調が悪くリハビリはしないで診察検査に回った。心臓のエコーの検査が終わって部屋を出ると、深川さんが待っていてくれて一緒に3階に行って、真由さんと記念写真を撮った。私はボケで写真機を忘れたので、酒井さんの携帯で安馬さんが撮ってくれた。広部さんから花束を渡したとき、真由さんは想定外のことでびっくりしたが、また、ほろりと涙が出た。この美しい涙でみんな満足して、大げさなことは何も言わなかったけれど、おわかれとなったのだ。

・facebook. (2017.07.04)

私の文章

日中文化交流 No.856 2017.7.1 (4)

縦波横波

私の中国との文化交流

加藤耕子

「実干家」が支える中国農村

秋野脩二

7月になっても、台風3号が去っても、晴れないように、私の気持ちも冴えない。でも、時は冷酷に一刻一刻過ぎていく。時が過ぎれば、それに付随する日常の些事もこなさなければならない。今の私にはそれが重荷だ。

でも、どこからか人は見ているのか、そんな私に文章を書けと言ってきた。言われたら断らないのが主義だから、ホイホイと書いた。だからうかつにも、今年が趙樹理生誕111周年だということなどまるで気が付かなかった。ただ、少し毛色の変わった文章でも書こうという気持ちが強かっただけだ。これが受け入れられるのかどうか私はわからないが、むしろ意外なことを言うと反応してくれれば、それはそれで嬉しいことだ。

＊Keiichi：革命の話なのに、革命チックでないとか、本来の意味と違っているとか、短い中にも色々入っていて面白いのではないでしょうか😊？

とか駆け足台風も過ぎたので、サクッとコメントしてみました（^^;;

＊邱羞爾：ありがとう。大学を出てからの方が勉強しているように見えるね。生半可な酒飲みではないのだ！

＊Keiichi：酒飲みと見せかけて、やることはキッチリやるのが目標です（笑）

・**facebook.** (2017.07.05)

私の名前も

今日になって『読売新聞』の右田記者から、福岡版に書いた記事だとコピーを送ってくれた。中里見先生の大発見に関してちょこっと意見を述べただけなのだが、私の名前も出て来ているので、嬉しくなったからアップしよう。中里見先生、小川先生ありがとうございます。

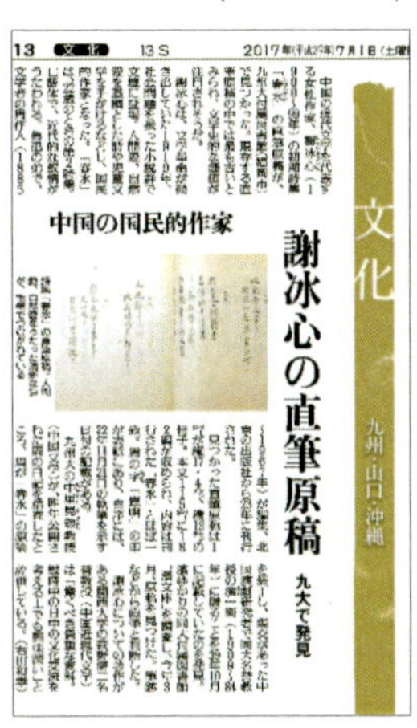

13 文化 13S 2017年(平成29年)7月1日(土曜日)

文化 九州・山口・沖縄

謝冰心の直筆原稿 九大で発見

中国の国民的作家

中国の近現代文学を代表する女性作家、謝冰心（1900～99年）の初期詩集「春水」の直筆原稿が、九州大付属図書館（福岡市）で見つかった。現存する直筆原稿の中では最も古いとみられ、文学史的な価値が注目されそうだ。

2017（平成29）年7月1日『讀賣新聞』

・**facebook.** (2017.07.06)

昨日、読売新聞の記事をアップしたところ、中里見先生が朝日新聞の記事を送ってくれた。中里見先生の発見に関する記事は西日本新聞や日経にも載っているのだが、私の名前が載っているのは、讀賣と朝日だけだ。そこで、くどいけれど『朝日新聞』2017（平成29）年6月20日の記事も、ここにアップしよう。

「中国文壇の祖母」自筆原稿発見

九大 謝冰心の詩集

中国の著名な女性作家、謝冰心（1900～99）の初期の詩集の自筆原稿が九州大学で見つかった。魯迅の弟で作家の周作人を通じて、九大の研究者に贈られていた。専門家は「中国文学研究にとって貴重な資料だ」と評価する。20日発行の中国の学術誌「中国現代文学研究叢刊」で報告される。

冰心は、中国では教科書にも作品が載る、国民的な作家。10年代後半から活躍し、晩年は「文壇の祖母」と呼ばれた。

見つかったのは、23年発行の第2詩集「春水」の原稿で、本の形にとじられていた。発見した、九大言語文化研究院の中里見敬教授（中国文学）によると、「春水」は、口語の自由詩が中国で出始めた頃の作品で、文学史的価値は高い。当時、冰心は大学生。指導教員の周作人が出版のための編集を手がけていた。

昨年公開された周作人の日記に、後の九大教授・濱一衛（1909～84）に贈ったという記述があり、中里見教授が同大の図書館の「濱文庫」から見つけた。「『春水』があるとは知っていたが、自筆原稿だとは思わなかった」と話す。

冰心研究の第一人者である萩野脩二・関西大名誉教授は「現存する冰心の自筆原稿では、最も早い完全原稿だろう。大変貴重だ」と評価。「日中文化人の交流を考える上でも興味深い」と話す。（山下知子）

「春水」の自筆原稿を手にする中里見敬・九大教授＝福岡市の九大伊都キャンパス

・YuanMingの便り――4

(2017.07.07)

しばらく些事に紛れ、ブログをアップすることが出来なかった。忙しいというより心が急いて書く余裕がなかったといった方がより正確だろう。そういう窮状を察して、YuanMingがタイムリーに便りを送ってくれた。彼の便りは自らの肌で感じたことを素直に表出していてくれるので、そこにリアリティがあり、信頼に値する意見となっている。確かに、ことは１人の言動に過ぎないが、だから彼もこれが東北の人を代表するかどうかわからない、

まして中国の人を代表するかわからないと言っているが、まぎれもなく中国の東北の親子の現在の実態なのだ。朝起きて、「早安！（おはよう！）」と声かけても、母親は応えない。「嫌われているのか」と思う、その心が我々にはよくわかる。これがいわゆる文化の差なのだ。そしてこれは一朝一夕では解消できない。よく読めば、とても良い話が詰まっているではないか。

〜〜〜〜〜〜〜〜〜〜〜〜〜〜〜〜〜〜〜〜〜〜〜〜

先生：梅雨鬱陶しいですね。

中国にも梅雨がありますが、上海より南が梅雨対象エリアです。

北海道と同じで中国北部は梅雨がありません。

私の彼女は瀋陽出身の来日７年目の中国人です。日本語、中国語、英語が話せるトライリンガル。先生と同じ京都大学の大学院を修了しています。

手前味噌で申し訳ございませんがかなり優秀です。しかもべっぴんさんです！！

とある理由で現在同棲しております。(結婚はしていません)

そんな彼女の両親が、先日瀋陽から初めて日本に来て、マンションで一緒に過ごした、文化の違いをお伝えさせて頂きます。

◎挨拶

自家用車で関空まで迎えに行きました。両親は大量の荷物を持ってきており、中身の大半は食品と香辛料。中国語で「初めまして。源です。宜しくお願いします」と挨拶を済まし、車で神戸へ移動。

車の中で両親に「この車はいくら？」と聞かれ、神戸につき神戸牛を食べながら「この肉いくら？」と聞かれ、マンションに戻り「この家いくら？」と聞かれ、家の中で骨董品の花瓶をみて「これいく

ザーサイ、ヒマワリの種、唐辛子、山椒、クミンなど

ら？」と聞かれました。
中国人がモノの値段を聞くことは「挨拶」みたいなもんです。
ザーサイ、ヒマワリの種、唐辛子、山椒、クミンなど

◎挨拶 その2

朝起きてお母さんがキッチンで朝ご飯を作っていました。
私がお母さんに「早安」（おはよう）と挨拶するが、返事がない。毎日返事がない。
帰国の日まで返事がなかった。
嫌われているのかと思ったら、両親帰国後、彼女から聞いた話では、一般的に中国人の家庭では「おはよう」や「ただいま」という挨拶をしない。
朝起きて言う言葉は「吃饭吧」（ご飯食べて）こんな感じです。

◎水餃子

東北人の主食は粉モンです。特に東北人が作る水餃子はプライドの塊です。
餃子の餡は種類が豊富で、エビ入り餃子、ニラ入り餃子、たまご餃子など色々です。
皮から作るのが当たり前です。自分が作った水餃子以外は評価しないのが東北人。
娘が作った水餃子は、お母さんが皮が硬いなど何かしらのケチをつけて否定して、お母さんが作った水餃子は味付けが濃いなどと文句を言って娘が否定します。

◎水餃子 その2

水餃子が残った場合。翌日に出てくるのが「煎饺」（焼餃子）。黒酢につけて食べます。中国の焼き餃子は二種類あります。
锅贴（guo1tie1）と煎饺（jian1jiao3）です。
锅贴は焼いて食べる餃子。王将みたいな餃子。餃子の形は地方によって様々。
煎饺は水餃子の残り物を焼いた餃子。

◎羊肉と香辛料

東北人は羊肉が大好きです。串に刺して炭火で焼いたり、野菜と一緒に炒めたりして調します。そこで肝心なのが「孜然」（クミン）。中国人が羊肉を食べるときは必須条件なのです。

◎一人っ子

中国の子供はわがままです。すごくわがまま。一人っ子政策の悪影響と言えます。
私の彼女も一人っ子なので、両親がいると何もしません。
掃除、洗濯、料理何にもしません。食べて寝るだけです。親が全部やってくれるからです。　※注 愚痴ではありません事実です。

◎親戚の悪口は言わない

中国人は両親、息子、娘、従妹、(血縁関係がある人)の悪口は言わない。冗談でも言わない。日本人の親はよく冗談で「自分の息子は勉強もせず、家でゲームばっかりしてあほやねん」と言いますが、中国人の場合は褒める事が多く、身内の恥を晒すような言葉は外では決していいません。

◎見栄張り

多くの中国人は1の事を5ぐらいで言います。例えば、年収が400万円だと2000万円と言います。中国での生き残る為に、強く見せる方法です。

これを中国語で「吹牛」(chui1niu2)。ほらを吹くと言う意味。

私の住むマンションは数千万で購入しましたが、両親は中国の友達に、ほぼ3倍で説明しています。

他にも私が勤める会社社長の「吹牛」の方法は、社長が私を中国の得意先に紹介する場合、「復旦大学卒業の日本人」として紹介します。

実際は「関西大学卒業、復旦大学留学の華人」です。

良いように話を盛るのが中国人のやり方。

◎謝らない

認めたら負けと言う文化。自分のミスでも謝らないのが中国人。

まずは言い訳、その次に舌打ち、最後は逆切れ。

「対不起」(ごめんなさい)私が生まれて30年、中国人から聞いたことがない言葉。

「抱歉」(恐縮に思う。対不起とほぼ同じ意味)ビジネスや正式な場面で謝罪に用いる言葉。たまに使う。

「不好意思」(すみません。Excuse me)日常的に使う。

※愚痴ではありません。事実です。

◎風呂に毎日入らない

東北人は毎日風呂に入らない。週に数回シャワーをするだけ。

東北は寒いし、毎日シャンプーをすると頭皮に悪いという考えがある。

日本人からすると不潔に思ってしまうが、人によっては毎日の洗髪は頭皮に悪いと最近の日本のテレビで知った。間違いではないが私には耐えがたい。

◎旦那も家事をする

お父さんも料理もしたり、掃除もする。

彼女の家は魚料理はお父さん、その他の料理はお母さん。分担があるみたいです。

◎白湯文化

朝起きるとコップ一杯の白湯を飲みます。身体を冷やすと悪影響があるという考え。

真冬の日本の喫茶店で氷水を出すのは中国人には受け入れ難いこと。

◎濃い味が好き

東北人は濃い味が好き。特に塩辛いのが好き。

日本での食事は焼肉、鴨だしが気に入っていました。

生ものや豆腐料理は気に入らなかったようです。

◎いとこの呼び方

日本だと、いとこの兄妹は「いとこの兄、姉、弟、妹」と呼びますが、一人っ子で育った中国人は、兄弟がいないので、いとこの兄妹でも呼び方を

「哥哥、姐姐、弟弟、妹妹」と言います。

中国人との会話で「我的哥哥」と言われると、お兄さんいたの！？と思ってしまう時があります。

上記はあくまでも私の個人的な体験に基づき書いております。

全ての東北人に当てはまるわけではないです。

以上。

・**facebook.** (2017.07.08)

やまぶんさんから本をもらった。

山口守著『黒暗之光：巴金的世紀守望』（巴金研究叢書 19 復旦大学出版社、2017 年 6 月、394 頁、60 元）

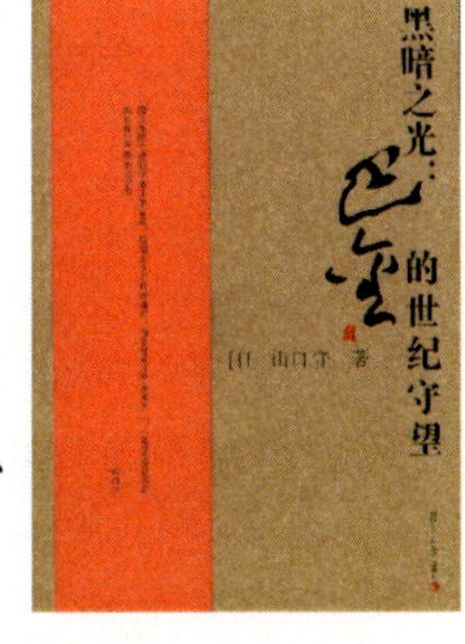

この本は、新たに書き下ろしたのではなく、既発表の文章に手を入れただけのものとあるが、収録 19 篇にそれぞれ細かい目を通している。もちろん中国語でだ。なに事もおろそかにしない“やまぶん”は、ちゃんと校正ミスも見つけていて、「近い将来、増補の日本語版を出版する予定」の時、訂正すする予定だと述べている。日本語版を出すのは、この本を出すときに被った「中国の“国情”により、削除、修正の憂き目に会った」からだ。やはり、日本語増補版をも期待しよう。

この本は 7 月 4 日に受け取っていた。でも、ちょっとでも目を通す時間と余裕が私にはなかった。私には山口先生は“やまぶん”であり、そう呼ぶにふさわしい今や立派な大家である。正直なところ、巴金のような凡庸に見える作家の、実は内面と背景に

結構どす黒い葛藤があることを教えてくれたのが、“やまぶん”の文章なのである。茫洋として一見センチメンタルに見える巴金の「暗黒の光」を教えてくれたともいえる。冰心にせよ巴金にせよ、裏にどんなに葛藤があって文章を書いたか、そういう洞察を刺激するのが“やまぶん”の文章だ。大部な集積に圧倒されるが、本当は心して読むべき本である。

・facebook. (2017.07.09)

甘え

親切な優しい人に限って、つい甘えてしまう。甘えるとは不義理もしている。その1冊は関大の長谷部先生も関与している本なので、つい引き込まれて読んだが、もう一人の著者である山寺氏（国学院大学北海道短期大学部）の論文にまで言及している。生半可でない紹介だ。
この『郭沫若研究会報』も岩佐先生一人が原稿を取り寄せ、編集し、校正をして定期的に出しているのだ。定期的に出すということがどんなに大変な仕事であるか、私はごくわずかな些細な仕事をしたことがあるのでよくわかる。まして彼は中国の学者との連携をも試みているのだから。ただただ感心するしかない。
私の観測するところ、岩佐先生も良く動く。動く人は活躍している。動くから少々の困難もめげずに切り拓けるのであろう。私のような動けなくなってはもうおしまいだ。人は動かなければならない。お返しをしなければならないというときになると、何もせず、放っておいてしまうのだ。
岩佐先生がそれにあたる。あんまり何回も不義理を重ねているので、もう申し訳なくてしようがない。それなのにまた、親切に私に資料を送ってくれるという。ついこの間、『郭沫若研究会報』第17号を送って来てくれたばかりだというのに……。
この『郭沫若研究会報』第17号は、すでに7月1日には頂いていたのだけれど、相変わらず不義理をしてロクに読まずに放っておいた。というか、この冊子にかけた岩佐先生の努力と熱意に圧倒されたといった方が正確だろう。岩佐先生と私とはそんなに違わない年だけれど、どうして彼はこんなに精力的なのだろうか。どうしてこんなに熱意を持てるのだろうか。17号でも、魏建氏の論文の翻訳を続けている。岩佐先生の翻訳は著者の使うテクニカルタームを厳密に規定して行なうから安心して読むことが出来る。また、本の紹介を2冊もしている。

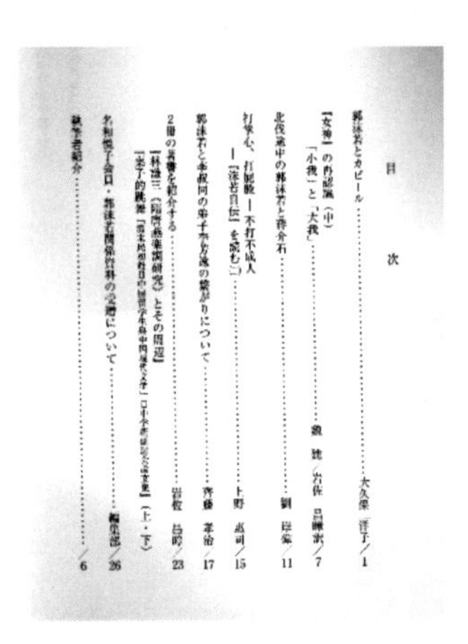
目次

*眞紀子：先生、甘えて何が？悪いの⁉ 先生のことを世話したくなる人は皆んなが先生に何かしらの精神的な喜びや支えをもらってるからよ。私は中国の書物のことは何一つ知らんけど、先生がややこしいことを書いてはるのを読むとニヤニヤと嬉しくなるもん！ 動かなくても言葉で文字でここにいる！

---

*Shigemi：同感です。

---

*眞紀子：おっと！ またタメ口きいてしまった💦 お叱りを受けそうです。先生の一ファンでーす❤

---

*邱羞爾：眞紀子さん、嬉しいコメントをありがとう。君が「ニヤニヤ」してくれるなんて、とても嬉しい。ここにも「動いてる」人がいたんだ。

---

*京子：上田さんのご意見に全面的に賛成します。

・facebook. (2017.07.13)

ついているのだかついていないのだか

昨日、京大病院での検査結果が、これまでをかろうじて維持できていたので、恐れていた「即入院」とはならなかった。今の状況で入院するわけにはいかないので、ひとまずホッとした。だが、次の検査いかんではもう逃れられそうにない。それほど危険水位に来ていた。
今日の天気は晴ということなのだろう。でも、ちょうど朝のゴミ出しの時、大粒の雨が急に降り出して濡れてしまった。鹿児島では梅雨明けしたそうだから、近畿でも早く梅雨明けしてほしいものだ。でも、例年祇園祭の17日を過ぎないと京都は晴れ上がらない。
せっかく晴れ間が出ていたから床屋に行った。気分一掃だ。ついでに風呂を洗って、新たな気分でのんびりしよう。いやなことやつまらぬことは言い出したらキリがない位にあるが、そういうことを書くとまたお叱りを受けそうだから書かないでぐっと我慢しよう。

＊義則：「即入院」が恐れていたのでしたら、今回はついていたのではないでしょうか？
それにしてもお叱りを受けるのですか？　その方が気になりました。

＊邱羞爾：コメントをありがとうございました。「ついていた」のでしょう。「お叱りを受ける」とは私なりの洒落です。

＊眞紀子：先生、ずいぶんしんどそうなのに、エライ♥　ゴミ出しや風呂掃除😃
何よりもこの文字数を打てる気概♥　私、元気もらったよ😊

＊邱羞爾：今度はお褒めのお言葉か！ありがとうよ、嬉しいよ。

＊眞紀子：あら？いつも褒めて大切に思ってるのに～♥

＊邱羞爾：いやぁー、そうだった、そうだった。眞紀子さんの声援は本当に嬉しい。

＊純子：やっぱり眞紀子さんが気になって気になって仕方がない……（笑）

・**facebook.**　(2017.07.16)

政治のこと

私は柄でもないから政治のことには口を出さない。ろくに行動もしないのに、単なる感想だけを呟いてもしょうがないし、失礼だからだと思う。でも、劉暁波氏がすぐさま火葬に付され、海に散骨されて、「家族の意向」だとする写真を見ると、思わず涙が込み上げてくる。私はこれまで何一つ劉暁波氏への支援をしてこなかった。何一つ意見も反対の声も支持の声も上げてこなかった。「08憲法」も、ノーベル平和賞受賞の時の「愛する妻よ、君に伝えたい」という文章もしっかり読まなかった。今更、もっともらしく哀悼の意を捧げるのも恥ずかしいほど、無関心でいたのだ。
「愛する妻よ、君に伝えたい」などを読むと、そこにある西洋的な知性の耀きに驚く。質の高い高度の愛国の情が人の心を打って響く。でも、これはあまりにも高度ではないか。だから西洋の首脳は反応できても、日本の首相も外相も一言も発せない。
私も上述のように日常の怠惰な生活に埋没しているから、とてもまともに劉氏に反応できないでいた。でも、葬儀にせよ散骨にせよ、「家族の意向」とは何か？！！私は黙って従わせられたであろう奥さんたちの対応に、心から理解の気持ちを表明したい。従わざるを得なかったであろうし、ただ黙って涙するほかなかったと、写真から感じる。百の抗議の声よりも、沈黙の方が雄弁に語っているだろう。
劉雪雁さんが台湾の歌「大海」を教えてくれた。陳大力作詞作曲で張雨生が歌う。中にこんな歌詞がある。「如果大海能够帯走我的哀愁……请全部帯走（もしも大海が私の悲しみを連れ去ってくれるのなら……どうか全部連れ去ってください）」
今、この歌詞ほど私の胸を打つものはない。海に全部を連れ去ってくれというこういうセンチメンタルな感情は、きっと中国社会では受け入れられない浅はかな感情なのだろう。小川先生が引用したジェームズ・パーマーの考察のように、社会の関係性を無視して、一人でお上に反抗した劉氏ほど、馬鹿な奴はいないのだから。でも、この歌は中国人が作ったものなのだ。たとえ台湾で過去にはやった歌であったとしても。..

＊雪雁：先生、ありがとうございます！
https://youtu.be/EXaLvBGqQww
張雨生 Tom Chang - 大海（official 官方完整版MV）
[♬數位音樂平台] iTunes: https://goo.gl/9X…
youtube.com

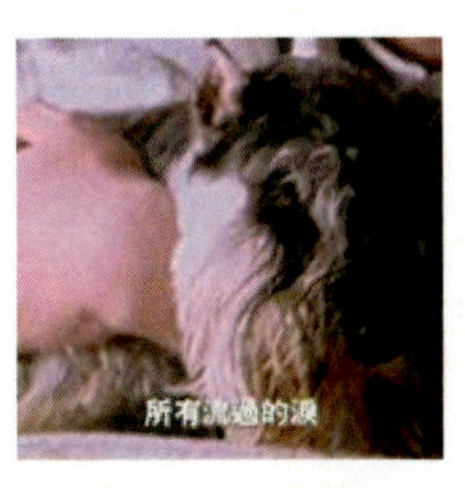

· facebook. (2017.07.20)

梅雨明け

梅雨が上がって天気が良いと、気分も良くなる。朝、新聞受けに行く途中で、ブルーベリーがなっていた。例年小さな実を付ける。16粒ほど摘んで朝食のデザートとして食べた。味はあまりうまくなかったが、心弾むではないか。
この頃続いた夕立の心配がなくなったので、午後出かけるときも家の窓を閉めっきりにしないで済むようになった。その代り大変暑くなった。
そういえば、セミの声を聴いたのは確か1週間ほど前のことだったろうか。今では朝は大合唱だ。ジャンジャンジャンと聞こえる。この頃は吉田山方面からが多い。でも、いつまでも鳴いていないものと見えて、しばらくすると鳴き止んでしまう。いよいよ盛夏だ。
だから、多くの人がクーラーのある部屋で寝ろと言ってくれる。私が寝ているベッドはクーラーのない部屋なので、クーラーのある畳の部屋に移動するほかなさそうだ。「クーラーをガンガン入れて布団をかぶって寝る時代だ。電気代もそんなに高くないのだ」と言ってくれた我が名医の言葉に従うしかないのだろう。今までの夏はどんなに暑くてもクーラーで寝なかったが、今年はもう昼間っからクーラーを入れて動かないでいる。
洗濯物も午前中で乾くようになった。冷たい甘いものが飲みたい。

・facebook. (2017.07.24)

物窮まれば……

久しぶりに心臓リハビリに行った。森下医院に入る前の十字路で、リハビリの主任である吉永さんに会った。彼女は言う「また痩せましたね。無理してリハビリしなくてもいいですよ」と。
私は無理してリハビリに行ったのだ。家で休んでいてゴロゴロしていたい。でも、それでは体が却って悪くなりそうだ。それに実は別の用事もあったのだ。これはうまいことすぐ解決したので良かったのだが、その前まではこれが結構ストレスになっていた。ことがうまく解決したので、とりあえず、顔見世だけでもとリハビリの3階に行くと、酒井さんが喜んで笑顔で迎えてくれた。深川さんも広部さんも、吉田さんも。もちろんスタッフの安馬さんも。
リハビリは座ってやるいわゆる「自転車」だけをやった。トレッドミルは、今日はパスだ。これは今の私にはとても「しんどい」。筋トレ3種のうち、腕のストレッチは、普段の3分の1しかできなかった。腕の力が足腰とともに弱っているのだ。体重はなんと47.2キロだった。ほとんどのことが最低だったが、ここまで下がったら、今度は上がる方向に転ずるのではないか。
整理体操をして終えてみると、結構いい気持だった。汗をかいたわけでもないのだが、呼吸も有酸素運動として私は107が良いらしいが、90台で終わった。ということは、力をそれだけセーブしたというわけだ。でも、みなと同じ時間にそれなりに終わってよかった。
しばらく休んでいた間に看護師さんや運動指導員に随分新顔が入った。変わらぬようでいて、ゆっくり、そしてパッと変わっている。少しずつでも良いから良い方向へ進んでいってくれればと思う。

・**facebook.** (2017.07.26)

今日は、朝の7時40分に家を出て京大病院に向かった。バスで行ったから、病院の順番の名札は、8つある診察確認機がどれももう23番だった。採尿、採血、X線とやってスムーズだったのに、診察が1時近くになった。だから薬を取って帰ったのは2時半だった。なんとも無駄な時間を使ったことか。それからやっと昼ご飯を食べたので、3時過ぎてしまった。ギラギラと暑い太陽のもとを歩いてきたせいか、食事をしたら、ついうとうとと転寝をしてしまった。
慌てて出かけて、5時過ぎにまた家に戻って来て、植木に水を撒いた。晴れて暑いのは嬉しいが、今度はこうして水をやらねばならない。
無駄な時間を費やしたかもしれないが、悪いことをしたわけでもないから、ご褒美のように東方書店から『東方』438号つまり2017年8月号が届いた。私が書いた書評が載っている。この書評もある人から頼まれたものだった。3月のことだ。その頃も私は結構つらい時期だったのだが、ほかならぬ葉広芩の作品であるから、そして訳者の福地先生も知らぬ仲ではないから、精いっぱい書いた。全部を載せることが私にはできないので最初の一部だけをここに載せる。それにしても、載せてくれた『東方』に感謝だ。

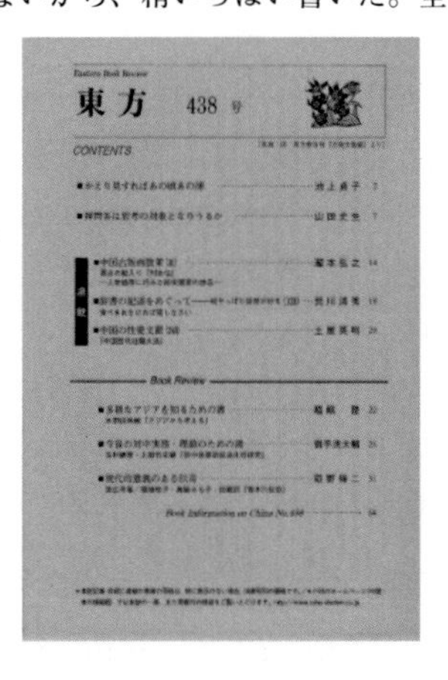
東方 438号
CONTENTS
Book Review

Book Reviews
現代的意義のある伝奇
萩野脩二

・facebook (2017.07.27)

Yumiko：先生、本日、お手紙とチケット（はがき）と本、拝受しました。ありがとうございます。こんなふうに私のことを考えてくださってほんとうに嬉しいです。でも先生のお体が心配です、とてもとても。私との約束なんてお忘れください、そんなことより御身を大切になさってください。それだけが私の望みです。

*邱羞爾：ありがとう。無事に届いてよかったです。私の体、医者から「逃れられない」と言われていますが、精いっぱい逃げています。

・7月を終えんとして (2017.07.30)

今年の7月ほど苦しかったことはなかったと言えよう。

私の体がますます悪くなって、目安となるクレアチンの値が5.89と6に近づいた。心臓も良くなかったが、幸いこれは水が引いた。肥大も少し縮小した。水が引いてもそれはつい最近のことで、しばらくは良くなかったから、歩行にも呼吸困難であった。だから入院を強く勧められた。腎臓の方も最近は5.34とかろうじて6にはなっていないが、その他の数値が悪くなっている。そのせいか「尿毒症」と言われ、体のあちこちが痒い。だから透析を強く勧められている。この痒いというやつは実に曲者で、夜寝ているときに、とても痒い。だから夜中のおしっこと痒さ、それに足が攣ることで、ちっとも寝られやしない。25度以上の熱帯夜も加わって、夜という夜に眠れたためしがない。

そうかと思うと、庭の木で鳴くのであろうセミが明け方いきなりけたたましく鳴いたり、今朝のように雷鳴が轟いたりする。稲光とともに雨も降って来て、とても眠れたものではない。京都の今年は午後に雨や雷が多かった。いわゆる「夕立ち」なのだろう。雨風も困るが、雷も怖い。京都の雷はよく落ちるから、雷鳴の中を傘をさして出歩くのは、ヒヤヒヤものだ。そのくせ、家に戻るとやんだりすることが多かった。

いろんなことがうまくいかなかった。例えば介護認定だって、家内の認定通知が昨日29日にやっと届いた。1か月はかかっている。要介護1級という。肝心の私についての通知は、ある手違いから「延期して、8月19日の委員会に掛ける」という通知が来た。一番私がほしかった7月には間に合わなかったのだ。麻矢先生、義則先生、幽苑さん、それに京子さんなどから貴重なアドバイスを頂いたが、実行に至っていない。家内が乗って私を連れて行ってくれた自動車も売却した。新車を買ったばかりだというのに、事故ったから、もう価値が半額以下4割にも満たなかった。息子はあちこちに査定に出せと言ったが、私はもうその精力がなかった。
それでも、少しは良いことも見えつつあるのだろう。家内の病状は一時よりはよくなっており、おかゆとはいえ食べるようになった。私が以前頼まれて書いた文章が次々と発表された。そんなことでも上向きだとゲンを担ごう。
８月よ、良き月であれ！

・facebook.　(2017.08.01)

８月

時の経つのは遅いようで、やっぱり速い。苦しかった７月もようやっと過ぎた。過ぎたことをとやかく言ってもしょうがないが、ここ２か月半は愚痴ばかり出た。だから、せめて８月になったのだから良いことが来るようにと祈ろう。
朝起きて新聞を取りに行くとき、ブルーベリーの実を採る。毎日少しずつだが、青くなった小さな実を採るのは嬉しいものだ。わずか５，60センチの木なのに、よくまぁ実をつけるものだ。木の実にせよ昆虫にせよ、人の目から隠れているのが不思議だ。実に巧妙に隠れている。それを露に濡れながら探してもぎ取るのが、これまた楽しい。
正月と同じく、８月になったからと言って、何も変わったことはない。せいぜいカレンダーをまくって新しい月にするぐらいだ。7月末に、お見舞いの花を頂いた。立派な花だ。予想外のことだから、これも新しい月を迎えるお供物にふさわしい。先ほどの電話では、来るべきものがやっと届いたということだった。ほれ、ほれ、良いことがきっと今月はあるぞ。そうなってほしい。気持ちの問題なのだから。
さっき、赤とんぼが２匹飛んでいるのを見た。うかうかしていられないではないか。

・facebook.　(2017.08.07)

台風５号

17日間も迷走した非常に迷惑な台風５号がやって来た。
雨がいつまでも降り続くから雨漏りが起きた。風は大したこともなくて幸いだったが、それでも傘がお猪口になった。この程度の被害ならば我が家は幸運であった。同じ左京区でも大原などには災害注意報が出て携帯に変な音が入ったりした。
午前中はリハビリに行った。終わってからの診察となったが、これが時間がかかった。台風だというのに、病院は混んでいる。少しのスキがあれば月曜日だから医者に行くことになる。それほど病んでいる人が多いということだ。私は、X線を撮り、エコーをし、心電図を取る。そして採血。心臓の状態が割とよかったが、なんとHbA1c（=平均値）が、7.7だった。これは糖尿の目安の値だ。私はこんなに高い数値になったのは初めてだ。つい先日7.4となってびっくりしたところではないか。確かに甘いものを食べてはいる。やはり多すぎるのだろう。甘いものと言えばブルーベリーだってそうだ。この頃は量に限度があるが、ずっと甘くなった。やや大きくなり色も黒々してきたからかもしれない。毎朝これを摘むのが楽しいし、食べるのも楽しい。
午後から台風は近畿地方に接近すると言っていたので、昼飯を食べると早々に出かけた。早く行って早く帰って来ようとしたのだ。なるほど午後の方が結構雨脚と風が強かった。歩いている人が少ない中、病院に家内を見舞いに行ったのだ。病院に着く寸前で傘がお猪口になってしまった。ちょっと風が強くなったのだが、意地悪で今までの風向きと違った風が吹いたのだ。さすがに病院の中は静かで台風などテレビさえなければ、どこ吹く風と言った感じであった。でも、これからますます雨風が強くなるというので、お猪口になった傘を適当に手入れして、そのままさして家に戻った。家じゅうの雨戸のある窓はみんな雨戸を立てたので、暗い部屋で明かりをつけTVを付けて台風情報ばかり聞いていた。
昨夜は月齢14.7の月を見た。7日は立秋だという。台風5号ですべて風情を無くされたような気がした。

＊Keiichi Takemoto：それもまた自然のなせる業
わたしは研究だけする立場から離れたので、あえていうならば気にすることなく、時の過ぎ行くまま、風に吹かれて位が文学的には良いのでは😊？

・facebook. (2017.08.09)

想定外

想定外のことが続いて起こった。まず、大失敗のこと。まるで想定していなかった大失敗を指摘されて、大いに驚いた。大恥を天下に晒すところであった。「過ちては改むるに憚ること勿れ」というから、直ちに訂正したが、過ちは過ちで取り返しようがない。これというのも、視野狭窄のなせる業で、自分のことばかり考えて、他者なり全体を見るというまっとうなことが出来なかったからだろう。この年になってもまだそんな段階だから、恥ずかしいことだ。
今日は、意を決して入院するつもりで京大病院に行った。X線と採血、採尿の検査をした。ところが検査の結果が割とよかったので、こちらが恐る恐る入院してシャント（＝透析の前段階の処置）をしたいと申し出たのに、医者は「心臓の方は調子よい。腎臓の方も前回よりも数値が幾らか良い。今せっかく調子が割とよいのにやることはない。それに今は肌が乾燥している。やるなら秋だ」とのたもう。
想定外とはこのことだ。なんだか気が抜けて、キツネにつままれたような気がした。でもこれで、少なくとも次の検査まで現状のままでいられるわけだ。現状と言っても決して快適なわけではない。薬を朝は9種11粒、昼は4種5粒、夜は7種10粒も飲んでいる。この薬が少し効いているのだろうか。複雑な気持ちで、熱い太陽のもと帰宅した。1時半になっていた。

＊幽苑：この想定外は良かったですね。この猛暑で誰もが体調がおかしくなるものです。先生もご油断されずに、くれぐれもご自愛くださいね。

＊邱羞爾：ありがとうございます。幽苑さんは相変わらず獅子奮迅の活躍ですね。ご自愛ください。

＊幽苑：ありがとうございます。
高齢者の方々が、美味しく何でも食べられるのは、本当に幸せな事だとつくづく感じています。この5年で自治会の方々に、食を通して輪と和を作ることが出来るようになりました。私の料理でも喜んで、残さず食べる事が出来ることも、食べてもらえることも幸せなことですね。

・**facebook.** (2017.08.15)

要支援2

やっと私の介護認定が来た。「要支援2」ということだ。「要支援1」より上だが、家内の「要介護1」より下のランクとなる。要するに介護よりは下で支援を要する程度ということになる。たいしたことはないのだ。
8月の9日に決まったそうで、通知が来たのは12日だった。11日は山の日で祝日、12日は土曜日、翌日は日曜日だから、14日の月曜日にやっと左京区南包括支援センターに連絡をした。すると、「うちは担当ではない」と言う。「だって、青いスタンプのハンコがあってここに連絡しろとありますよ」とこちらが言うと、「調べるからしばらく待て」と言う。そして、「ハンコの打ち間違いだ。お宅は白川包括支援センターに連絡するように」ということだった。

このように、確かに対応は親切であったが、私の介護認定はかなりゴタゴタした。おまけに「要支援2」だって！ 私の体の感じでは、もっと重い感じだ。でも、人は本来自分の足で立ち、自分で歩かねばならないから、安易に人の助けを頼んではいけないのだろう。このグレードでは、例えば掃除洗濯は頼めるらしいが、草取りはダメらしい。介護する方も、重くてかなり精力を使うのもイヤらしいが、あんまり軽くて少しの時間でもイヤらしい。双方の折り合いがうまくつくのは難しそうだ。

言い訳がましいが、洗濯は洗濯機がやる率が高いから楽だ。むしろ草取りが厄介だ。私はかつてドクダミの草を引き抜いて脊柱管狭窄症、すべり症になったから、この草取りは苦手だ。すぐ腰が痛くなる。黙っていると結構勢いよく生えるのが雑草という奴で、今も盛んに生えている。雑草も仔細に見れば、小さな花なども咲き、結構面白いものだが、今はそういう心境にはなれない。雑草は鑑賞するものではない。抜き去って綺麗にするものなのだ。でも、これは人の助けを借りようとしたら、それ相当のお金を払わねばならない。かと言って、そうそう植木屋さんに頼むわけにはいかないではないか。

＊Tamon：理屈ですが、雑草という草はありません……。東京にはシルバーボランテイア制度があって安く草取りを頼めるのですが、京都にはないのでしょうか？

＊邱羞爾：多聞先生、お久しぶりです。コメントをありがとうございます。「雑草という草はない」とは大学1回生の時、生物学の山下先生から言われました。でも、雑草というジャンルは少なくとも私にはあるのです。「シルバーボランティア」など、まだこちらは始まったばかりなので、これから調べますが、あまり期待してはいません。

＊幽苑：宝塚では要介護と要支援では包括支援センターが別です。京都でもそうでは⁉ 先生が要支援2、奥様が要介護1と言うことですので、別々な包括だと思いますが……。

草抜きの件ですが、この猛暑の中大変です。私の自治会でも18日の朝、皆んなで草抜きと剪定を行い、出て頂いた方々に朝食を皆んなで食べるようにしています。話がそれましたが、シルバーに頼むのは結構お金がかかります。そこで、高齢者の生活支援をしてくれるボランティア、または安価でやってくれるグループがあります。包括か市の高齢福祉課に問い合わせてみて下さい。

＊**邱羞爾**：幽苑さん、コメントをありがとうございます。さすがに幽苑さんは詳しいですね。確かに家内とは違うようですが、家内は今入院しているので、私の方の包括支援センターということになっています。

＊**幽苑**：まだ退院の見込みはたってないのですか⁉入院の場合はまた違いますね。

＊Keiichi：認定は、その時の状態だけをみて判断されます
日本人は基本的に「◯◯できますか？」と聞かれると、少し無理をしてでも「出来ます！」と答えます
これが認定を低くする原因です。
ただ、悪い人もいて出来るのに「できません」といって支援ではなく、要介護の認定を受けている人もいます
生活保護の働けない状態を主張する方々と似ています…
日本の社会保障制度は、しっかり議論しないと お金だけ無くなって必要な方々に支援がいかないシステムが多い気がします
まあ現行すぐに法律が変わるわけですし、法改正があっても施行は数年かかるので、先生も奥様も、あまり無理をせず、ありのままの状況を伝えて翌年の認定試験（^^;;に臨んでくださいませ…
長らく面接する側におられましたから、面接される側としての準備をしっかりして理論武装したうえで戦いに挑んでいただければと思います（^^;;

＊**邱羞爾**：君も詳しいのだねぇ、ありがとう。まぁ、別に理論武装をするつもりはありませんが。

＊Keiichi：はい
無理に認定を取る必要もないですが、適切な対応は必要かなと思います（^_^）

・facebook. (2017.08.16)

大文字の送り火

今年のお盆は、まず長男の嫁が、そして翌日には、二男一家が私を慰めにやって来た。私は何とも思っていないが、子供は子供なりに親を気遣ってくれたものと思える。ありがたいことだ。
長男の嫁は息子（=私の孫になる）を連れてこなかった。なんでもお腹を壊したそうだ。最近は、風邪に似た病でお腹に来るものがあるそうだから、それかもしれない。二男の方は、上の娘はすっかりおしゃまになり、お姉さんらしくなった。下の娘はやっと1歳を23日に迎える。よく食べる子で、お腹パンパンだ。この二人とも手足口病を次々に患ったし、ヘルパンギーナに感染した。子どもは病気やけがをしながら強くなっていくものだ。
今日16日は五山の送り火だ。我が家の前の道には人がいっぱい来ていて、ここで大文字の送り火を見る。もうちょっと坂を上がって吉田山に登れば、大文字だけではなく幾つかの送り火が見えるのだが、私はもう上まで登りたくない。昨年は雨にやられて、煙モウモウだった。今年は幸い天気に恵まれた。いつも二人で見るのに今年は一人で見ざるを得なかったのが残念だ。どういうわけか写真はみんなぶれていた。
無病息災、健康第一と祈るのがこんなに切実であったことはない。

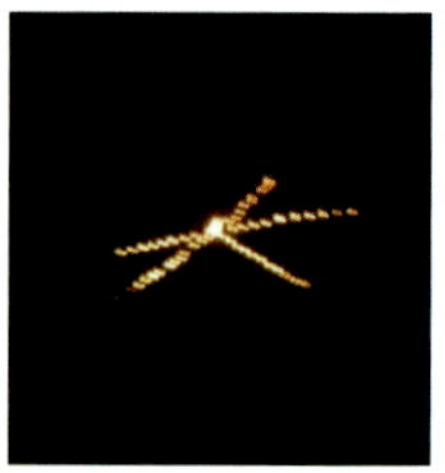

＊Kiyo：仁子さん心配ですね！
お孫さんのお腹ですが我が家の由唯ちゃんも負けずにパンパンですしよく食べますよ
お二人ともにお大事になさってください

・全国戦没者追悼式

(2017.08.16)

私のフェイスブックは２つあり、さらにブログもある。だから、ネタ切れになることが多い。但し、それぞれに読者層が違うので、私はより多くの人に発信したい。時には私にっとって重大だと思うことがあるので、両方のぞいてくださる方には迷惑だろうけれど、その時はＦＢもブログも一緒に入れて発信したい。
私はつい先ほど次のような文章をＦＢに発表した。私にとってのお盆は京都五山の送り火であり、15日の敗戦記念日なのだ。今日の五山の送り火は雲行きが怪しいが、何とか挙行することが出来るであろう。これについてはまた稿を改めたい。
私がびっくりした理由の１つは、もともと天皇制などには反対で、大げさに言えばすべての差別の根源は日本では天皇制にあると思っているからだが、そんなことより、最近はマシなことを言い、行動するのがほとんど天皇であり、一国の首相ではないという憤懣が溜まっていた。そういう偏見があったからだろうか、全国戦没者追悼式での首相と天皇の言葉の重みの違いにびっくりしたのであった。
というわけで、ここにその文章を転記する。

〜〜〜〜〜〜〜〜〜〜〜〜

びっくりしちゃた

15日に、「全国戦没者追悼式」が東京北の丸公園の日本武道館で、政府主催で行なわれた。安倍首相の「式辞」と天皇の「おことば」とがあったので、たまたま聞いていた。私は、なんだか知らないが安倍首相の言葉の軽薄さにびっくりしていた。そして、天皇の「ことば」に短くてどうということもないのに、心に響くものがあったので、これまたびっくりしてしまった。
今朝の新聞に、それぞれの全文が載っていたので、読んでみた。
「天皇陛下のおことば」は、こんな風になっていた。
“終戦以来既に72年、国民のたゆみない努力により、今日の我が国の平和と繁栄が築き上げられましたが、苦難に満ちた往時をしのぶとき、感慨は今なお尽きることがありません。ここに過去を顧み、深い反省とともに、今後、戦争の惨禍が再び繰り返されないことを切に願い、全国民と共に、戦陣に散り戦禍に垂れた人々に対して、心から追悼の意を表し、世界の平和と我が国の一層の発展を祈ります。”
なるほど、日本語としては伝統的な長い切れ目のない文章だ。そして、いわゆる主語などない。天皇は象徴なのだからしゃべることばはすべて感想なのだろう。「おことば」である所以だ。なかでも、私には、「国民」「全国民」ということばが、少ない語彙の中にあるのが目を引いた。象徴天皇が「国民」への言及をしているではないか。２度使われている「我が国」は当然客体としての其れであって、極めて冷静で客観的だと言えよう。

それに対して、安倍首相の「式辞」は主催者だから、当然主語があり、「私たち」であり、「わが国」となる。「国民」などへの言及はない。

“戦後、わが国は、一貫して、戦争を憎み、平和を重んずる国として、ただひたすらに、歩んでまいりました。そして、世界の平和と繁栄に力を尽くしてきました。”

“いまだ、争いが絶えることのない世界にあって、わが国は、争いの温床となる貧困の問題をはじめ、さまざまな課題に、真摯に取り組むことにより、世界の平和と繁栄に貢献してまいります。”

私には、このように「わが国」には力がないように思えた。頼りになるのはもっぱら「世界」であり、「平和」なのだ。このような空疎な言葉のどこに「真摯」な態度が求められよう。我々は「こんな人たち」と国民を区分けしたのが「どこの国の首相か」知っている。お友達に便宜をはからい、お気に入りの者ならば国会証人喚問にも呼ばなかった「丁寧で」「真摯な」説明の意味を感じてしまっているのだ。だから、如上の文章でも「わが国」が何々をしますとか、何々をしてまいりますという言葉が軽薄に、何の重みもない「説明」に過ぎないと受け取られるのだ。少なくとも私にはそう感じられて、びっくりした次第だった。

・**facebook.** (2017.08.24)

また飯塚先生から本をもらった。

余華著飯塚容訳『中国では書けない中国の話』（河出書房新社、2017年8月20日、164頁、1,600+α円）

題名が何とも魅力的ではないか。これは『ほんとうの中国の話をしよう』（飯塚容訳、河出書房新社、2012年）の続編にあたるものだ。なんでも余華が『ニューヨーク・タイムズ』に掲載したコラムが半数以上を占めているが、河出書房新社の島田氏の熱意もあって「世界に先駆けて、中国語版よりも早い刊行とな」っているそうだ。それも、飯塚先生と余華との「長年にわたる友誼がこのような成果につながった」と言えるだろう。飯塚先生の「大きな喜び」をこちらも感じることが出来る。

中身についてはまだこれから読んでいくのだが、例えば最初の「1　陳情、法律、安

定維持」に見える「小三」など、実に風刺のきいた鋭い批評ではないか。楽しんで読んでいこうと思う。

・facebook.　(2017.08.28)

例年のごとく

家内の兄（つまり私の義兄）がブドウを送ってくれた。巨峰など３種類が入っていた。ちょうど、いつも今頃ブドウを送ってくれるんだよなぁと話していたところだったので、とても良いタイミングでうれしい。義兄は家内の入院のことなど知らなかった。いつもはもう少し早く送るはずなのだが、今年は雨が多くて２週間ほど収穫が遅れたという。別に義兄が作っているわけではなく、いつも子供と孫たちを連れてブドウ狩りに行くのでそのついでに家内にも送ってくれるのだ。この例年のごとく送ってくれるというのがうれしいのだ。
例年のごとくと言えば、この間の土日には、我が町内の「地蔵盆」があった。我が町内のお地蔵さまは、我が家の上の方にあるので、見えないし声もろくに聞こえなかった。むしろその１週間前には他の町内会の地蔵盆があって、これは３つも目にすることが出来、子供の声が良く聞こえた。地蔵盆が終わると、いよいよ夏は終わりだ。
でも、今年はまた結構暑い日がある。例年のごとく、裏の黎明教会の駐車場で「布団干し」が行なわれた。これはお盆のすぐ後に「座布団干し」が行なわれ、月末に「布団干し」が行なわれるのだ。中高生らしき若い男女が布団を干し、裏返し、しまっていた。これも例年の如しだ。
朝、取るブルーベリーもとうとう今朝は１粒になった。この夏楽しませてくれたブルーベリーもとうとう終わりとなった。小さくてちっともうまくなかったけれど、楽しみの１つであった。朝の習慣としてブルーベリーを取ることもなくなってしまった。そういえば、セミの声もだいぶ少なくなったではないか。何となく憂鬱な、どことなく寂しい８月の末も過ぎて行く。せめて月の良い９月を待とう。

＊邱羞爾：黎明教会の布団干し

・facebook. (2017.08.30)

中谷君

29日の『毎日新聞』の朝刊、それも京都版に見知った顔写真が載っていた。おやっと思って記事を読むと、京都市美術館の建て替えについて彼が説明しているのだった。うれしくなって、さっそく記事を切り抜いて、京都市美術館に電話をしたが、一般の者がテレホンサービスなどに電話をしても、録音が繰り返されるばかりで埒が明かない。やむなく、ここに書くことにした。本当は彼と話がしたかったのだ。

彼とはいつぞやは二条城で出会った。あの時は彼の方から声を掛けてくれた。だから、まだ私のことを覚えていてくれるだろう。そもそも私が彼を知ったのは、彼が中学1年と2年の時だから、随分と時間が経つものだ。無駄に時間が経っているのではなく、こうしてみんなそれぞれの分野で活躍している、彼はその代表ということになろう。やはり文化面で活躍していることがうれしい。電話をして、同級生である奥さんは元気かなどとりとめのないことを話したかったが、幸か不幸か電話が通じなかったので、忙しい彼の仕事を邪魔しないで良かった。

所蔵作品 守る努力

'17年 平和考 京都

戦争で米軍に接収 大覚寺に疎開も

京都市美術館

・**facebook**. (2017.09.01)

ついに出ました、やっと出ました。
こんなに長く時間がかかったのも、こんなに精力を費やしたのも、こんなにお金がかかったのも、初めてのことです。こちらの大失敗で表紙を作り直しました。それでさらに1か月近くかかりました。
とにかく、出来上がったので、ぜひ読んでいただきたいです。文化大革命、五七幹部学校などが中心の本ですが、それだけではなく、中国全体を歴史と社会風俗とを視野に書かれている本です。根強い都市と田舎の差、お役人と農民の差、とりわけ北京のずば抜けた気位の高さなど、中国の実態がわかる本です。
そして、作者は時代に泳がされる庶民の姿を、哀切を込めて描いています。このことは、幾らか日本の現代にも通じるものがあるかもしれません。
定価は2,700円プラス税です。京都の朋友書店（075-761-1285）で扱っています。

＊**義則**：朋友書店からですか？
ほんのわずかな期間でしたがアルバイトのようなことをしていたところです。
この機会に訪問します。ありがとうございます。

＊**邱羞爾**：義則先生、メッセージを入れたのですが、どうもうまく伝わらないようなので、ここに書きます。先生には私から本を献呈させていただきますが、少々時間がかかります。ご了承ください。

＊**義則**：先生、それは申し訳ありません。でも、書籍はやはり購入させて下さいませ。
お願いいたします。

＊**邱羞爾**：ありがとうございます。本屋にはすでに献呈リストを渡してあります。

＊**邱羞爾**：翻訳の下巻は、9月下旬に出る予定です。しばらくお待ちくださ

＊Keiichi：鎌田さん（･･;）?!

＊邱羞爾：そう、鎌田純子先生。君の先輩になるのか、あるいは同期？

＊Keiichi：わたしの専門学校時代の恩師が関西大学では後輩だったり記憶が混同してますが、皆さん先輩と思って付き合っていただいております（^^;;

＊弥生：出版おめでとうございます
邱羞爾さんの、ひとつほっとした感じが目に浮かびます。お身体お大事になさって下さいね

＊邱羞爾：ありがとうございます。とても長い時間が掛かったので、とても疲れました。中身は適当に飛ばして読んでいただけたら、だんだん面白くなると思います。下巻は９月末の予定ですが、どうなることやら……。

＊純子：やったー！明日はこの本の著者でいらっしゃる王先生に北京でお会いしてきます！緊張しますがとても楽しみです。北京語言大学の南門でお会いする予定です。奥様も来られるとのこと。。。

＊邱羞爾：それは良かったぜひ写真をいっぱい撮って来てください。

＊純子：先生のお陰です！また連絡します！

＊麻矢：先生、本日このご本を拝領いたしました！ゆっくり拝読させていただきます。本当にありがとうございました。

＊利康：私も本日落掌いたしました。有り難うございます。また中国出張から帰りましたら拝読いたします。

＊邱羞爾：武漢に出かける前に届いてよかったです。武漢での研究会でも大いにご活躍ください。

＊純子：先生、さっき先生に写真とメールを送ったのですが、うまくいかなかったのでこの場を借りてご報告します。さっき王耀平氏と奥様にお会いしてきました！食べきれないほどの北京料理をご馳走してもらっていろんなお話しもしました。写真はまた日本に帰ってからあらためて先生にお送りします。王耀平氏はプロレスラーみたいに大きな人でしたが、とっても可愛い♥人でした。また詳しくメールします。ご報告まで。

＊良史：先生、本日、ご本が届きました。とても興味深い本ですね。しっかり、拝読したいと思います。有り難うございます。わたしのFBで、紹介させて下さい。

＊Ayako：先生、ご本を受け取りました。ありがとうございます。早速読もうと思います。中国語の勉強も、西川君に見てもらいながら細々と続けています。

＊登士子：先生、ご本届きました！本当に、有難う御座います。今日早速拝読します。楽しみです。

＊Tamon：ご恵贈ありがとうございます。面白く読み進めております。文革物の集大成ですね。関係ありませんが、小生は文革切手（完全セット・未使用）を処分します。

＊Yoshie：先生、ご出版おめでとうございます。また、本日、ご本が届きました。私にまで、ありがとうございます。ゆっくりと拝読させていただきます。どうぞ、お身体お大事に！

・『羅山条約』の翻訳 (2017.09.02)

私どもが翻訳していた、王耀平著『羅山条約』の上巻がやっと出来上がった。
朋友書店、315頁、2,700+α円。
もともとＡ４版で１冊の本にするつもりで作っていたが、それでは本としては大きすぎた。それで、Ａ５版に作り直した。１頁の字数や行数もバラバラであったので統一した。こんなことでずいぶん時間を食った。さらに、PDFファイルにしたので、この訳者と本屋との共有がうまくいかなかった。訂正もかなり面倒だった。ただでさえ校正に時間が掛かるのに、精力もかなり費やした。幸い松尾さんの援助があり、朋友の根気強い支援があって、やっと一応の完成が8月10日にできた。ところが印刷してしまった段階で、表紙に作者の名前が欠けていることがわかったので、慌てて表紙を作り直した。折り悪くお盆にひっかかり、印刷屋が休んでしまった。そういうことで9月1日にやっと出来上がったのだ。
私はこの本をとても面白いと読んだ。そして翻訳しようと思った。定年退職後の仕事としてよいと思ったのだが、なんとそのころから私の体調がみるみる悪くなった。そこで、鎌田さんと山田さん、それに松尾さんを応援に頼んだ。みんなとっくに翻訳の仕事は終わったが、後の校正などに時間が掛かった。あんまり何度も読んだので、新鮮な印象が薄れてしまった。
そう、今こうして読んでみると、果たして興味を持って読んでくれる人がどれだけいるだろうかと不安になる。今更〝文革〟なんて……という声が聞こえる気がする。五七幹部学校なんて何だい？あまり興味がないなという声も聞こえる。
でも、これらは間違いなく今の中国の人たちが経験した過去なのである。経験したことと言っても良い。過去の経験をどう現在に生かすか。どこの人もそういう命題を背負って生きている。強く意識する人もいれば意識的に忘れようとする人もいる。我々は、そういう事実を抑えて人と接するのではないか。そういう意味で、この小説をよくじっくり読めば、現在の中国の人、及び中国という国が少しわかるのではないか。今では私はそう思っている。
下巻は9月下旬に出る予定です。

・facebook. (2017.09.04)

友誼

泉屋博古館の館長である小南一郎先生が、手紙をくれた。「なんとかこの夏が乗り切れるのではないか」と言ってきた。喜ばしいことである。今年の正月には彼も入院していたのであるから、その後元気に勤務していたことになる。
そして、秋に展覧会の招待状が2枚同封してあった。これもうれしいことではないか。時として思い出したように、これまでも急に切符をくれたことがある。そのたびに我々夫婦は欣然と見学に行ったものだ。あそこは住友家の財宝を展示するので、なかなか良いものがある。景色も良い。今度は「うるしの彩り」で、漆器の展示だそうだ。

でも、あの元気な家内が今は入院中で、動けない。私も心不全と腎不全で歩行が困難だ。久しぶりの畏友とあって話がしたかったが、あきらめざるを得ない。
たった5行の彼の手紙を眺めながら、急に涼しくなった秋の気配を感じた。

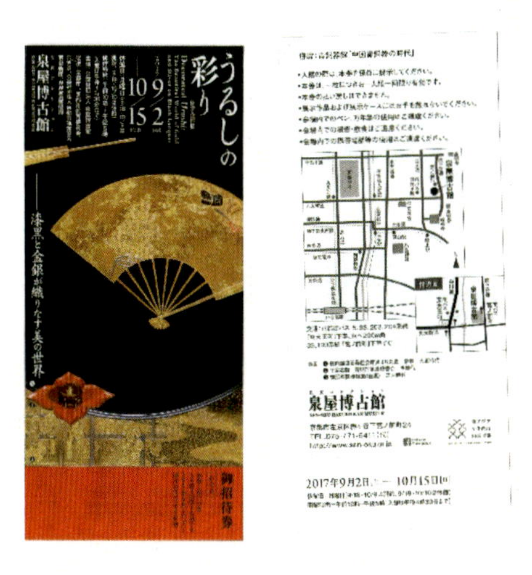

・facebook. (2017.09.09)

月の光

私はいつものように1時半ごろ、足が攣るのと腕などが痒いのとで目が覚めてしまう。そこで、足を引きずりながらトイレに行くのが常である。昨夜というか今朝も、同じように目が覚め足を引きずって部屋のドアを開けると、廊下に窓から差し込む月の光があり、そのあまりの白さにびっくりした。まさに「牀前 月光を看る 疑うらくは是れ地上の霜かと」であった。
白と言うより、皓々とした光と言った方が的確であろう。確か月齢は18.4。もう若くはないが、窓から差し込む、厳かと言ってよい静かな光は、何か冷徹な感じがして、思わず空を見上げる。天空にある月は、人を吸い込むように青白く、厳然と人を見下ろす。そうすると、こちらも写真を撮ろうなどという卑俗な世間など昇華して、崇高な気分になる。ああ、これが自然という奴だなと思った。
「現世も 月の光の 幻か」というが、この句の意味合いを私はまだ感得しきれていない。俗なのであろう私は、毎日の生活にあくせくして生きながらえているという感覚が却って深まった。秋になったのだ。

＊幽苑：昨夜の月は美しいかったですね。

＊育代：何故か、中島敦の山月記を連想しました。何故か……授業で習ったからでしょうか？

＊眞紀子：先生の月を見上げる姿を想像してしまいました。似合うなぁって。

・facebook. (2017.09.10)

自己満足

今日は、仕事らしい仕事をした。なに、草取りをしたのだ。私が諧謔的にプロムナードと呼んでいる、門から玄関までのほぼ20メートルほどの道の両側に生える草を取り除いたのだ。3日ほど前に、この道を塞ぐように覆いかぶさっている枝や葉を切り取った。切り取って、そのまま道に捨て置いておいた。こうして枝や葉っぱを乾かし、踏んでは細かくしておいたのだ。今日は、明日あたりから雨になりそうだというし、明日は燃えるゴミの日なので、それらをゴミ袋に入れる作業に取り掛かったという次第だ。意外と時間が掛かった。1時間を超えてしまっただろう。それというのも、単に落ち葉などを掃き清めるだけではなく、道の両側から生え出している草も抜き取ったからだ。これが意外と厄介なことだった。根が強く深く張っているのでなかなか抜けない。かがんでやる仕事だから、当然腰が痛くなる。以前、私はドクダミの草を抜いて、脊柱管狭窄症・すべり症になったから、今日もおっかなびっくり草を抜いた。
草なんか放っておけばそのうち枯れるさと思わぬでもないが、なんだか身辺をきれいにしておきたかったのだ。誰も褒めるわけでもないし、自己満足に過ぎないのだが、今は何事も一人でやらねばならない。すっかり痛くなった腰と大腿をさすりながら、それでもきれいになったプロムナードに8割がた満足して、眺めたのだった。10割というわけにはいかない。というのも、まだまだ取り残しがあちこちに見えるからだ。でも、このくらいにしておかないと、自己満足も、なかなか難しい。

＊格子：お疲れ様です。余り無理せず、後はゆっくり腰を休めてください。

＊幽苑：お疲れ様でした。幾分涼しくなったとは言え、昼間の草抜きは大変ですね。草抜きは雨の次の日が抜けや すく、余分な力が要りませんよ。

＊義則：お疲れ様でした。　まるで僧侶の作務のようですね。

＊邱羞爾：ありがとうございます。朋友には行かれましたか？

＊義則：先生、まだです。

＊邱羞爾：お母さまのことがあってお忙しいでしょうが、一度行って、本を受け取ってください。

＊義則：先生、承知致しました。

・**facebook.**　(2017.09.11)

義則：ご著書、いただきました。
中国語の世界では有名な朋友書店さん、お店には、中国語教授法についての興味深い本もありました。　先生、ありがとうございました。

＊義則：いただいたのは、314 ページ。厚みは 17cm、大作です。

・**facebook.**　(2017.09.13)

幽苑さんの「中国画展」の案内を頂いた。10 月 11 日から 16 日まで。ギャラリー六軒茶屋にて。阪急宝塚線清荒神駅より 3 分のところだそうだ。
多分今年も私は足が悪くて行けないと思う。残念なことだ。中国山水画、花鳥画を 35 点も展示しているという。送られたはがきには彩色の山水画があるが、水墨だけの絵も多いという。成功を祈ろう。
水曜日はだいたい私は京大病院に行っている。今日は先週のうちに採血してあったので、予約時間ギリギリに行った。やっぱり30分は待たされた。30分なんかとても短いから、ラッキーだと思わねばならないだろう。むしろ本当にラッキーだったのは、私は体のある部分に異変を感じていたので、恐る恐るこの症状は癌ではないかと尋ねたことだ。人様は笑うかもしれないが、前立腺癌が私にはあるので、それが転移したのではないかと思って、とても心配だったのだ。こんなことは病んでいる家内にも相談できない。一人内に秘めて悩んでいた次第だった。
医者は、これは違う。薬害だという。前から飲んでいる薬によってできたものだという。癌であれば採血にその値が出ているともいう。こう聞いて私はほッとした。
私には次々にいろんな異変が体に出てくる。それが年を取るということなのだろう。今年は特にいろんな悪いことが起きているから、これで終息としたい。

＊幽苑：先生、紹介頂き有難うございます。一年が本当に早いです。

＊邱羞爾：本当に早いですね。貴女のこのたゆまぬ努力には感心いたします。体に気を付けてご活躍ください。

＊幽苑：はい、有難うございます。上海の借家生活からもう15年呉先生にご指導頂いています。いろんな意味で良く続いています（笑）

・facebook. (2017.09.16)

「角を曲がれば」

急に寒くなった。涼しいを通り越してのことだ。そこで、もう1枚上に着た。なんだか極端でおかしなことだ。今日は台風18号の前にある秋雨前線の影響で雨だ。雨だと歩くのがスムーズでない私はとても困る。傘と杖と両方を持つのはなるべくやめにしているから、杖なしで歩くことになる。そうすれば一層ヨタヨタテクテクと歩くのが覚束ない。それでも目標が決まっているとまだ歩きやすい。あそこの角を曲がれば目標だぞというときは、その角まで来るとホッとする。「角を曲がれば」「もうすぐだ」という気分になって、最後の力が出るような気がする。
帰宅したら朋友書店の小冊子『朋友』が届いていた。324号だ。その48，49頁に私どもが訳した『羅山条約』の宣伝が載っていた。49頁の要約の宣伝文句を読んでみて、実にうまく要領よくまとめてあった。うれしくなったから、ここにも載せよう。
下巻も、もうすぐ「角を曲がる」だろうか？

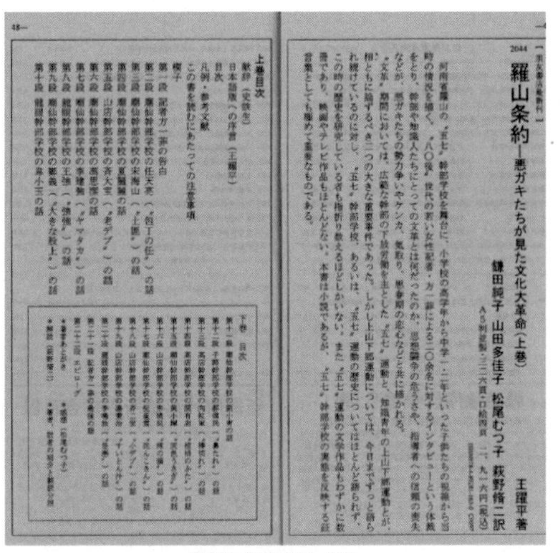
上巻目次
献辞（史铁生）
日本語版への序言（王耀平）
目次
凡例・参考文献
この書を読むにあたっての注意事項
楔子
第一段 記者方一静の告白
第二段 羅仙幹部学校の任天亮（"包丁の任"）の話
第三段 羅仙幹部学校の宋梅山（"上眼"）の話
第四段 羅仙幹部学校の夏麗麗の話
第五段 山店幹部学校の斉大宝（"老デブ"）の話
第六段 羅仙幹部学校の高思傑の話
第七段 羅仙幹部学校の李建無（"ヤマタカ"）の話
第八段 鶏籠幹部学校の王強（"懦娘"）の話
第九段 羅仙幹部学校の鄭義（"大きな鼓上"）の話
第十段 鶏籠幹部学校の呉小三の話

下巻 目次

2044

羅山条約—悪ガキたちが見た文化大革命（上巻）

王耀平著
鎌田純子 山田多佳子 松尾むつ子 萩野脩二訳
A5判並製・三二六頁・口絵四頁 二、九一六円（税込）

河南省羅山の"五七"幹部学校を舞台に、小学校の高学年から中学一・二年といった子供たちの視線から当時の情況を描く。"八〇後"世代の若い女性記者・方一静による二〇余名に対するインタビューという体裁をとり、幹部や知識人たちにとっての文革とは何だったのか、思想闘争の危うさや、指導者への信頼の喪失などが、悪ガキたちの勢力争いやケンカ、気取り、思春期の恋心などと共に描かれる。
"文革"期間においては、広範な幹部の下放労働を主とした"五七"運動と、知識青年の上山下郷運動とが、相ともに論ずるべき二つの大きな重要事件であった。しかし上山下郷運動については、今日までずっと語られ続けているのに対し、"五七"幹部学校、あるいは、"五七"運動の歴史についてはほとんど語られず、この時の歴史を研究している者も指折り数えるほどしかいない。また"五七"運動の文学作品もわずかに数冊であり、映画やテレビ作品もほとんどない。本書は小説であるが、"五七"幹部学校の実態を反映する証言集としても極めて重要なものである。

『朋友』324号48, 49頁

＊純子：この宣伝、著者の王耀平氏に送ってあげたいです！もしかして先生もう送られたでしょうか？

＊邱羞爾：いや、この間の写真を送ったけれど、返事がない。北京にいないのかもしれないが、君からも送ってやってください。

＊純子：わかりました！

＊邱羞爾：著者王耀平氏の名前が違っていました。松尾さんから指摘を受けました。

・facebook. (2017.09.16)

おみやげ

今日は、北京から帰った鎌田さんが王耀平氏のお土産を持ってきてくれた。
1つは、『五七幹校在信陽』という上下の厚い本。中に王耀平氏の文章も1篇入っている。
2つ目は、五七幹部学校のバッジ12枚と毛主席バッジ1枚。
3つ目が面白い。私には虫かごに見える。小説『羅山条約』でも、コオロギの話が興味深く出て来たから、それゆえのおみやげかもしれない。あるいは考えられるのは、鳥籠のミニアチュアかもしれない。羅山は鳥をとらえるので有名であったから、それゆえくださったのかもしれない。でも、多分、北京で見かけた老人の中には朝などに鳥かごをぶら下げて悠然と歩いている者がいた。彼らは何となく寄り添うように集まって鳥籠を気にかけて鳥に思うように鳴かせ、自分たちではよもやま話をするのであった。そのように年取ったならば、ゆらゆらと焦ることなく養生せよということなのだろうとも思った。

以上、ありがたくいただいた。

左:『朋友』324号頂いた本を抱え、胸に毛主席バッジをつけ、机の上に五七幹部学校のバッジを並べ、そして鳥籠を置いての記念写真。48, 49頁／右:頂いた鳥籠を置いて、本を抱える。

＊純子：ぎゃ〜〜〜先生！さっき先生からお電話いただきました！！私のメール確かにおかしいのです、メール機能については少しお待ちください。今調査中です。ネットは大丈夫です。。。ご迷惑おかけしてすみません。写真をFBにありがとうございました。

・facebook (2017.09.19)

入院

やはり一応ご報告しておきます。

私は明日20日からまた入院します。

今度はペースメーカーの電池の入れ替えですから、ごく普通のことなのですが、私の今年の体は何が起こるかわからないので、きわめて私は緊張しています。

透析をするのが時間の問題になってきました。今の私のペースメーカーはもう10年も経ったのです。残りの期限が迫ってきました。そこで、透析の準備をする前にペースメーカーの電池を入れ替えておこうとしたのです。

森下先生の紹介で京大病院に入院することになりました。森下先生に私は入れ替えの手術をしてもらいたかったのですが、先生はもう自分ではしないとのことでした。先生に埋め込んでもらったのは1995年の８月のことでした。それから２度電池の入れ替えをしました。私は先生の腕に信頼を寄せていました。今度の手術はどんな先生がするのか、まだわかりません。入院の場所も、今までの場所とは違うところです。一層緊張と不安の念が生じますが、「人生は賭けだ」と大げさに考えて、やることにしました。……京大病院ですから、これまでと同じくＰＣが使えると思います。でも、場合によってはしばらく連絡が取れません。ご了承ください。

＊義則：全てが順調であるように祈っています。

＊邱羞爾：ありがとうございます。

＊ウッチャン：ルーティンだと割り切りましょう。

＊邱羞爾：ありがとうございます。先生の元気さには感嘆しています。成功を祈ります。

＊麻矢：ご快復を祈念しております！

＊邱羞爾：ありがとうございます。先生のご活躍をＦＢで見ています。

＊幽苑：大変ですね。一日も早いご快復をお祈り致します。

＊邱羞爾：ありがとうございます。

＊三由紀：不安が安心に変り全てがうまくいきますように。羅山条約、１６日研究会で久保さんが参加者に紹介してくれました。下巻、買います！

＊邱羞爾：上巻が届いていたのなら安心です。住所が心配でした。下巻出ましたらもちろんお送りさせていただきます。

＊Shigemi：京大病院なら安心です。１日も早いご快復を祈念しています。

＊育代：ペースメーカーの入れ替えだったのですね♥　皆さんが書いておられるようにルーティンですから。菊芋のはもし、持って行けるようなら、冷やして飲むと飲みやすいと思います。
ちょっと一安心しました♥

＊政信：義母が今元気で老人ホームで生活してるのですが、15年前ペースメーカーを入れて15年になります。それで今年　ホームから白寿の祝いの案内がありました。もちろん行きます。ですから、邱羞爾さん　人生これからです。リハ月朝一　皆で待ってま〜す。

＊邱羞爾：ありがとうございます。コメントとっても嬉しかったです。またしばらく休みますが、皆さんによろしく。

・facebook　(2017.09.21)

手術

入院して部屋も決まり、担当医の顔も見ました。明日22日に手術します。
私はもともと単純に考えていて、ペースメーカーの入れ替えでそれで済むと思っていたのですが、医学は進歩していて、新しいやり方があるのだそうです。それは小さくて、リード線もないのだそうで、しかも簡単なやり方のようですが、問題は今までのペースメーカーのリード線をそのままにしておくということです。今までのペースメーカー本体は取り除くにしても、20年前以上に入れたリード線は取り外せないからです。
担当医は勿論新しい方法を取り入れたかったようですが、私は拒否しました。
ほかにも問題があって、例えば新しい方法のペースメーカーは10年ほど持つそうですが、そのあとはまた同じ方法でペースメーカーを入れるので、ペースメーカー本体がどんなに小さくてもそれが心臓にたまるのだそうです。3個ぐらいは大丈夫いけると言われても、なんだか気持ち悪いではありませんか。
従来のやり方でやってくださいというと、私の肌が薄く弱くなっているから、筋肉の中に埋め込まなければならないかもしれない。そうすると少し厄介だと脅かされました。私の単純な考えは、そう都合よくいかないようでしたが、あまり無茶をしないで行こうと思います。そもそもこのペースメーカーの入れ替えは透析をするための準備なのですから。敵は本能寺にあるのです。

＊Shigemi：『敵は本能寺にあり』、その意気で闘ってください。応援しています!!

＊Kiyo：ご容態心配しております。私も腰が悪くなり思うように体が動きません。病院へ伺えなくてすみません…手術の成功を心よりお祈りしております。

＊邱羞爾：ありがとうございます。腰は長引くから長期戦ですね。由唯ちゃんが重くなったからではありませんか？正昭君から写真を送ってもらいましたよ。どうぞお大事に！

・facebook. (2017.09.26)

エピソード

手術は終わったけれど、予想外に手間取っている。さすがに切ったところが痛く、傷を覆っているものをかぶせているので、左手がうまく使えない。左肩が凝ったように痛い。おまけに、覆いを絆創膏で止めたり心電図のモニターの線を止めたりしているので、そこが無性に痒い。痛さは覚悟していたが、こんなに痒さに苦しめられるとは思ってもいなかった。

そういうわけで、退院は私の想定であった火曜日などにはできない。取らぬ狸の皮算用というわけだ。

エピソード1：病院でＰＣをやるには、ワイヤレスゲートWiFiプリベートカードを買ってログインしなければならない。14日間の通用だ。買ってしばらくして、どういうわけかログイン画面が出なくなってしまった。私が何度やっても再起動してもダメだ。そこへ、若い看護師の紘一君が来たので助けてほしいと頼んだ。彼もわからないという。また、若い看護師の沙耶ちゃんも来た。彼女もわからないという。２人でゴチャゴチャやっていると、紘一君が若い看護師の潤平君を連れて来た。彼はしばらくやっていたが、履歴を見ればよいと気が付いて、見事にログイン画面を出した。画面が出た瞬間は、思わず私も３人の看護師も手を叩いて喜び合った。

エピソード2：私のベッドからは比叡山から如意ヶ岳の東山が良く見える（大文字だ)。この頃しばらくは天気が良いので、如意ヶ岳の左肩（私からは右側）から昇る太陽が見える。いわゆる「ご来光」だ。6時10分ごろだ。秋分を過ぎたので少しずつ遅くなっている。今日など6時23分にはなっていた。『枕草子』の「春はあけぼの」という文章を思い出しながら、山の端が少しずつ赤らんでゆくのを眺めている。正面に真如堂の塔も見え、右手に黒谷の塔も見える。いつまでもぼんやりと眺めていると、すっかり立ち上った太陽が強い光を射してくるので、慌ててカーテンを閉めるのだった。

＊Yoshie：さすが、京都の病院ですね！真如堂の塔、大好きです。秋の気配を楽しみながら、療養してください。私は先日までパプアニューギニアでダイビングしてきました（＾０＾）元気なうちに遊んでおくつもりです！

＊邱羞爾：「元気なうちに」というのは、その通りです。パプアニューギニアなんて、私には夢の世界です。

＊Yoshie：国民の６割が仕事を持たない国に圧倒されました。自給自足のあくせくしない毎日の人々を横目にダイビングしてました。大自然は本当に素晴らしかったです。自分の小ささを感じた旅でした。そのうちに写真もアップします。

＊眞紀子：先生、無事手術終了おめでとうございます。これだけパソコン打てたら上等で、じき、退院ですよ♥　というか、先生、小説書いて〜。エッセイでもいい。

＊邱羞爾：君は嬉しいことを言ってくれるが、私にはそんな才能がないよ。

＊眞紀子：あるある、私、先生の文章読んでホッコリするもん。楽しみにしてる♥

＊邱羞爾：君はおだててくれるけれど、ここに書くのが精いっぱいだよ。でも、嬉しいことを言ってくれるなぁ。

・**facebook.** (2017.09.29)

今日は真っ新な空が広がっている。秋たけなわと言ったところだろう。ベッドにいると、少しもそんな雰囲気を感じることが出来ない。
先日は、どす黒い雲に覆われていた。その雲が午後になると、どんどん南に走り、背後に青い空がのぞいた。こうなると、時の動きがわかる。時がどんどん過ぎて行く。一人取り残されている感が伝わってくる。次々と私の知っている人の活躍を見るにつけ、羨ましくもあり、焦りもある。
毎朝、歯を磨き、髭を剃る。共同の洗面所で若い女性に会う。２人のこの女性は「おじさん！」と声を掛けてくれる。廊下ですれ違っても「おじさん！」と声を掛け、手を振ってくれる。これは私の楽しみだし、ちょっと誇らしい気持ちになる。こんなに痩せ衰えた爺に対して「おじさん！」とは嬉しいではないか。でも、彼女たちの話す言葉は、私にはわからない。一つには早口だから、はっきりと大きな口を開けてしゃべらないから。その上「ガンダム何とか」という語彙がわからないのだ。だから、接触の会話ができない。

若い人は楽しいが、二十歳そこらで緊急入院するのを見るのは辛いものがある。まだまだこれからが人生なのだ。そういえば、この私も二十歳よりずっと前から心臓がおかしいと言われ続けて来た。54 歳でペースメーカーを装填した。それでも、まだ生きている。生きるということは本当に不思議だ。私は、私の周りに若い人が何らかの関係でつながっていることが、私を生かしてくれていると、ＦＢなんかではつくづく思う。人とのつながりはありがたいことなのだ。

＊義則：私も最近「生きる」ということは不思議な事だと思っています。

ついこの間生まれ、子供時代を過ぎそして成人して社会人として生きてきて、もうすぐ定年という年齢になって、仕事を探している。

色んな事がありましたが、今思うとあっという間でした。

これから先何年生きるのかわかりませんが、この世に何のために生まれてきたのかを深く深く思う今日このごろです。

・**facebook**. (2017.09.30)

退院しました

今日９月30日に退院しました。幸い良い天気で、洗面所でなじみになった若い女性や奥さんに見送られて、退院することが出来ました。一人で退院するというので、気の毒がって送ってくれたのです。うれしいことでした。

タクシーで帰る途中、スーパーに寄ってパンやレタス、ブロッコリーなどなどを買い、帰宅しました。何せ食わねばなりませんから。

帰宅して昼飯を食べると、昨夜眠れなかったせいか、ついうとうとしてしまいました。昨夜というか今朝は特にからだじゅうが痒くて、胸の傷辺りから脇の下、肩などそこらじゅうが痒いのでした。1か所を掻くと次々と痒くなってたまらなくなります。薬を塗ってもあまり効き目がありません。昼間は気がまぎれるからでしょうか、そんなに痒くはないのですが。

帰るや否や、洗濯やら各所への電話など、結構雑用があるもので、それなりに忙しいです。
3時ごろ家内の病気見舞いに行きました。相変わらずの状態で食事が摂れていないので元気を回復していません。私はいつも言うことですが、入院食をおいしく全部食べます。これが割と早く退院できた理由だと思っています。同室の者を見ていても、食事が摂れない患者さんは治りが遅いです。しかし、そうは言ってもどうしても食事が摂れないことがあります。1日少しずつ増やしていこうとする気力が必要です。「病は気から」ということばの重みを感じました。
ともあれ、退院しました。皆様にご心配をおかけいたしました。これからはゆっくりとしたペースでやっていこうと思っております。どうぞよろしく。

＊眞紀子：先生、退院おめでとうございます💐 まだまだ病み上がりなのに、奥様をお見舞いされるなんて❣ 旦那の鏡❣ 先生、何か買って行って、奥様の横で一緒にご飯を食べてあげて。もし出来たら、交換して食べるとか。

＊邱羞爾：マキコさんはロマンティックだなぁ。それが私の「老い」に鞭打ってくれる。

＊のっちゃん：先生、ご退院おめでとうございます㊗良くなったと、無理をされないようにしてくださいね❣ 奥様の快癒もお祈りしています。

＊邱羞爾：ありがとう。ハルちゃんもだんだん成長していますね。

＊京子：先生、退院されたのですね。よかったです。奥さまが早くよくなられるように川崎から祈っています。

＊邱羞爾：コメントをありがとう。研究会で『羅山条約』を紹介してくれたそうだね。ありがとう。下巻は10月中旬には出るはずです。

・facebook. (2017.10.01)

酒井：邱羞爾さん、退院おめでとうございます。明日は無理として、次回は2週間先ですね！それまでに体力回復されて16日月曜朝一お元気でお会いできるの楽しみにしてま〜す。

＊邱羞爾：酒井さん、コメントをありがとうございます。９日は休みなのですね。その次の月曜日には頑張りたいと思います。よろしく。

・**facebook.** (2017.10.02)

井波さんから本をもらった。

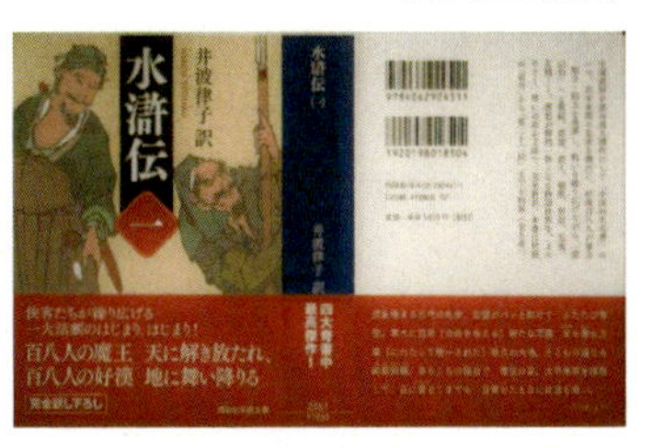

井波律子訳『水滸伝（一）』（講談社学術文庫、2017年9月11日、714頁、1,850+α円）

実はこの本は9月19日に頂いていたのだけれど、私自身の入院のことがあって、今日やっと表紙をアップすることが出来たのだ。

この訳は井波さんの「訳し下ろし」だそうで、井波さんの精力的な仕事には本当に感心する。第1巻は第22回までが収録されていて、全部で5巻になるそうだ。この巻だけで714頁もある。分厚い文庫をめくるごとに、訳者井波さんの熱意が伝わってくる。訳もそうだが文章を書くということは、のめりこまないとなかなかできないことだ。その情熱に驚嘆するばかりだ。もっとも、読む方だって、訳者の息に惹かれなければ、こんな長い物語を読み続けられない。また、井波さんの息に惹かれる本が出たのだ。

・**facebook.** (2017.10.07)

二ノ宮君から本をもらった。

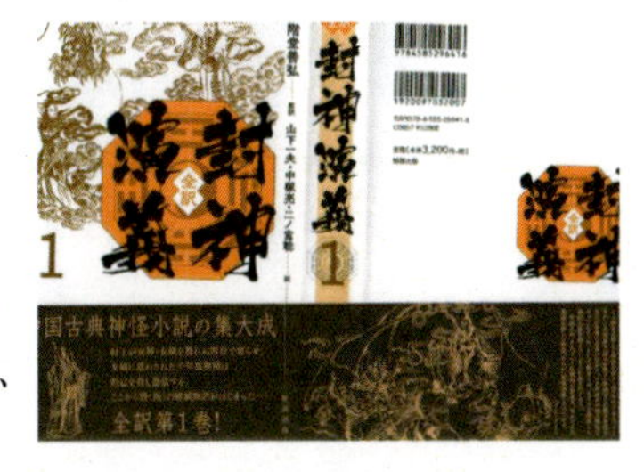

二階堂善弘監訳、山下一夫、中塚亮、二ノ宮聡訳『全訳　封神演義』1（勉誠出版、2017年9月25日、549頁、3,200+α円）

中国古典神怪小説の集大成ともいうべき『封神演義』は、中国の大衆小説がそうであるように、長い物語だ。一度は読むべしと思っていたが、なかなかチャンスがなかった。今ここに、若い学徒が丹精込めて訳を完成しつつある。全部で4冊になるそうである。中国は息が長い、とても読むのに大変だが、まだ時間があるうちに読んでみたいものだ。中国を理解しようとするならば、早ければ早いほど良いのだ。

それにしても、二ノ宮君が本を出したことは喜ばしい。誠実な彼のことだからきっとコツコツと訳を夜の合間にしたのであろう。若い人の活躍はとても嬉しい。

・**facebook.** (2017.10.09)

年貢の納め時

とうとう私は年貢を治めねばならなくなった。つまり透析をすることになったのだ。
私が不思議で不満に思うのは、入院中にクレアチニンの値が5.23からどんどん上がって6を超えてしまったことだ。尿素窒素も22以下でなければならないのに133となってしまったことだ。だから、尿毒症で体中が痒いのであった。
入院して食事も管理されていたのにおかしいではないかと言っても、始まらない。結果として、まずシャント手術をして透析の準備をすることになる。これが10月25日に入院して26日の手術と決まった。決まったのは実は先週のことだったのだが、皆さんにお知らせするのは早すぎると思って抑えていた。
ところが、私が「退院しました」なんて書いたものだから、私を思いやる親切な方が「お祝いの品」などを送って来てくれたのだ。それで、びっくりして私は実情をここに書かざるを得なくなった。御志は嬉しいが、どうぞ私には何も送らないでください。私は食べるものも塩分からタンパク質、カリウムなど制限があるのです。食い意地の張っている私は何でも食べるのですが、食べてはいけないのです。どうぞ皆さんには声援を下さって心で応援してください。

＊うっちゃん：大変ですが、どうか頑張って下さい。仲よく付き合っていくしかないですよね。

＊邱羞爾：ありがとうございます。居直るしか仕方ないと思っていますが、まだ未熟者でなかなか覚悟ができません。

＊麻矢：先生、どうか気長にゆったり構えてくださいね。一病息災という考え方もあります。

＊邱羞爾：ありがとうございます。とても一病息災なんていう体ではないのですが、おことばに従って頑張ります。

＊Keiichi：透析ですか…　手術してからの選択肢の一つということですかね……

念のため、セカンドオピニオンも利用されては如何でしょうか？
言われるがままの治療計画通りで、結果数値が悪かったのなら、他の医師の意見を聞くのも良いかと　それでも同見解なら、覚悟を決めて、内田先生の仰るよう仲良く付き合って行くしかないと思います…　何より心身ともに、お大事に！

＊邱羞爾：ありがとう。もうセカンドオピニオンに聞く段階を越えました。なかなか覚悟なんて決められないよ。でも、仕方がない。君の声援がうれしい。

＊Yumiko：ただただゆっくりとしっかりと治療されることを願っております…

＊邱羞爾：ありがとうございます。「ゆっくりと治癒」することしか仕方なさそうです。声援をありがとうございます。

＊ノッチャン：先生、なんと言っていいのか……お疲れ様でしょうか？
どんなに頭脳明晰な先生でも、長年使ってきた身体はそろそろ労ってあげないといけない、外の力を借りる時期に来たということですね！
私が送った健康飲料は、制限があって飲めないでしょうか？…少しは役にたつ事を期待して❣

＊邱羞爾：ありがとう。菊芋のジュースはちびちび飲んでいますが、そう簡単には効果が出ません。ノッチャンのお心使いに感謝しています。

＊良史：私も、腎機能を示す数値が昔からよくなく、他人事ではないように思いました。医者からは、生活を改善しなさいと、いろいろい言われているのですが、それができないので悪くなる。無理をしなくても治るように、誰が早く何とかしてくれと、つい思ってしまいます。

＊邱羞爾：コメントをありがとう。きみも腎機能が良くないとは驚きました。どんな生活を改善すべきなのだろうか？飲酒、たばこ、夜更かし？きっと運動不足が大きいのではないかと思いますよ。

＊良史：はい、運動不足と夜更かしです。あと食べ過ぎ。

＊Tamon：小生もクレアチニン要注意なのですが、数値が10を超えると透析と言われております。でも6でも駄目なのですね。食事に注意しても数値は下がらないものですね……。

＊邱羞爾：コメントをありがとう。きっと運動不足が大きな原因だろうと思います。貴兄も頑張って透析などになりませんように。

＊三由紀：なぜか先生にご馳走になった中国料理を思い出しました。美味でした。先生と皆様との応答を読むと、人間もよき生き物かなと励まされます。今度も順調でありますように。

＊邱羞爾：コメントをありがとうございます。新宿で食べた時のことでしょうか？
　こんども「順調」であることを願わずにはいられません。

＊眞紀子：先生、大変なことになっちゃったんだ
熱が出たり、頭痛がしたりもする？しんどい？、、よね。先生、気分のいい時には、透析中、お腹に書見台乗せてiPadでみんなにFB書いて❣　ネットで「透析中に出来ること」って調べてみたら、お腹iPadの写真があった。暗くなったら、文字で泣いてね。みんな応援するから❣

＊邱羞爾：ありがとう。お腹IPADなんて使えるかどうかわからないけれど、いろんな方法があるってことだよね。暗くならなくても「文字で泣い」ていますよ。

＊大介：心から応援しています！　少し休みなさいと神様のお告げでしょうか。ゆっくり体と相談しながら治療してください。

＊邱羞爾：ありがとう！しょっちゅう休んでいるのだがね。とにかく、「ゆっくり」しましょう。大介君の娘さんたちは元気ですか？君だって「ゆっくり体と相談しながら」活躍してください。

＊シナモン：遠くからですが、応援しております。年貢を納めても、また翌年収

穫があります。

＊**邱羞爾**：シナモンさん、コメントをありがとう。「翌年の収穫」までは気が付かなかった。いいことを言ってくれてありがとう。

・**facebook.** (2017.10.11)

白西紳一郎氏追悼

選挙でいっぱいの10日の新聞の訃報欄に写真入りで白石伸一郎（しらにし・しんいちろう）氏が載っていた。8日に大阪市で亡くなられたという。77歳。「日中協会」理事長。

実は私と白西氏とはそんなに交流があったわけではない。思い出と言ったものも、単に大学時代に彼も中国語を取っていたというだけのことに過ぎない。そんな彼のことをふと懐かしく思い出した。

彼は京大を卒業後、「日本国際貿易促進協会」に入った。そのころ一度ぐらいは、その協会に入るよう勧誘があったかもしれない。でもそれは、誰でも良いから入ってほしい体の儀礼的な勧誘であったろうから、私は放っておいた。彼はいつでも笑顔を絶やさぬ優しい男であった。たまに教室であった時など、この笑顔で我々に対していたが、それは授業に出ないことの衒いであったかもしれない。当時の学生などろくすっぽに授業などには出なかった。授業に出ないからと言って、そこにはそれなりの理由があるので、当時はよその世界で活躍・活動で忙しい時代でもあったから、会えば互いに微笑みかわすのであった。彼は確か1歳年上だったから、まるで兄貴のように私なぞと話すのであった。

その後彼は「日中協会」の理事になり、社会的にも活躍していた。私はそのころだったと思うが「日本中国文化交流協会」に入ったので、もう彼からの勧誘はなくなった。こんな風に彼とはまるで交際がなかったような間柄なのに、なぜか、私の心に彼への追悼の念が生じた。どうやら、それは4半世紀・25年も前の青春の時期への追慕であったかもしれない。何かと忙しい活動を陰でしていた学友への私なりの追悼の念なのかもしれない。青春と言ってもギラギラする太陽の思い出ではない。あかあかとつれなくも沈む夕日の一瞬の光芒をわが身に感じたからかもしれない。

白西氏よ、安らかに眠れ！

・facebook. (2017.10.17)

ついに出来ました！

『羅山条約』の翻訳、下巻が今日出来上がりました。
王耀平著、鎌田純子・山田多佳子・松尾むつ子・萩野脩二共訳『羅山条約——悪ガキたちが見た文化大革命』下巻（朋友書店、2017年10月16日、303頁、2,700+α円）
やっと、上下がそろいました。ぜひとも、一気に読んでいただきたいです。と言っても、なかなか一気に読める内容ではないでしょうが、本は一気に読むことこそ、面白みも増すというものです。そして、皆さんの反応を教えてください。皆さんの声ほど大事でうれしいものはないですから。

＊**哲次**：私もご恵贈にあずかりました。篤くお礼を申しあげますm（__）m

＊**邱羞爾**：哲次先生のご活躍に目を見張っております。それにしてもよく美人と一緒ですね。羨ましい限りです。

＊**哲次**：実際にはおっさんとともに過ごしている時間が圧倒的に多いのですが、そういう時には写真を撮らないので、結果的に、女性に囲まれているように誤解されるのです。嗚呼哀哉

＊**邱羞爾**：「嗚呼哀哉」なんて言う文人は、私の知っている限りちっとも悲しんでいなかったなぁ。

＊**哲次**：豈有此理！

＊**邱羞爾**：不要謙虚！

＊**裕也**：萩野先生、本日、鎌田さんより『羅山条約 下巻』を頂戴いたしました。本当にありがとうございます！実は私も長編の翻訳にずっと取り組んでいるのですが、それを自分で言い訳にして、ちっとも論文を書いておりません。今日は先生の翻訳を拝受して、むかし先生に「お前さんは覚悟が足らん！」と叱咤された

ことを、久しぶりに思い出しました。もう一度、気合いを入れ直したいと思います！ですから先生も、あえて言わせていただきますが、気合いと根性で乗り切ってください！！！

＊良史：先生、ご報告が遅くなりましたが先日ご著書を受け取りました。有り難うございます。恥ずかしながら、大学院で借りた6冊の本も、まだ全然紐解いておらず、貸し出し延長を願い出る予定です。そのようなわけで、以前いただいたご本も、十数頁で止まっておりました。これを機に、また読書を再開いたしました。

・王耀平氏のメール

(2017.10.24)

『羅山条約』の著者である王耀平氏からメールの返事が来た。私にとっては嬉しい内容だったので、あえてここに公表する。翻訳して載せようかとも思ったが、原文のままの方が味わいが出るような気がするので、訳さずに載せます。

〜〜〜〜〜〜〜〜〜〜

萩野先生：您好！
知您25日将去住院透析治疗，内心非常难过。没想到除了心脏，您的肾脏也出了问题。为了《罗山条约》的翻译工作，加重了您身体的不适，非常非常抱歉，惭愧惭愧！看来您近期出远门有一定的困难。在下唯望您安心养病，保重身体。
昨天收到《罗山条约》翻译版下卷，非常好！
前日您的电子邮件提到“罗山条约万岁”，我即在“博客”中写了一篇文章，题目就是“罗山条约万岁”（附后）。文章发出后反映良好。
我算计一下时间，如果有可能，我希望明年在适当的时候去京都看望您，当面向您表示敬意及谢意。
王耀平 拱手（2017年10月23日）

〜〜〜〜〜〜〜〜〜〜〜〜〜〜〜

附：罗山条约万岁！
刚刚收到日本汉学家、关西大学博士生导师萩野脩二教授的电子邮件。
老先生告诉我：……今天，《罗山条约》日文翻译本（下卷）出版了！上下卷全部出齐。书店会把十册（下卷）用船寄送给您，另外1册用航空寄送给您。
我们非常高兴《罗山条约》的出版。要是我和您一起在北京的话，我们一定会一起喝二锅头。还要说：罗山条约万岁！……

我们胜利地完成了翻译工作。让我们一块儿高兴吧！　　　20171017
令我感动的是萩野脩二教授，76岁的老先生发出“罗山条约万岁”的声音。他的表达，其中的含义也如马邕生先生对《罗山条约》的评价：“罗山条约”是非常具有象征意义的文件。打斗的结果表达的是无意义性，最终产生“罗山条约”。“罗山条约”代表了人性的觉醒，它是对丑恶的无秩序社会的抵抗……
人与人之间、团体与团体之间，乃至国家与国家之间（包括中日之间），人类的文明应当是在协商、有序、法治的范围内体现出来，“条约”（或是合同，或是协议，或是契约等等）即是人类文明的标志。
我们的世界应当反对暴力，倡导协商，和谐相处。据此，罗山条约万岁！
感谢《罗山条约》的译者：萩野脩二教授，以及镰田纯子、山田多佳子、松尾睦子等三位中国文学博士。　　　2017年10月17日

・**facebook.**　(2017.10.26)

嬉しいことに雨があがった。南病棟の6階の病室に落ち着いた。ただ、寒くてしょうがない。部屋にはエアコンがあるのだが、エアコンから出る風が私には合わない。毛布をもう一枚余分に頼んだ。X線や心電図やエコーなどの検査に外来棟に行くとき、親切にも車いすで行った。というのも、杖を持ってくるのを忘れたからだ。なんたるバカかと思った。担当の先生に呼ばれて、明日のシャント手術をどちらの腕にするか検査を受けて、決定せよと言われた。左の方が血管が良いけれど、ペースメーカーがあるので、術後腕が腫れ上がるとのことだった。右は、血管が細くて深部にあるので、1度の手術では成功するかどうかわからないという。もともと、左でするつもりで、これまでの採血も血圧も右腕で受けていたから、思い切って「左腕でお願いします」と言った。左腕が腫れて引かないなんて初めて聞いた。腫れる可能性があるなどとは聞いていたが、予想外の結果だった。
足が少しむくんでいる。水分の摂り過ぎだから、800ＣＣにされてしまった。ほかのことはともかくも、ガブガブと水（お茶でもいい）だけは飲みたい。
何事も思い通りにならないものだ。
入院に際して、新聞も郵便物も止めて来た。昨日、やまぶんさんから『三田文学』をもらった。メールアドレスを知らないからお礼も言っていない。このＦＢとメールが唯一の連絡手段なのだが。
最低2週間は入院して、2週間めごろに抜糸をするという。

＊Yoshie：先生、ご無沙汰しています。羅山条約下巻届きました。ありがとうございます。ご無理なさらず、療養してください。お元気になられることをお祈りしています。

＊ノッチャン：先生、今年の同窓会ではお目にかかれないですが、来年は是非、元気なお顔を、見せてください♥　待ってます。

＊邱羞爾：ノッチャン、ありがとう。残念ながら出席できそうにありません。楽しみにしていたのに……。

・facebook　(2017.10.27)

26日に手術した。午後1時15分から3時までかかった。術後、結果は良好だったが、夜になったら麻酔が切れて痛み出し、かゆみも加わって、よく眠れず、調子が悪くなった。医者の話では、これからが勝負で、シャントの調子から透析の適応の具合など、長くかかるという。ほぼ1か月ぐらいは入院するともいう。
ここまで来たら、すべてお任せで従うしか仕方がないが、心配で不安なことが次々出てくる。そんなことを考えるとますます寝られない。と言っても、昼間結構寝てしまっているから、げんきんなものではあるが……。
台風が来るとか、郵便物を止めてしまったので、あの返事がしばらく見られないとか、いろいろな不都合がある。でも、なんと言っても家内のことがあるので、これが最大の気遣いで少しもゆっくりとは休まらない。森下先生が今年が最大の山場だと言ったが、その通りで、これを何とか越えねばならない。

＊義則：すべてが良くなっていくように祈っています。

＊邱羞爾：ありがとうございます。

＊Shigemi：まずは第一関門突破、良かったです。大変でしょうが頑張ってください。

＊邱羞爾：ありがとう。頑張るとしか言えないね。

＊うっちゃん：お互いに頑張りましょう。ご本ありがとうございました。

＊邱羞爾：頑張りましょうというしかないですね。ウッチャンはまだまだ若い。

＊良史：早期のご快癒を、お祈りしております。

＊邱羞爾：ありがとう。ＦＢで君の意見を楽しみに読んでいます。

＊良史：有り難うさございます。

＊Tamon：ふんばりどころですね。でも昼寝はほどほどに！！

＊邱羞爾：ありがとう。でも、昼寝しかすることがないんだ。

＊Kiyo：お大事にとしか申し上げられず何も手助けが出来ず申し訳ありません

＊邱羞爾：ありがとうございます。紀代さんの腰は良くなりましたか？

＊Kiyo：私の心配までしていただいて、ありがとうございます
腰の痛みは少しづつ良くなってはいるようですが歳のせいか以前に患った時より長引いています
お姉様の容態も心配ですね

＊純子：ガンバ、ガンバ、先生～ずいぶんしんどそうなのにエライ！！シャンとしてね！なんちゃって～～上田さんのなりきり詐欺の鎌田からの励ましでした（笑）これ、一回やってみたかったのです。ほんまにすみません＾＾＾

＊邱羞爾：ありがとう。あなたの元気さにあやかりたいですね！

＊純子：失礼しましたーー（笑）

・facebook. (2017.10.28)

京大寄席

「匠の技」を持つ戸田尚宏先生の手術のお蔭で、シャントの手術はうまくいっているのだそうだ。痛みも痛み止めを飲んでいるせいもあって随分と痛くない。ただ、痒いのは相変わらずだ。そして腫れてきている。
夜が眠れないだとか、利尿剤を増やしたのでしょっちゅうトイレに行くなど、まだまだ体調はすっきりしていない。
そんなところに院内放送で、京大寄席が2時からあるという。28日土曜日は「京大病院オープンホスピタル」の日で、いろんなイベントがあった。見学ツアーとか就職相談コーナー、パネル展示に体験コーナーがあり、ミニコンサートなどがあった。なかでも「京大病院寄席」がメインだ。
講演者は桂雀三郎と桂二乗。場所が臨床第一講堂・第二講堂。
私の南病棟から北病棟の場所までかなり遠い。杖をついて行ったけれどしんどかった。でも、ベッドでしんねりむっつりしていてもしょうがないから、思い切って行ってみた。もうすでにいっぱいの人で、多分300人ぐらい入っていたと思う。
桂二乗の若々しい話が面白かった。「阿弥陀池」をやったが、その前の小話で幼稚園の話をして、そのお遊戯から落語の神髄なるものを説明したが、それがよくわかった。
桂雀三郎は見るからに面白さが体からあふれている。プロとはそういうものかと思った。話はヤブ医者の話「チシャ医者」で周庵先生と久助のやり取り。でも、あまり面白くはなかったが場所柄を考慮したものなのだろう。

・facebook. (2017.11.02)

現状

病院にいれば患者というものが多分に臨床実験の検体に過ぎないことを感じさせられる。こちらは人だと思っていても、医者側からすれば検体に過ぎないのだ。この側面を忘れると、つい不満が募る。だから、どこの検査に行っても待たされる。同じ病院内でも検査で遠くまで行くときは上にカーディガンを羽織った上に上着まで着て行く。そうしないと結構寒いところで長く待たされるからだ。
看護師さんはみな親切である。いやに親切にされるようになったらヤバイから、今のところ、まずまずなのであろう。若い看護師さんとの接触は唯一の楽しみと言ってもいい。この6号棟はほとんど女性なので、彼女たちの声や笑いが彩りを添える。でも、あちらの患者といつまでも親しくしていると妬ましい感情が出てくる。やはりこちとらは人なのだ。
水分の制限が緩くなったので気が緩み、1,000ＣＣを越えてしまいそうだ。「飲水量チェック」なるものをいちいち書いている。お昼でもう800を越えてしまった。何にせよのどが渇く。のどがカラカラで舌が突っ張る。のどの渇きというものはなかなか取れないで、あまり飲むと腹に来る。
一方、「排尿日誌」なるものも付けさせられている。1日15から17回排尿する。優に1，000ＣＣを越える。利尿剤を呑んでいるから、明日からは少し減らすという。サムスカという薬を３粒も飲んでいるから、のどが渇くし、おしっこも回数が多く出る、量も多い。
この頃は何でも検査で科学的データーによって決めるから、採血が主である。採血と聞くと私は一種の恐怖に震える、右腕からの採血と私の場合は決められている。その血管がなかなか出ないし細くボロボロなので針がなかなか刺さらない。刺さったとしても血を呼び戻さないことが多いから、もう一度刺したり、より深く刺したりする。場合によってはシーツを血で濡らしたり、腕に醜い青あざができる。これも検体としての試練だと私は思っている。
でも、全体として今のところ順調だ。順調でなければ困る。月曜日に大腸内視鏡の検査があるが、うまくすれば、水曜日から透析が始まるという。透析になればまた体に合うのどうのと問題が出てくるだろう。うまく乗り切ることを祈るばかりだ。
以上、ご報告しておきます。.

・facebook. (2017.11.04)

むつ子さん

よんどころない用事があって一時外出をした。その際、わがままを言ってむつ子さんに自動車を出してもらった。本来タクシーで帰ればよいものを甘えてしまったのだ。彼女はそれにいやとも言わず応えてくれた。これが大助かりだった。ただでさえ家に往復するだけでも助かるのに、家に帰ったらゆうパックの不在届けがあった。10月29日に配達されたそうで、11月５日までが保留の期限であった。慌てて電話をしたが私ではコールセンターの音声だけでうまくつながらなかった。諦めかかっていたが、彼女が代わりに電話を掛けてくれて、うまくつながった。そこで、今度は高野にある左京郵便局に荷物を取りに自動車で行ってくれた。意外に重い荷物であったので、また家まで送ってもらい、無事荷物の件が済んだ。本来の私の用事もすぐ済んだので、また病院まで送ってもらった。

ゆっくり話す間もなく、ただただ運転ばかりさせてしまい、本当に心苦しく思った。病院の南病棟の６階のホールで少しでも話がしたかったが、駐車の時間制限もあって、彼女はすぐ帰った。

私は午後５時まで外出許可を得ていたのだが、４時前には戻ってしまった。でも、彼女はまだ自宅まで帰らねばならない。土曜日で３連休の真ん中で晴れている日でもあるから交通が渋滞すると帰宅が遅れる。ここまでしていただいて無理を言うわけにはいかないから、心からお辞儀をして感謝するのみだった。

入院中なのに随分と予想外のことを私はしている。それもこれも親切な人のお蔭だ。こういう親切になんのお返しもできないので恐縮している。しかし、ありがたかった。

・杉本先生のメール　(2017.11.05)

いつものことであるが、杉本先生は私が無聊で窮しているときに助けてくれる。私の病への心からの慰安と激励を書いてくれるのは勿論だが、まるでそんなことと関係ないことをフイと私に送ってくれる。そこに私は言うに言われぬ厚情を感じる。人を慰撫するのは直接的な情の表現ばかりではない。心を送る方法はなんと多様なものであろうか。私はよろこんで、このブログに転記することにした。

〜〜〜〜〜〜〜〜〜〜〜〜〜〜〜〜〜〜〜〜〜〜〜〜

明石（あけし）の方言　杉本達夫

入学試験の終わりの日に、私はひどい熱を出した。最終科目の答案を書きながら、体がぐにゃぐにゃ潰れそうな気がしていた。書き終えた答案に押しかぶさるように休んでいると、監督の婦人が近づいてきて、どうかしたかと尋ね、わたしはとっさに「えらいんです」と答えた。答えながら、ちゃんと意味が通じているだろうかと危ぶんでいた。「えらい」とは郷里の言葉で、このさいは「けだるくてならない」ことを意味する。広域に使われることばであって、方言とは言えないのかもしれないけれど、この時のわたしにとっては方言だった。正確に意味を伝えるには、わたしは何と言えばよかったのだろう。「けだるい」と言えば、確かに伝わっただろうけれど、わたし本人にとっては、使い慣れないそういう標準語弁は、実感を伴わないし、語感がずれている。やはり「えらい」でなければいけなかったのだと思う。もっとも、「えらい」はよそ行きの表現であり、ふだんは「えりゃあ」と言っていた。

わたしの郷里は京都府与謝（よざ）郡桑飼（くわがい）村字明石（あけし）。町村合併の結果、いまは与謝野（よさの）町明石である。思い立って、子どものころに日常的に耳にしていた、あるいは自分が使っていたことばを書き出してみた。明石の人口は千人前後だったが、子どものわたしが接触するのは、当然ながらそのごく一部分にすぎない。語彙を未整理のままに並べてみたが、狭い集落の中でも、これまた当然ながら、男女の差、地位の上下の差、上品下品の差、丁寧とぞんざいの差……はある。細かく言えばきりがない。ないが、ここは大雑把な記憶で済ませておく。

２０１７．６．１０．

＊　＊　＊　＊　＊　＊

あだける（＝落ちる）：屋根からあだけて大けがした。

あなづる（＝侮る）：子どもだ思ってあなづってかかったら、ころっとやられた。

いいごとする（＝小言を言う）：今朝もほう言うていいごとしとっただ。

いかめえ（＝羨ましい）：あんな恵まれとる子がいかめえわ。

いかめがる（＝羨む）：Ａ銀行に入んなったいうて、みんなでいかめがった。

いためる（＝いじめる）：小せゃあ子をいためたらあかん。

いなげな（＝むごい。因業な）：あんないなげなことをよう言いなる。

いぬる（＝辞去する）：来たばっかりでもういぬるんか。

いらう（＝いじくる。もてあそぶ）：これっ、こどもがながたん（包丁）いらっとるで。

えだ（＝いやだ）：えだえだ、ほんな役目はようせん。

えらい（＝①体がだるい、くたびれ果てた。②偉い。③たいへんな、ひどく）：

①熱があってえりゃあで、学校休むわ。

（仕事の後）おおえらっ、もう動けんわ。

②あの息子が会社のえりゃあさんになっとるげな。

③えりゃあこった。山崩れで道がふさがったど。

えりゃあ儲けなったげな。

おる（＝いる）：おばちゃんおんなるか。　あの横穴にお化けがおるげな。

かざ　（＝におい）：なんだみょうなかざがすると。

がっせゃあ（＝大量に。大いに）：株でがっせゃあ儲けたらしい。　あの辺は雪ががっせゃあ降るど。

かったに（＝まるきり。全然）：ボケとんなって、かったに話が通じんだぁな。　わしらぁにはかったに分からんわ。

きだんがえらい（＝心理的負担が大きい。気疲れする）：理事いうのは特に用いうてあれへんだけど、きだんがえりゃあだあなあ。

あんな年寄りがおんなったら、ほらきだんがえらかろうで。

きばる（＝がんばる。努力する）：朝はよからきばっとるんか。　おしまはんげの太郎ちゃん、受かったんだって。きばって勉強しなったでなあ。
くやむ（＝①泣き言恨み言を言う　②後悔する）：①雨不足で野菜が育たんいうてくやんどんなる。
けつまづく（＝躓く）
こうじゃげに・な（＝えらそうに・な）：下っ端のくせにこうじゃげに言うとるわ。
ごっつい（＝程度がひじょうに・な。）：ごっつい氷柱が出来とる。　きのうはごっつい寒かった。
こばる（＝がまんする）：痛かろうのにようこばったなあ。
こばりじょうがええ（＝我慢づよい）　こばりじょうがない（＝すぐ音を上げる。辛抱が足りない）
こりゃぁたる（＝許してやる）：今度だけはこりゃぁたる。
こりゃぁてくれえ（＝許してくれ）：この通り謝る。こりゃぁてくれ。
……してみいの（＝……してごらん）：ちょっと顕微鏡を覗いてみいの。　どっちが大きいか、比べてみいの。　都合がどうだか聞いてみいの。
……（動詞連用形）＋ておんなる⇒とんなる（＝……しておいでだ）：いま手紙を書いとんなる。　かわいい声で歌っとんなる。
……（動詞連用形）＋しゃあしゃあ（＝……しさえすれば。……でありさえすれば）：　花が咲きしゃあしゃあ機嫌がええ。これを読みしゃあしゃあ分かる。
……しもって（＝……しながら）：虫に刺されもって草刈っとった。　飯食いもって電話しとんなる。
しゃあれへん（＝仕方がない）：災難だで、諦めなしゃあれへんわなあ。
じゃまくさい（＝めんどくさい。わずらわしい）：年取ると手紙書くのもじゃまくそてなあ。　ああもう、じゃまくせゃぁなあ。
じゃまくさがりや（＝めんどくさがりや）
じゃらける（＝ふざけ合う）：ふたぁりでじゃらけとるうちに喧嘩になった。
じゃらけ（＝２組に分かれて同時に行う集団レスリングごっこのような遊び）：　冬は授業の前にじゃらけをして体をぬくめた。
じるい（＝ぬれている）：ひと雨降ったで地面がじるい。　洗濯もんがまんだじるい。
まんじる（＝びしょぬれ）：夕立に降られて服がまんじるだ
たばこ（＝①タバコ。②休憩）：
①たばここうて（＝買って）きてくれえ。

②くたびれたで、ちょっとたぼこしょうかあ。
だんにゃあ（＝自分としては気にしない・とがめない）：だんにゃあだんにゃあ、茶碗のひとつやふたあつ、気にするな。
ちょかちょか（＝落ち着きなく動き回るさま）：こら。ちょかちょか動くな。
ちょける（＝ふざける。滑稽なしぐさをする）：火鉢のねきでちょけて、やかんをひっくり返しただっちゃ。　叱られた子が、ちょけて親を笑わせた。
ついさばる（＝しがみつく）：大水の時、木の根についさばって流されんとすんだ。
つめくる（＝つねる）：
なつべる（＝しまう。収納する）：長持ちになつべといたらネズミに齧られた。　こんなもんを金庫になつべるだえ？
なんたれへん（＝だいじょうぶだ。どうということはない）：なんたれへん、なんたれへん。コブが出ただけで、骨は折れとれへん。　どもひとりに留守番させて、なんたれへんか。
にすい（＝ずるい。こすい）：ほんなにすい手つかったらあかんわなあ。　ほんまにすいおばはんだわ。
ひっつこい（＝しつこい）：あかん言うたらあかん。いっつまでもひっつこいど。
ひらう（＝拾う）
ふがわりい（＝くやしい）：あんな子に言い負かされて、ふがわりいのなんの。
ほうける（＝呆ける。気がふれる）：あの婆さん、とうとうほうけなったげな。
ほうけもん（＝気がふれた人）
ぼい（＝おにごっこ）：　てつなぎぼい（＝鬼に捕まった子が一緒に鬼になり、手をつないで次の子を追う鬼ごっこ。だんだん鬼の列が長くなる）
ほたえる（＝飛び跳ねるようにして遊ぶ）：病人が寝とんなるで、ほたえたらあかん。
ぼる（＝もぐ）：なすびをぼってきて塩もみにする。
まあや（＝ひとのミスをとがめる時の発語）：まあや、ふすま破って……。叱られるど。
まんだ（＝まだ）：荷物がまんだ着かんだえ？
めぐ（＝壊す）：大事な茶碗だで、めいだらあかんど。
めげる（＝壊れる）：茶碗がめげた。
よんのう（＝すっかり。完全に）：英語なんて、もうよんのう忘れとる。　耳がよんのう聞こえんようになった。
りこうげに（＝上から下に荒々しい口調で。指示命令を威張る口調で）：職人相手にりこうげに言うとんなるわ。

わけする（＝食べ残す）：せっかく作っとくれたんだで、わけしたらあかん。
はがま（＝飯炊き用の釜。木星のリングのような輪がついている）
てっつき（＝竹で編んだ楕円形のざる。細い方の端は塞がっていない）
くど（＝かまど）
おどろ（＝かまどで燃やす枝木）
わるき（＝薪）：ひと冬分のわるきを割った。
ながたん（＝菜切り包丁）
……（動詞未然形）＋な（＝……しなければいけない、というひびき）：はよいんで手伝わな。　ほういうことははっきり言わななぁあ。
……（動詞未然形）＋んなん（＝……ねばならない）：10時までに行かんなん。
……（動詞連用形）＋なる（＝他人の行為についての丁寧表現）：よう飲みなる。うみゃあこと言いなるわ。　じょうずに歌いなる
感嘆詞＋形容詞語幹で終止形とする：ああ重た。　おお怖（こわ）。　おお寒。

＊シナモン：楽しませていただきました。えらい、きばる、いらう、ながたん等、私の郷里でも聞いた言葉がいくつかありました。理解できない言葉が多いと思いましたが、地図を見て納得しました。京都市からは随分遠い地なのですね。「うたてえ」（雨が降っているのに外出しないといけないようなとき、大変だなあという感じ）、「せつろしい」など、共通語では表現しにくい言葉は、私は今も使います。学生時代、中国語の「不敢説」は関西弁の「よう言わん」だと教わったのを覚えています。

＊邱羞爾：シナモンさん、じっくり読んでくださってありがとう。こんなに多くの方言を並べるのは先生の記憶力の確かな証拠でしょう。シナモンさんの郷里のことばも書き並べてみてください。

・**facebook.**　(2017.11.05)

義兄の急逝

今日、二男が家内を車いすに乗せて京大病院まで見舞いに来てくれた。家内はやつれて弱ってはいたが、久しぶりに見る顔だからとても懐かしかった。
その時、二男が「お父さんちょっと」という。何事ならんと離れて聞くと、「今朝、眞吾伯父さんが亡くなったそうだ」という。あまりのことに私は「エッ」と絶句して、思

わず涙が込み上げてきた。あと1か月の命だと、つい最近聞いたばかりだというのに、何も今、お亡くなりになることはないだろう。ここ1か月以上にわたって毎晩妹の家内に電話をして元気づけてくれていたのだ。
家内にこのことを伝えるかどうか逡巡したが、思い切って「眞吾伯父さんが亡くなったよ」と伝えた。意外に家内は平然と応じたので、少し安心した。「一昨日、電話で話したばかりだのに」と家内も言う。お通夜にも告別式にも二人とも行けない。随分と世話になったというのに。
日本大学の名誉教授で博士である義兄は、少しもしゃちこばったところがなく、気さくに子供たちの面倒を見てくれた。活動的で明るい性格だから、子供たちもなついて、バーベキューをしたり、ゲームをしたりした。私はそれをいいことにいつも、そういう席には欠席して家で寝ていたものだ。子どもたちにとってはお父さん以上のお父さんであった。
つい最近も、眞吾さんはブドウを届けてくれた。何かと気が付いて親切に世話をしてくれる。こちらがそれに甘えてばかりいるうちにフイといなくなってしまったのだ。奥さんにも世話になったが、その奥さんはもうかれこれ10年近く前に亡くなってしまった。豆に一人で何でもできるから、ここまでやってこれたのに、すい臓がんから肝臓をやられてしまったらしい。そのことに気付くのが遅すぎた。78歳。
家内と東京に行って喜寿のお祝いをしなければなどと言っていたのがつい昨日のことのように思われる。二女が妊娠したという話を喜んでしていたことがせめてもの慰めだ。眞吾さん本当にお世話になりました。安らかにお休みください。

＊Tokiko：こんばんは。弔電のメッセージに気が付かず、申し訳ありませんでした。そして、弔電ありがとうございました。. お通夜には弟さんに出席頂き、本当にありがとうございます。葬儀は無事に終える事が出来ました。

＊邱羞爾：葬儀の後も何かと忙しいことがおありでしょう。どうぞお力を落とさずに明るいお父様の志を継いでください。

＊Tokiko：仁子さんにもよろしくお伝えください。いずれそちらにお伺い出来ればと思っています。その折には父との思い出話をしたいと思います。

＊邱羞爾：このたびはご愁傷さまでした。葬儀に参加できず申し訳ありませんで

した。私の弔電は伊藤九海子さんあてに送ったので届いたでしょうか？本当に眞吾伯父さんにはお世話になりました。いつか一緒に思い出の話をしたいものです。皆さんによろしく。

・試行期間 (2017.11.12)

透析の試行期間が終わった。次の月曜日からは本格的な透析だ。つまり４時間以上かかることになる。
透析をしたからと言って、体調が良くなるわけではない。でも、水分を随分抜くから——今、体重は46キロ——、心臓の調子が良くなっている。以前よりはゼイゼイと息苦しいことはなくなった。これは大きなことだ。
ただ、何かと欠陥もある。まず、痒いこと。痒みも時間に拠って移動するみたいだ。寝ていても時間に拠って痒みがあちこち移動する。そのほか、耳の圧力がおかしい。飛行機から降りた時の耳の異変のような感じが続く。だから、喋っても自分の声でないような感じだ。もちろん人の声も聞きにくい。転寝をしたら一時は治ったがまた起こってしまう。そのほか不安なことがいっぱいあるが、慣れていくほかないだろう。
透析には、盆も正月もないよと言われている。そういう融通のなさが恐怖を感じさせる。しかし、第２の人生に漕ぎ出してしまったのだ。うまく制限された人生を送るほかない。
Shigemi君が同窓会の写真をアップしてくれた。彼の好意に感謝して見ると、最初の１枚に生物のＮ先生がシャキッと写っていた。それを見て、Ｎ先生は偉いなぁとつくづく思った。健康で同窓会に参加することがどんなに大きく重いことか、今の私はよくわかる。教え子たちのそれなりの歳を感じながら、同窓会は彼らが主体なのだけれど、呼ばれて顔を出すことがかつての教師には必要なことなのだ。その必要条件を満たさないこと２年続いた。やむを得ないこととは言え、私は恥ずかしかった。

＊ノッチャン：先生、来年は元気な姿を見せて下さいネ❣

＊邱羞爾：来年のことを言うと鬼が笑うけれど、笑われても行くつもりです。

＊Shigemi：大丈夫です。透析生活も持ち前のしなやかな粘り腰で、自嘲しながら愚痴りながらも見事に克服されます。これが、クマ子、ノッチヤン、僕の昨夜

の結論です。

＊邱羞爾：ありがたいことです。どんな悪口をしゃべっていたのかと興味津々だったがね。

・facebook. (2017.11.13)

珍客

透析をし、リハビリもして部屋に戻ったら、「お客さんが来ています」と看護師さんが言ってくれる。その後ろから「先生、こんにちわ」と見たことのある顔がのぞいた。やはり彼女だ。ちょうど１年前にも彼女が見舞いに来てくれてひとしきり話し込んだものだった。今年も紅葉の季節、わざわざやって来て、おみやげとしてかゆみ止めのクリームを下さった。今日は透析をして私はかゆみ止めのUR軟膏をもらったばかりだ。どちらを今夜試して塗ってみるか迷うところだが、まず病院が出した軟膏を試してみよう。
たまたま月曜日には科長回診があって、その間、彼女を待たせてしまったが、なんと薬剤師の方も来て、薬の説明を長々とした。その時、彼女がくれたかゆみ止めクリームを見て、「私も使っている。刺激が強くなく良いですよ」と言うではないか。ますます迷ってしまう。
彼女とは、気軽にこちらの悩みもぶちまけて相談に乗ってもらった。というのも彼女はお医者さんだから。決してもったいぶらないお医者さんだから。でも、何事もケースバイケースで、面と向かって診察でもしなければ確たることは言えない。彼女もそんな軽率なお医者ではないから、だいたいなことをしゃべったに過ぎない。それでもしゃべることは、話を通じて互いの交流ができるということだから、楽しいといえば楽しい。わざわざ遠いいところからやって来て、たとえついでがあると言っても、私ごときを見舞うなんて厚情に、私は心から恐縮し感謝した。

＊純子：先生、お身体の調子いかがでしょうか？また気になる女性が出現！！

＊邱羞爾：ありがとう。今のところだいぶ回復しています。「気になる女性」の力でしょうか。（笑い）

＊純子：さすがは先生！入院されている時も楽しみがあるんですね。もうすぐに

退院ですね！！

＊邱羞爾：そうなるように努力しています。連日「気になる女性」が来たらすぐ追い出されるに違いありませんから。

＊Tamon：順調なようでなによりです。一安心です。

＊邱羞爾：ありがとうございます。透析をしたらクレアチニンは４点台に下がりました。８点以上が１級になるのだそうです。

・岩佐先生のメール　(2017.11.15)

杉本先生の方言に刺激を受けて、岩佐先生も郷土の方言を取り上げてくれた。せっかくの考察だから、ここに紹介して、大方のご意見を待つことにしよう。

私は東京の本所の生まれで、東京の下町の方言を知っているはずなのだが、愚鈍な私はほとんど覚えていない。わずかにイントネーションの違いだとか、語尾の違いなどにそれを感じるほかない。「橋」と「箸」の違いなどがそれだった。ほかには「ひ」と「し」の区別があいまいであったのをよく覚えている。例えば「お日様」は母によれば「おしさま」であり、「東」は「しがひ」となるので、それを聞いた私の子どもたちつまり孫たちは大いに喜んで「おばあちゃん、東から出る太陽って言って」と何度も繰り返していたものだった。

私から見れば、土地の方言に慣れ親しんだ世代ももうかなり少なくなっているような気がする。だとすれば、２人の先生のレポートは大変貴重なものとなるではないか。

20171115

〜〜〜〜〜〜〜〜〜〜〜〜〜〜〜〜〜〜

出雲弁・木次方言（語彙編）—杉本達夫の文に触発されて—　岩佐昌暲

ぼくの地域観念では、わが郷土島根は出雲（西部）と石見（東部）に２分される。これはぼくだけではなく、大方の島根県人に共通の感覚であろう。我が家は、母が、鳥取県日野郡阿毘縁村（現日南町阿毘縁）と境を接する旧・仁多郡鳥上村竹崎（現奥出雲町竹崎）の出身であるが、父のルーツははっきりしていない。父は養子で、成人するまでは、渡りの洋服職人だった祖父と、石見の浜田を中心に暮らしたと思われる。そのせいだろう、母は日常生活では出雲弁、それも生地の奥出雲の語彙を交えた木次弁を使ったが、父は（多分）石見方言のイントネーションの混じった、生粋の出雲人からみればやや気取った木次弁を話した。
ぼくは1942年5月生まれ、18歳の春大学入学のため郷里を離れるまでは、完全に出雲弁の環境で過ごした。大学に入学した1961年4月から、日本語教師として北京に行く（1973年3月）までの12年間大阪で暮らすのだが、大阪弁は身につかなかった。結婚する（1968年3月）まで、毎年必ず何回か木次に帰った。木次に行くには山陰線経由か、岡山、伯備線経由で松江まで行き、宍道経由の木次線に乗る。当時は松江から木次に直通する列車は、松江駅から乗車する木次線沿線の通学生や通勤客でいっぱいで、そこかしこに賑やかな出雲弁が聞かれた。女学生たちのおしゃべりは、途中必ず「～にゃあ」という語尾を伴うのだが、それを聞くと「ああ、帰ってきた」という実感がわいた。
いつごろか、はっきり記憶しないが、６０年代の末だろうか、木次線に乗ってもこの「～にゃあ」が聞かれなくなった。個人的には、テレビの普及と関係あるのではないかと思う。そのころまだ幼かったぼくの姪や甥たちも、出雲弁を使わなくなっていた。正確には、出雲弁特有の語彙が「標準語」に置き換わり、出雲弁を形作る曖昧な母音（特に「イ」とも「エ」ともつかない音）を使うのをやめ、そのどちらかに統一するようになっていた、というべきだろうか。
思えば、受験生だった1960年、テレビで安保の映像は見た記憶がないが、浅沼稲次郎が山口二矢に暗殺された映像を見た記憶がある。多分、この年の秋ごろ、我が家にテレビは入っていたのだと思う。ただ、それ以外にテレビを見た記憶がほとんどないので、もしかしたら、この記憶はあとから加わったものかもしれない。ともあれ、ラジオもほとんど聞かなかったぼくは、高校時代まで日常生活で「標準語」を「音」として聞く機会はほとんどなかったのである。
こういうことから、ぼくは、徐々に、テレビの普及と出雲弁の変質（そしてやがて消滅）に深い関連があるのではないか、というふうに考えるようになった。
さて、話が横道に逸れた。この文章は、杉本達夫のメールに添えられた「明石（「あけし」と読むらしい）の方言」に触発され、ぼくが子供の頃から耳にしてきた出雲方言のうち「木次弁」の語彙について、心覚え的にメモしたものである。
１）木次弁のうち、「明石方言」と類似するもの
杉本兄が列記している「明石方言」語彙と一致または類似するものには以下のものがある。
■いなげな⇒木次では、いや我が家では（以下の語彙は、基本的に岩佐家での用法である）「えなげな」と発音した。「異な」＋「げな」⇒「異様な、ふつうと違う」

なのだろうと思う。「ほんにあいつはえなげなやつだ」とか「えなげな物言い」などと使い、「非常識だ」とつよく非難する語気を含む。また「えなげなかっこ」〔異様な格好〕のような、揶揄的な言い方も聞いたことがある（正確には「あるように思う」)。

■いぬる⇒「帰る」ただし、木次では後述するように、ラ行音を忌避して「いぬう」という。「おそんなったけん、もういぬうわ」〔遅くなったから、もう帰ります〕。小学生ぐらいの頃（1950年代）は、木次では同じ町内の子供が集団で外で遊んだ。６年生か、中学生がリーダーになって、年少の子をひき連れて近くの山や、斐伊川の中洲に遊びに行くことも少なくなかった。遊びつかれたり、少し深い山に入ったりすると、誰かが「いなこい、いなこい」〔帰ろうよ、帰ろうよ〕と言い出し、みんなでぞろぞろ帰るのだった。

■えらい⇒「きつい、苦しい」という意味で使う点、明石と同じ。ただ身体的苦しさには「せつい」と言うのが普通だったように思う。「せつてえけんわ」〔苦しくてたまらない〕、「飲みすぎてせつがらいてね」〔飲みすぎて苦しがってね〕

■おる⇒居る。木次弁では「おお」。「あんたあした家におおかね？」〔あなた、あした家に居ますか？〕

■たばこスル⇒休む、休憩する。「たばこにする」とも言ったような気もする。

ただし、木次弁では「〜する」は「〜すう」のように、「る」を避ける。例えば「休む」の意味の「たばこする」⇒「たばこすう」となる。「そろそろたばこさや」〔そろそろ休憩しようよ〕。「〜る」で終わる動詞も同じである。「来る」⇒「来う」。「やる」⇒「やあ」。「〜する」と言うと、少し気取った感じに受け取られるからである。

ラ行音の忌避は日本の古語をふくむアルタイ諸語の特徴だというのが定説だが、それを引きずったものだと思う。

■ひょうげる⇒「人を笑わせようとしてわざと面白いことを言ったりしたりする」。木次弁では「ひょうげえ」。「あのしはひょうげてばっかおらいけん」〔あの人はわざと面白いことを言ったりしたりばかりしておられるから〕

＊「あのし」の「し」は「衆」ではないかと思っている。五木の子守唄に「あんひとたちゃよかし」〔あの人たちは（暮らし向きや階層の）よい衆〕というのと同じ用法だと思っている。ついでに言うと、子供の頃、自分のことを「おら」、自分たちのことを「おらやつ／おらやち」とか「おらやちゃ」などと言った。

■つめくる⇒つねる。

■ほうける⇒ボケる。「あすこのしはほおけらいたげな」〔あそこの人はボケられたそうだ〕

■めぐ⇒壊す。「こどもはオモチャやってもすぐめぐだけんのぉ」〔子供はオモチャを与えてもすぐ壊すからなぁ〕

■めげる⇒壊れる。木次では「めげえ」。「やすもんはすぐめげえが」〔安物はすぐ壊れるよ〕

杉本さんは、以下のような、なつかしい語彙も記録している。「くど」は、我が家の台所でも作り付けのかまどを使っていたころ、こう呼んでいた。「はがま」は、「くど」専用の釜で、「くど」を知らない世代にはこの説明では想像できないのではないか。

■はがま（＝飯炊き用の釜。木星のリングのような輪がついている）

■くど（＝かまど）

２）木次弁独自（「出雲方言」独自かもしれない）の語彙

■ごす⇒「くれる」。「おらにごせ」〔ぼくにくれ〕。「～してくれ」という場合にも使う。「こらえてごせ」〔許してくれ〕

＊ただしこういう表現は「～してごしなはぇ」〔～してください〕のように丁寧に言うのが普通。また語尾の「ぇ」は「ぃ」に近く発音する。「こらえてごしなはぇ」〔許してください〕

■え⇒「いい」。「あの本借りてもえか？」「えじ」〔「あの本借りてもいいか？」「いいよ」〕

■ほえる⇒「泣く」。「あの子、まだほえとおかね？」〔あの子、まだ泣いているのか？〕

■け⇒副詞「つい」。「言わんやに気をつけとっただも、け、しゃべってしまった」〔言わないように気をつけていたが、つい、しゃべってしまった〕

■とぶ⇒走る

■とんこ⇒走りっこ。競走。「あのしはとんこがはやいけん」〔あの人は走るのがはやいから〕

少し、息切れしたので、ここで休憩。

木次弁を思い出しながら記録していくうちに、結局、方言を方言たらしめているのは、語彙よりも、語尾、「ね」とか「な」、「だわ」「～けん」「～のぉ」「～にゃぁ」といった文末や、文の中間に差し挟む助詞、間投詞といったものの力だということが分かってきた。他の地方にはない語彙はどの方言にもあるはずだが、それをどれだけ取り入れてしゃべっても、その土地の土着の人間に他郷の人と見破られてしまうのは、助詞や間投詞が分かっていないからなのだ。とすれば、方言の命は、実詞ではなく、こうした虚詞に宿っていると言えそうな気がする。（10月22日。待続）

・facebook. (2017.11.15)

粋な客

今日の彼女はLUPICIAのお茶を持って現れた。白桃烏龍茶とルイボスのティーバッグが中に入っている。病院にいるとわからないが、もうクリスマスの装飾なのだそうだ。私は水曜日なので4時間の透析をし、2時過ぎに部屋に戻って昼食を摂り、14時55分からのリハビリに出かけた。いささかあわただしく疲れる日だ。そして耳がおかしい状態が依然として治らない。
そういうときの彼女の出現は嬉しくないわけがない。彼女もついでがあってのことだから来たのは時間が遅かった。私は6時には夕食が配膳される。そこで、病院の地下にあるローソンで彼女自身が食べるものを買ってきてもらって、一緒に夕飯を食べた。これはちょっとした大事件だ。そうだろう？
私はどうも耳がおかしいので、あまり愉快な話が出来なかった。気分が乗らなかったと言っても良い。そうでなければいささか興奮してペリペりとおしゃべりしたに違いない。でも、ぼそりぼそりと喋ったに過ぎない。彼女は「若い男はダメだ」と言う。私は同意して「男はもともとしょぼくれていてダメなんだよ」と言う。それに対して「しょぼくれているならいいですが、自分の弱みを逆に、他人に対して攻撃的になるのが多いんですよ」と言う。私はなるほどと思って、「君はいい男と付き合うことに慣れているから、若い男を見るときはどうしても高望みになるのではないかもっとバカになった方がいい」などと適当なことを言った。
とはいえ我々には互いに敬意があるからこれまでの交流上の話をして、記憶を呼び覚まし、それなりに愉快に過ごした。私は勿論愉快というより得意であった。だって若い女性が見舞いに来てくれたのだから。

＊純子：もう、私は先生が配信されるFBを読むたび手がわなわなと震えてしまいます！！「今日の彼女」ということは「昨日」も「明日」も日替わりで来られるわけですね。。。。ルピシアのお茶など持って……（私もルピシアのお茶、知っています。粋なプレゼントだなあ……）複雑な心境。

＊邱羞爾：ありがとう。君のコメントは私に元気を与えてくれます。感謝、感謝。

＊眞紀子：先生、お久しぶり❣ 耳👂気になるなぁ。病院にいらっしゃるからお医者さんが診断されているのでしょうけど､､。超ストレスが掛かると、メニエルが目眩でなく耳に出てるんじゃない？水が入ったみたいにこもった感じして、片耳だけ押さえてどこか叩いてみて、両耳の時と高さが違っていないか確かめてみてください。早く治療始めると治るよぉ〜。（遅れると耳鳴りや聴力が戻らなかったり､､脅し😌）

＊邱羞爾：ありがとう。お医者さんは透析に慣れれば治ると言っています。昨日は透析のない日で耳はほとんど正常でした。今から透析をしますが、これでおかしかったらまたお医者さんに掛け合います。親切なマキコさんに感謝です。

＊純子：きゃあーーー眞紀子さん、眞紀子さんに「いいね」あげたいーーー

＊眞紀子：純子さん、ありがとう❣ 先生に頂いた本にお名前見つけてビックリ‼ 偉い先生なんだ〜って。よろしくお願いします☺

＊邱羞爾：私のFBには写真まで出ていましたよ。ツーショットで。

＊純子：眞紀子さん、はじめまして！「えらい先生」（爆）の純子です。前から眞紀子さんのコメントのファンです〜〜とても気になっていました。これからもよろしくお願いします！！

＊邱羞爾：これからは「先生」抜きだそうだから、２人とも「えらい」付き合いになるのだね？

＊眞紀子：うひゃー、緊張

・facebook. (2017.11.16)

劉暁波の詩

私はぐうたらとベッドで横になっている。日頃から自分がバカになりつつあることを自覚している。本も集中して読めないし、思考も深まらない。
今日は頂いた『三田文学』131 秋季号 を読んでいた。みな優れた論文なのだろうが、私の浅薄な頭では上っ面をすべっていくだけだった。頭に入らないと言ってよい。
たまたま、ノーベル平和賞詩人劉暁波・劉霞夫妻 往復詩編　を読んだ。そして、ガーンと来た。思わず居住まいをただすものだった。なぜか？ 深いのだった。
深さとは何か？ 深刻だということだ。深刻とは生きるということに曖昧ではないということだろう。
「……ぼくは、遥か遠い幼年時代、遥か遠い過去に時折ため息をつく。今、まさに今、ぼくの声も視線も遥か遠くに呑まれていく。やっと夢から覚めた。「遥か遠く」という言葉に内包された憧憬、戦慄、そこから生まれる無残を初めて知った。」(98 頁。劉暁波「独り大海原に向かって（抄）」）...
思えば私は、ただ「遥か遠く」の憧憬ぐらいしか、これまで感じていなかったではないか。「遥か遠く」の甘味な日常に堕していたと言ってもいいではないか。そういう私に突きつけるように、「遥か遠く」には「無残」があるのであった。これは私と劉暁波の人生の差であろう。人生を常に死を意識して生きねばならぬ人との差であるに違いない。
劉暁波の詩も難しい。しかし、彼の底流としてある死に対する拮抗が私にはよく感じられ、久しぶりに詩を読んだ気がした。彼のこの緊張したハリが私の生き方を反省させる。
訳をしたのは劉燕子である。私は原文を知らない。原文を読みたいと思うが、それにしても彼女はスムーズに訳をした。詩の訳など難しいだろうに、彼女の努力と熱意によって読みやすく、わかる訳となっていた。彼女は二人の愛について解説も書いている。

・facebook. (2017.11.25)

退院

私は今日 25 日に退院します。このところ検査などがあって、時には透析の後にも検査があって、忙しく日を送っていました。それでも、まずまずの結果だったので、退院となりました。
今度の入院は透析をするという私にとっては何度目かの人生の転換点でありましたから、感慨深いものがあります。多くの方にお世話になりました。
まず、余計なことは言わない主治医の横井秀基先生、実質的な主治医であった、大きなおなかを抱えながら快活にきっぱりと仕事をした加藤有希子先生、外来なのに担当医に名前を連ね、わざわざ私を見に来てくれた責任感の強い森慶太先生のお世話になりました。そのほか、シャントの技術でも優れた腕を見せた戸田尚宏先生、私に引導を渡すように透析のための腕の見定めをした市岡光洋先生等のお世話にもなりました。

中でも、久保のぞみ先生には大変親身になって面倒を見てもらい感謝しています。時には日に3回も私のベッドまで来てくれました。私もすっかり甘えていろいろな文句をじかに言ったほどでした。でもこの病院のモットーである〝患者のために“ということから最後には深くお辞儀をしてくれて去っていくのでした。礼儀正しいことは性格が良くないとできないことです。久保先生の医者としての大成を望むところです

人工透析でも、最初から面倒を見てくれて、最後にはわざわざ私のベッドまでUR軟膏を届けてくれた東浦緑さん、やさしく声を掛けてくれた堀麻紀さん、1月には腎臓内科にいた木村弥生さんなどにも世話になりました。長いこと寝ていて、こういう人たちの笑顔を見るのはとても慰められるものでした。

看護師さんには全員の人にお世話になったので、1人2人の名前を挙げるのは憚れるほどです。15人ほどが1つのグループになって順繰りに勤務します。めずるさん、祐理英さん、優里さんなど特に印象に残っている人はいるけれど、いちいち名前を挙げるのはやめておきましょう。ただ、いわゆる教育が行き届いているせいか、みな親切で、何事にも嫌と言わないで良く仕事をします。この点にはとても感心し、感謝しています。でも激しい仕事であろうし、必ず夜勤などがあるから、私が1月に入院した時のメンバーで残っている人はやはり少ないのです。

助手の木村雅子さん、高橋優子さんや村井さんにも、汗をかきながら車いすで運んでもらいました。

リハビリの緒方将史くんや南角さんにも世話になって、リハビリが愉快にできるようになりました。

1か月以上入院していたので、同室になった患者は幾人もいますけれど、みな老人でした。このごろの人は顔を合わせても挨拶しないのです。私は自分から名のって「よろしく」と挨拶していましたけれど、今回はバカらしくなってやめてしまいました。それでも朝、顔を合わせれば「おはようございます」と私は言います。しかし相手から言われたためしがありません。みないい年の老人なのです。私より多くて5才ほど上の80才か、同年あるいは年下かもしれない人たちです。後期高齢者は良くないという感じを持ちました。若いので挨拶しないのは、こういう状況ですから私は許容するのですが、いい年した老人が何でそんなにお高いのかわかりません。なんだか日本人も

変わって来て、みな自分勝手になってきたような気がします。タカが病院の小さなことで日本人のことまで言うのはどうかと思いますが、町でもスーパーでもどこでも私はなにかよそよそしくとげとげしい空気を感じます。
退院したからには、自分で透析クリニックに歩きとバスで行って週３回、１回４時間の透析を続けなければなりません。これからが苦しい人生の始まりみたいなものです。もしかしたら、多くの人に迷惑をかけるかもしれませんが、どうぞご寛容にお願いいたします。

＊眞紀子：先生、退院おめでとうございます🎉 しかし、こんなに多くの病院の方々のお名前を覚えてはるのにはビ、ビックリ❗ 凄い❗ 今日の先生のこの文章読んで、あ、先生シャキーン!って若くなったって思いました。良かったぁ❣
ギスギスしない、トゲトゲしない、背筋を伸ばして礼儀正しく美しく､､､。了解しました。上田、心して毎日を過ごします。先生、京都は寒い❄ですが、お気をつけてお過ごしくださいませ。

＊邱羞爾：眞紀子さん、ありがとう。君のコメントは、これからが大変な私への励みになります。

＊純子：先生、ご退院おめでとうございます！！私も眞紀子さんと同じく（笑)、先生がお元気になったことを感じました！！ご退院後はしっかりご療養ください。

＊邱羞爾：ありがとうございます。これからが大変なのですが、粘り強くやっていくしかありません。応援をよろしく。

＊ノッチャン：先生、退院おめでとうございます🎉🎈マキちゃんじゃありませんが、確かにこの文章で、先生の復活を確信出来ました❣　先生の仰るとおり、変になって来たなぁと感じるこの頃でしたが、今日は先生から退院と素晴らしい人たちに囲まれていたという報告で十分幸せです。
無理はされずに、ゆっくりを楽しんでください。
ゆっくり確実に、前向きに❣　おめでとうございました❣

＊邱羞爾：ノッチャンありがとう。これからが大変で、ゆっくりを楽しむ暇はな

さそうです。私はハルちゃんの顔を2度はプッシュしていますが、なかなか順位は上がらないね。

＊ノッチャン：ゆっくりは心意気ですよ❣
ハルへのプッシュ、ありがとうございます❣　毎日、更新すればいいのでしょうが、なかなかです。まぁ、あれくらいがちょうどいいのかも。これからもプッシュよろしくお願いします♡

＊正昭：退院よかった！経過も良さそうでにひと安心です。

＊邱羞爾：有難う。由唯ちゃんも大きくなったねえ。

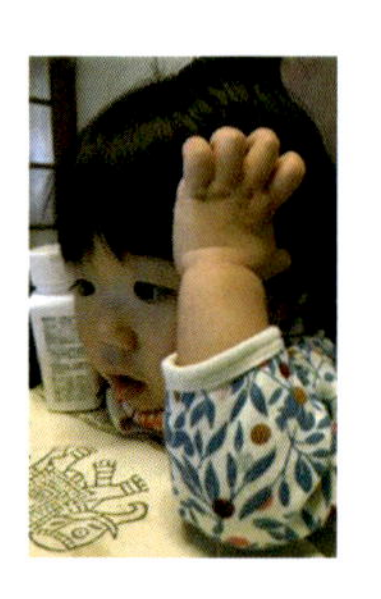

・**facebook.**　(2017.11.26)

贈り物

退院して郵便物を整理していたら、中から貴重なものが出て来た。
1つは、濱田先生が恵贈してくれた『中国が愛を知ったころ――張愛玲短篇選』(岩波書店、2017年10月25日、184頁、2,400＋α円）だ。近ごろあちこちで名訳として評判の本を、思いがけなくも頂いて、とても嬉しかった。濱田先生は私が透析をしているときにでも読めばと言ってくださった。とても良い贈り物だ。感謝して読書に実行しよう。

濱田先生の本

もう1つは、狭間先生からの手紙である。私どもが訳した『羅山条約』を上下とも読んでくださって、面白いと言ってくださった。まず上下とも読んでくださったことが私にはとても嬉しい。何よりも読んでくださらなければ話にならないからだ。そして先生は自らの体験を交えて本の内容と引き比べて、面白いと言ってくださった。これには重みがある。とても嬉しい。
もう1つは、井波先生の訳おろしである『水滸伝（三)』(講談社学術文庫、2017年11

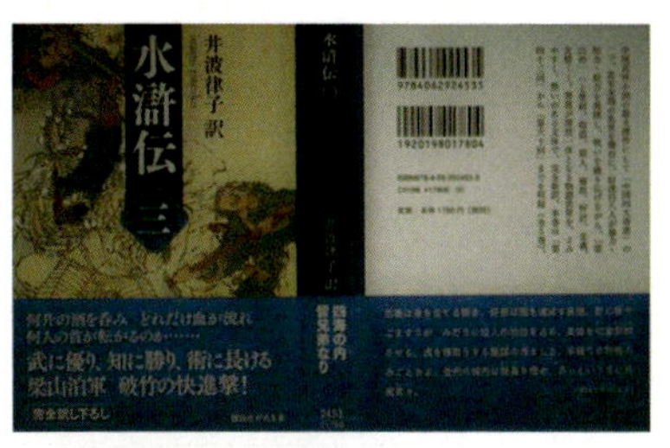

井波先生の本（３巻）（２巻）

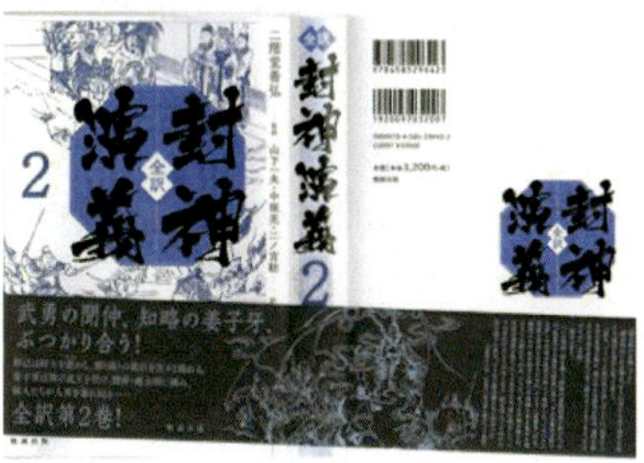

二ノ宮君の本

月 10 日、635 頁、1,789 ＋ α 円）だ。全５巻の予定だそうだから半分の 60 回まで来たことになる。いつもながらあの小さな体のどこにこんなにすごい精力があるのか不思議で驚嘆するばかりだ。実は２巻もすでに頂いている。井波律子訳『水滸伝（二)』（講談社学術文庫、2017 年 10 月 10 日、689 頁、1,830 ＋ α 円）は、私が入院する直前に頂いていた。こちらは入院で気がそぞろで、ご恵贈いただいた本に対して大変失礼ながら長いこと放りっぱなしとなってしまった。失礼の段、心よりお詫び申し上げる。

今日は日曜だが郵便が来た。中に『報神演義 2』（勉誠出版、2017 年 11 月 20 日、516 頁、3,200 ＋ α 円）があった。二ノ宮聡君の恵贈だ。。この巻は主に二ノ宮君が訳したそうだ。大変な量で感心する。最後に中塚亮氏の「『報神演義』の図像化について」という文章があって、面白そうだ。

著者や訳者にとってうれしいことは何よりも読んでくださることだ。そのことはよくわかる。だが、私は頂いた本を全部読むわけにはいかない。今の私にはその力と時間がほとんどない。だから頂いたときには、せめてFBなどに紹介して、頂いたことを報告し謝意を述べ、私のささやかな気持ちを表している。

・facebook. (2017.12.03)

竹内実先生の納骨式

12 月３日には竹内實先生の納骨式が真如堂であった。私の家から 10 分ほどで行ける真如堂であるから、当然徒歩で真如堂の松林院に行き参加した。

奥さんと息子さんと会うことが出来た。息子さんは奥さんが言うように竹内先生と似ていた。奥さんはマスクをしていて時々咳などをしていたのに、お茶係りとしてひかえしつのみんなにお茶を出してくれた。奥さんが私のことを覚えていてくれたのがうれしい。

御焼香の後、新たなお墓に出向いたが、ヨロヨロ歩く私のことを李冬木氏と岩崎菜子さんとが気遣ってくれた。新たな墓に着くとちょうど関係の職員がお骨を墓に入れ、お墓を閉じるところであった。どうも足が悪くて写真をうまく撮れなかったのが残念だが、何時か一人できてお墓を撮ろう。前には東山が見え、後ろには京都市街が一望できるところで竹内先生自身がここを選んだのだと和尚さんが言っていた。

現代中国研究会の主催の「故竹内實先生を偲ぶ会」が1時から河原町四条の東華菜館であった。私は一度家に戻ってからタクシーで東華菜館に行った。27名の方と佛教大学のお手伝いをしてくださる人などが席に着いた。北村稔氏の司会で始まったが、この前と同じく吉田富夫代表がテキパキと采配を振るった。一人2分で思い出をということで全員が話をしたが、2分では土台無理な話だからみな時間オーバーとなった。多くの人にこういう風に集まり思い出をいっぱい持って話せる竹内先生の人柄と偉大さをつくづくと感じた。

私が話すようにと指名されたとき、私は何を話していいか迷ってしまった。思えばあんなに可愛がってもらった先生もいないだろう。そしてちっとも言うことを聞かず期待に応えるような成績も上げていない者もいないだろう。恥ずかしい限りだ。数々の言うことを聞かなかったことの2つを話したが、その1つはお茶の会に誘われたのに入らなかったことだ。それは東一条にあった人文科学研究所の所長室に呼ばれての説得であったのだが、私は断ってしまった。あとで竹内先生は「ハギノが断るとは夢にも思わなかった」とおっしゃった。もう一つは岩波の原典シリーズの「文学」に文章を書かせてもらった時のことだ。私の文化大革命に関する文章が編集者から見てあまりにも質が悪かったのだろう。何とかしてくれとまず吉田先生のところに意見が行った。そこで吉田先生は懇切丁寧に私の文章に手を入れてくれたのだが、それでも良くならなかったので、今度は竹内先生が直々に意見を言うことになった。銀閣寺道の喫茶店で「お前にそんな大上段に振りかぶった文化大革命など書けるか」と言われた。岩波の締め切りが迫って来たので私は両先生の意見を無視して思い切って自分の思っていたことを恥を忍んで書いて出した。シリーズが終わって竹内先生は「文学」の巻では某氏の論文が良かったと言っていたが、念のために岩波に聞いたところ「ハギノのが良かった」という返事が来たそうだ。竹内先生は少し唖然とした表情で「ハギノのが良かったんだってさ」と悔しそうにおっしゃった。私は2人の先生から自分の思っていることを思い切って表現することを学んだ。

私はまだまだ『閑適のうた』を一緒に仕事させていただいたあの愉快な作業のことなど話したいことはいっぱいあった。竹内先生が出来た原稿を私の家のポストに入れてくださる。それを見て私の意見などを書いて今度は私が竹内先生の家のポストに入れる。ある訳の時、思い切った訳をしたところ、とても褒めてくださって共同作業の連帯を感じたことがあった、など。
そう思うと私は竹内先生の当時の家と近かったことが有益に作用していたことがわかる。もちろん私は気が利かない奴だし、竹内先生の前では緊張してロクに意見が言えなくなるたちなので、随分直接に叱られた。そういう意味でも大いにかわいがられた。ありがたいことだ。この気持ちを忘れないで今後を生きていかねばと思った。
今日の会は、吉田先生が座席の割り当てから何から何までほとんど一人で切り盛りしたのだ。私は病のためロクにお手伝いもできず、重荷になるばかりであったので、吉田先生に心よりお礼を言おう。
偲ぶ会は3時に終わった。

左：真如堂正門
右：竹内先生の新しい墓
下：『偲ぶ会』での吉田富夫先生の挨拶。左手前は原田修氏と三村氏。

・facebook. (2017.12.05)

杉村君の本

杉村理君から本をもらった。これは、ものすごい本だ。こんな豪勢な本を私は今までに持ったことがない。厚いカバーに入った、ズシリと重い本だ。

青花の会発行『工芸　青花 KOGEI SEIKA 8』(新潮社、2017年8月30日、213頁)特別な本だからであろう、値段が書いてない。

これは同好の士が集まって出しているマニュアックな本だ。編集者のSさんが古美術商の今出川氏から杉村君の私家版の本(『三続・悲しき玩具』)を借りて、感動して、杉村君に原稿を依頼したものだ。したがって、最後の9章の「骨董とはなにか」に「末期の姿を想い見る」(211-213頁)を書いている。

杉村・骨董愛好家は、この文章で、骨董は大人のオモチャであって、特別な思いがこもったものだ。だから「美」とは違うと言っている。

“美術史によってその美と意義とを定義づけられ、民族の美意識を代表すべく定められた美術品とは違い、骨董は何より持ち主個人個人の美意識そのものだからだ。”……

こうして彼は、自分の骨董蒐集について20年ほどをさかのぼって書いて行く。例えば、“優品であっても何か物足りない。ただ存在感があるだけで存在への思索を誘わない骨董がつまらなくなってきたせいだ。”

こうして彼は、日本仏教美術に興味を持ち始める。そうして今出川氏に骨董を見せてもらい、玄関先の飛天の荘厳な美しさに目を奪われたことを記す文章で終わっている。その感動を伝えるように、この本では210頁に飛天の写真がモノクロで載っている。私にも気持ちが良く伝わった。

杉村君が、今後もこの編集者の目に留まった文章を書くかどうかは、私は知らない。過日、彼が我が家に来て、「私のような文章でも見ている人がいるものですね」と言ったが、それが見事に実現した。私は彼の文章に感動するとともに、慧眼の士がこの世に存在し、杉村君を引き立たせたことを心よりよろこびたいと思う。

良かったね、杉村君!

本の色は実際は濃紺なのですが、私の下手な腕では黒く写ってしまいました。

・facebook. (2017.12.07)

お願い

毎日忙しい日を送っている。今週の日曜日は竹内実先生の納骨式と偲ぶ会。月曜日は透析。そして見当たらなくなった眼鏡をやむなく作るために眼鏡屋へ。火曜日はヘルパーさんが来た。水曜日は透析。そして今日（木）は臨時に検査で朝食抜きだ。午後火災保険の更新で人が来る。明日（金）は透析、明後日（土）はリハビリと続く。
この間、私は家内の見舞いに午後行っている。水曜日には担当医師と話した。長くかかるということだけがわかった。
今年ももう終わりに近づいているが、今年ほど私にとって衝撃的な年はなかった。透析をし続けるという、これまでの生き方と違う生活習慣を構築しなければならなくなったからである。
だから、なんとしても今年の私のブログとFBをまとめたい。
そこで、コメントを書いてくださった方皆様に、お願い。いわゆる著作権などを放棄してくださって、私が利用するのを許可してください。
どうしてもダメだという方は、FBやブログあるいはメールで私宛にご意見を送ってください。
以上、よろしくお願いいたします。

＊魔雲天：先生、無理しないでください！
お気持ちは分かりますが、ブログ、２年分まとめてでもいいのではないですか？
お体、第一でお願いします。
もちろん、私の拙いコメントは使ってください。よろしくお願いします。

＊邱羞爾：魔雲天、承諾をありがとう。私は例年のように君からのメールでの同窓会の報告（写真と動画入りの）を待っています。お忙しいことでしょうが、よろしく。

＊魔雲天：同窓会の写真はキンモリ氏が送っていると思っていました。まだなら、すぐ送ります。

＊邱羞爾：魔雲天、きんもり氏が送ってはくれたけれど、君たちの漫才や林氏の落語などはなかったのだ。

あとがき

ここに載せた私の文章は、それは2017年12月7日までなのだが、ほとんど病気のことを書いている。12月7日以後には、また新たな病いのことがあって、入院したりした。みっともないし恥ずかしい。だが、私は精いっぱい弱音を吐くまいとした。換言すれば本当のことを言わなかった。文章は、他者とつながりを持つものであれば、なるべく本当のことを言うものではないと私は思っている。

明らかに以前の行動的な活動が減っている。美術館や文化活動への参加がなくなっている。私自身の体の不調のこともあるが、伴侶の病気のこともある。したがって、知的刺激が少なくなり、狭い範囲の私のつぶやきで終わることが多かった。根気と粘り、集中力がなくなっている。

こんな私でも、私に関心を持って声を掛けてくれる人がいる。うれしいことだ。「いいね！」を押してくれるよりも、コメントを書いてくれた方がよりうれしい。しかし、たとえ「いいね！」を押さなくても、のぞき見をしてくれるだけでも私はうれしい。世の親切な人に、私は感謝の念でいっぱいだ。ありがとう。

最後に、三恵社の木全哲也社長は、私の無理なお願いを快く引き受けて、本にして出してくれた。記して謝意を表する。

2018年1月16日

萩野脩二

『TianLiang シリーズ』

私の『終生病語』を、『TianLiangシリーズ』No.17として出す。このシリーズは三恵社から出ているので、購入は三恵社に連絡してほしい。

なお、No.1からNo.5まではCDであり、No.6からNo.16までは本である。

No.1『中国西北部の旅』	中屋信彦著
No.2『オオカミの話』	池莉、劉思著、奥村佳代子訳
No.3『へめへめ日記』	牧野格子著
No.4『池莉：作品の紹介』	武本慶一、君澤敦子、児玉美知子 氷野善寛、劉燕共著
No.5『林方の中国語Eメール』	四方美智子著・朗読
No.6『上海借家生活顛末』	児玉美知子著
No.7『沈従文と家族たちの手紙』	沈従文等著、山田多佳子訳・解説 萩野脩二監修
No.8『藍天の中国・香港・台湾　映画散策』	瀬邊啓子著
No.9『探花囈語』	萩野脩二著
No.10『交流絮語』	萩野脩二著
No.11『古稀贅語』	萩野脩二著
No.12『蘇生雅語』	萩野脩二著
No.13『平生低語』	萩野脩二著
No.14『遊生放語』	萩野脩二著
No.15『幸生凡語』	萩野脩二著
No.16『回生晏語』	萩野脩二著

〈著者紹介〉

萩野　脩二（はぎの　しゅうじ）

1941年4月、東京都生まれ。70年3月、京都大学大学院博士課程単位習得退学。
1991年4月より関西大学文学部教授。2012年4月より関西大学名誉教授。
専攻：中国近代・現代文学。
主著に、『中国“新時期文学”論考』（関西大学出版部、95年）、『増訂　中国文学の改革開放』（朋友書店、03年）、『探花囈語』（三恵社、09年）、『謝冰心の研究』（朋友書店、09年）、『探花囈語』（三恵社、09年）、『謝冰心の研究』（朋友書店、09年）、『中国現代文学論考』（関西大学出版部、10年）、『交流絮語』（三恵社、11年）、『古稀贅語』（三恵社、12年）、『蘇生雅語』（三恵社、13年）、『平生低語』（三恵社、14年）、『遊生放語』（三恵社、15年）、『幸生凡語』（三恵社、16年）、『回生晏語』（三恵社、17年）など。
共編著に、『中国文学最新事情』（サイマル出版会、87年）、『原典中国現代史第5巻　思想・文学』（岩波書店、94年）、『天涼』第1巻～第10巻（三恵社、01年～07年）など。
共訳に、『閑適のうた』（中公新書、90年）、『消された国家主席 劉少奇』（NHK出版、02年）、『家族への手紙』（関西大学出版部、08年）、『沈従文の家族との手紙』（三恵社、10年）、『追憶の文化大革命――咸寧五七幹部学校の文化人』上下（朋友書店、13年、電子ブック=ボイジャー、14年）、『羅山条約――悪ガキたちが見た文化大革命』上下（朋友書店、17年）など。

終生病語

2018年1月31日　　初版発行

著　者　　萩野　脩二

定価（本体価格2,600円+税）

発行所　株式会社　三恵社
〒462-0056 愛知県名古屋市北区中丸町2-24-1
TEL 052 (915) 5211
FAX 052 (915) 5019
URL http://www.sankeisha.com

乱丁・落丁の場合はお取替えいたします。
ISBN978-4-86487-796-1 C3098 ¥2600E